Alfred Schirokauer

Kleopatra

Verone

Alfred Schirokauer

Kleopatra

1st Edition | ISBN: 978-9-92500-106-4

Place of Publication: Nikosia, Cyprus

Erscheinungsjahr: 2013

TP Verone Publishing House Ltd.

Reproduktion des Originals in Großdruckschrift.

Alfred Schirokauer

Kleopatra

Verone

Kleopatra

Alfred Schirokauer

I.

Der weißlackierte Wagen mit den fleckenlosen Schimmelhengsten blitzt durch die Straßen. Überrumpelt, verblüfft springen die Fußgänger zur Seite. Sehr selten macht eine Römerin von der neuen Verkehrsordnung Gebrauch, die den Frauen, nur den Frauen, erlaubt, durch die engen Gassen zu fahren. Noch herrscht die Sänfte. Doch *sie* fährt. Sie prescht mit ihrer kleinen federnden ägyptischen Cart und ihren arabischen Vollblütern durch die winkligen Straßen Roms. Führt selbst die Zügel. Hinter ihr sitzt würdesteif mit starrem Gesicht der numidische Kutscher.

Über den tiefen Schluchten der Gassen steht ein knallig blauer Himmel. Man ahnt, dass die junge Märzsonne schon sticht. Doch in diese Täler kann sie nicht hinabsickern. Aber jetzt – heraus aus den Cañons der hohen Häuser birst der Wagen. Breit umfasst ihn das heftige italische Frühlingslicht, verzaubert ihn zu einem glitzernden Pfeil. Er saust über die Aemilische Brücke – hoch geht der graue Tiber, vom Lenzwasser geschwellt – über die Steinplatten des Forums prasselt der Wagen – sie braucht die Peitsche – alles steht, alles starrt. Eine Frau, die kutschiert! – Eine Frau, die in Rom kutschiert! *So* kutschiert!! *Diese* Frau!! Es ist diesen gewichtigen Männern in den langwallenden Togen, als rasselten die erzumschienten Räder dieses fremdartigen Zweisitzers

über ihre altgeheiligten Sitten und Rechte hinmähend
fort.

Schon hat der kühle Schatten des Häusergewirrs des
Velabrums das Gefährt verschluckt. Hoch auf spritzt der
Straßenkot der letzten Frühlingsregen, spritzt über die
Fußgänger hin, die sich in Angst und Erschrecken und
Zorn zu beiden Seiten des schmalen Pfades an die Häu-
ser pressen.

»Verflucht noch mal! Die hat's eilig!« schnaubt einer
und reibt sich den Dreck vom Gesicht. »Wer ist denn das
Luder?«

»Die Ägypterin.«

»Wer – die?!« Er pfeift durch die schwarzen Zähne.
»Sapperment, der hat Schwein, der alte Kahlkopf, der
Cäsar!« Er wischt sich genießerisch über die dicken Lip-
pen.

Flüche, unflätige Rufe wettern hinter ihr her. Sie hört
nichts. Der Widerhall der Räder zwischen den Häuser-
fronten ist zu stark, ihr spornender Eifer zu ungestüm.
Schon ist sie in der verrufenen Subura.

Ein Kind vor den Hufen! Weibergekreisch. Im Bruchteil
einer Sekunde prellen die Hengste auf die Hinterhand,
knicken zurück, stehen mit zitternden Beinen, keuchenden Flanken. Ein Zungenlaut. Weiter. Um eine Ecke
schwingt der Wagen, auf der Kante der rechten Felgen.
Steht.

Die Zügel fliegen dem Numider zu. Sie ist heraus, eine
kleine schlanke, sportlich gegürtelte Gestalt. Ist in dem
verrotteten, zerfallenen Hause verschwunden.

Innen ist es wirtlicher. Die Hexe Canidia könnte im feinsten Viertel Roms wohnen. Sie scharrt das Gold zusammen. Aber sie weiß, Unheimlichkeit gehört zum Handwerk. Im Atrium, ihrem Wartezimmer, harren die Damen. Alle kommen sie zu dieser Zauberin mit ihrem Liebesleid und ihrem erotischen Kummer. Jede hat ihren Hausfreund, der Sperenzchen macht, untreu werden, zu ihrer besten Freundin hinüberwechseln will. Canidia kennt jeden Liebeszaubertrank, kennt jedes geheime Mittelchen, Sehnsucht und Lust zu wecken. Und kennt jedes sacht schleichende Gift der Rache der Verschmähten. Es ist keine sehr fröhliche Gemeinde, die sich hier versammelt. Nur die hässlichen, nur die älteren Damen, Frauen im gefährlichen Alter, harren hier auf den Eintritt ins Allerunheiligste der Hexe und ihrer Zauberkraft. Jugend und Schönheit bedarf ihrer nicht. Jugend und Schönheit sind selbst Zaubermittel.

Als Kleopatra in das Atrium einbricht – alles an ihr ist Verve und Schwung und stürmende Energie – allein ohne Gefolge, jede der andern Damen hat ihr Geleit, wendet sich jeder Kopf ihr zu. Da ist sie, diese Schande und Schmach Roms! Cäsar, der große Cäsar, Cäsar, der viele dieser erlauchten Damen intim, sehr intim kennt – welche Frau konnte ihm widerstehen, als er noch in den feudalsten Schlafzimmern pirschte ? – Cäsar hat diese Fremde, diese Ägypterin, aus Afrika mitgebracht – sie wohnt in seiner Villa drüben jenseits des Tiber – eine goldene Bildsäule von ihr hat er im Tempel der Venus Genetrix aufgestellt, befohlen, dieses Laster, seine Geliebte, als Göttin anzubeten!

Alle starren auf die kleine anmutige Gestalt in dem blasslila Kleide, das eng und seidig an ihren geschmeidigen Gliedern niederrieselt. Unter der Brust ist es amazonenhaft gestrafft. Einige Zaghafte erheben sich – verneigen sich. Wer kann wissen? Cäsar ist allmächtig, und sie ist eine Göttin – Cäsar gebietet es. Andere, Kühnere, Stolzere, wenden sich rasch ab – übersehen die Königin des Nils.

Kleopatra grüßt liebenswürdig die Grüßenden, übersieht die empört Abgewandten. Ihr Gesicht ist sanft gerötet von der raschen Fahrt im Frühlingswinde. Eine Übereifrige bietet ihr den Sessel an. Sie dankt höflich.

Da gleitet der Vorhang von einer Tür. Die Hexe geleitet eine Kundin heraus. Sieht die Königin. Humpelt diensteifrig auf sie zu. Entführt sie.

Zornig, sensationslüstern, neugierig, flirrt es auf unter dem sonnenoffenen Dache. Man munkelt heftig durcheinander. »Wieso sie zuerst? Außer der Reihe? Ich warte seit zwei Stunden.« »Die arme Calpurnia!« »Arm? Gerade du hattest doch allen Grund, sie einst um Cäsar zu beneiden!« »Aber offen vor aller Welt seine Maitresse in seinem Hause zu unterhalten! Das ist doch ein starkes Stück für die offizielle Frau!« »Ich weiß nicht, was die Leute von ihrer Schönheit fabeln. Die Nase ist doch viel zu lang.« »Ich bitte dich, eine Negerin!« »Eine Negerin? Lächerlich. Sie ist Griechin vom reinsten Geblüt.« »Die – Griechin!«

Eine winkt ihrer Sklavin. Lässt sich Tafel und Griffel reichen. Notiert sorgsam Schnitt, Faltenwurf und Farbe des Kleides, das Kleopatra trägt. Andere sehen es, lächeln verächtlich und wissend. Und merken sich alles ohne Niederschrift. Die Königin gibt die Mode an in Rom.

In ihrem halbdämmrigen, absichtlich schaudervollen Sprechzimmer treibt Canidia ihren Hokuspokus. Lässt Dämpfe aufsteigen, wohlduftende Essenzen verqualmen und widerlichen Gestank aufätzen. Ihre Gehilfinnen Sagana, Veja, Folia jagen hin und her. Ab und zu schreien die Weiber rhythmisch auf.

»Künde mir die nächste Zukunft!« hat Kleopatra befohlen.

Canidia mixt in Mörsern, murmelt, seufzt, ächzt, als ringe sie sich unter Qualen die Prophezeiung ab. Die Königin kennt diesen Mumpitz. Auch in der Heimat ist sie Göttin. Wird sie als Isis verehrt. Hat hinter die Kulissen von Opferdienst und Mysterien geblickt. Weiß selbst nicht, ob sie an das Geheimnis glaubt oder nicht. Es ist in ihr, wie in den meisten Frauen, Menschen. Sie glauben nicht an ihren Aberglauben und frönen ihm doch. Sie ist nicht hier, um Entscheidendes zu hören. Nur um die Zeit zu betrügen, ihre Unrast zu betäuben. Sie hält es nicht aus in der einsamen Villa draußen auf dem Janikulum. Eine Laune, eine Verzweiflung hat sie aus den engen vier Wänden hergepeitscht.

Jetzt liegt Canidia flach vor ihr auf dem Bauche.

Aus hohler Brust keucht sie hervor: »Königin einer Welt wirst du sein – ehe zweimal die Sonne sinkt und – –«

Da packt Kleopatra der Ekel. Vor der Hexe und vor sich und ihrer Erniedrigung. Was soll ihrem skeptischen hellen Verstande dieser Mummenschanz! Sie greift in den Seidenbeutel am Gurte ihres Kleides. Schleudert dem Weibe ihren Goldbeutel an den Kopf. Ist draußen. Die Sonne, das grelle Stahlblau des Himmels, das aus dem offenen Viereck in der Decke des Atriums über sie herfällt, blendet sie. Doch rasch und hoheitsvoll, Königin, geht sie durch die Sitzreihen der Damen. Erwidert ehrerbietigen Gruß.

Draußen hat sich um den exotischen Wagen das Gesindel der Subura angestaut. Schmierige Kinder staunen aus runden kohlschwarzen Augen. Der Numider kann der Herrin nicht Bahn brechen. Er muss die Hengste halten, die unruhig den Sand der Straße scharren. Schaumspritzer zerrinnen auf ihren heftig atmenden Flanken. Kleopatra bricht sich selbst Bahn. Das Volk weicht zurück. Um ihre kleine Figur weht etwas Bezwingendes, Achtunggebietendes, Unwiderstehliches. Sie springt hinauf, ehe der Numider helfend zugreifen kann. Fasst die Zügel.

»Platz da!«, warnt der Begleiter.

Die Kinder stieben zurück.

Sie bewegt kaum die Zügel, kaum die Lippen. Die Renner beugen sich in dem Gelenk der Hinterbeine – setzen mit starkem Sprunge an. Die Gassen läuten das Gerassel der Stahlräder wider.

Heraus aus der Subura. Schon winken sonnenüberglänzt Tempel und Basiliken des Forums. Ein Senator in roten Schuhen, den Purpursaum am Kleide, springt zurück vor den Hufen der Tiere. Der Schreck entlockt ihm

einen unbeherrschten Zornesruf: »Verfluchtes Weibs-
stück!«

Sie streckt ihm gassenbübisch die kleine spitze Zunge
heraus. Und lacht ausgelassen. Und ihre unbedeckten
Haare flattern um ihr schmales Haupt.

Dort am Tempel der Vesta steht die Bildsäule Cäsars.
Scharf lugt Kleopatra aus, vermindert kaum das Jagen
der Hengste. Ein Laut bricht von ihren Lippen. Ein
Jauchzen. Übermütig schwingt sie die lange Peitsche.

Sie hat es gesehen. Deutlich. Cäsars Bildsäule trägt die
Königskrone.

II.

Sie ist wieder in der Villa auf dem Janikulum. Wirbelt
in das Ankleidezimmer. Charmion, die Griechin, Eiras,
die Ägypterin, Vertraute, Zofen, einst Gespielinnen, ent-
kleiden sie.

»Ein ganz dünnes Hauskleid, Charmion. Mir ist grässlich heiß.«

»Sei vorsichtig, Herrin. Diese ersten Frühlingstage sind
tückisch.«

Kleopatra zieht die grünen Augen schmal, katzenhaft
zusammen. Die Dienerin weiß genug, hastet davon,
bringt das fast durchsichtige koische Gewand.

Die Königin lässt sich kleiden, hält gegen ihre flattern-
de Gewohnheit fügsam still. Ihre Gedanken sind weit
fort. Unten auf dem Forum. Seine Bildsäule ist gekrönt.
Seine Bildsäule ist gekrönt! Nichts anderes hat Sinn in
dieser gewaltigen historischen Stunde.

Das Mahl ist bereitet, der Hofstaat wartet. »Sie sollen ohne mich essen.« Charmion drängt. »Lass mich«, wehrt Kleopatra nervös. Sie sitzt vor dem Toilettentisch mit dem großen silbernen Spiegel. Charmion, die treue, bringt ihr eine kräftige Brühe. Sie kostet, mag nicht. Die Gewissheit, dass unten auf dem Forum Cäsars Bildsäule die Krone trägt, raubt ihr den Appetit.

Sie sitzt mit zusammengekniffenen Augen, die Finger der Linken in das Kinn, dieses starke, feine, tatbewusste Kinn verkrallt, den Ellbogen des nackten Arms auf den Schenkel gestemmt, der über das rechte Knie geschlagen ist. Und sinnt.

Endlich! Vier Jahre hat sie auf diesen Tag gewartet. Ihn Cäsars Bedachtsamkeit abgerungen, abgetrotzt. Der Alexandertraum wird endlich zur Tat. In den ersten Nächten, damals, als Cäsar nach Alexandrien kam und sie in der ersten Nacht nahm, hat sie ihm diesen Plan des Weltkönigtums, diesen Herrschaftsgedanken über Ost und West als süßes Gift eingeträufelt, eingeküsst, eingehaucht. Ihren Plan! Ihren Gedanken! Ihre heilige Sehnsucht! Und heute endlich –

Sie federt empor. Klatscht in die Hände. Befiehlt Cäsarion. Die pompöse mazedonische Kinderfrau im Hauptschmuck der vielen wehenden bunten Bänder bringt das Kind. Es läuft auf die junge Mutter zu. Kleopatra hebt es hoch über sich empor. Erstaunlich ist die Kraft in der kleinen zarten Gestalt, mit der sie den großen dreijährigen Knaben hochschwingt. Er lacht fröhlich und beginnt ihr eine große Wichtigkeit seines Kinderdaseins zu erzählen. Sie winkt die Frau hinaus.

Doch sie hört nicht auf das Kindergeplapper. Sie ist zerstreut. Sie sieht in ihm nicht ihr Kind, heute nicht. Sie sieht durch ihn hindurch auf Reiche, auf die Erde, die ihr und Cäsar gehören soll für ihn – einst für ihn. Er ist für sie Symbol und Verkörperung ihrer Weltherrschaftsidee. Nur für ihn, seinen einzigen Sohn, hat Cäsar –

Unrast packt sie. Sie klatscht in die Hände. »Die Frau soll das Kind holen! Wo sind die Läufer?! Wo bleiben die Nachrichten aus der Stadt?!«

»Ein Bote harrt draußen.«

»Draußen?! Warum kommt er nicht herein? Seleukos soll gepeitscht werden. Und sag ihm, ich lasse ihn fragen, ob er seines blöden Kopfes müde ist. Herein mit dem Boten!«

Bis er kommt, fingert sie unruhig an ihren Gliedern hin. Der Läufer wirft sich vor ihr nieder. »Auf, auf! Was geschieht in der Stadt?«

»Eine ungeheure Menge ist auf dem Forum zusammengeströmt. Alles blickt auf die gekrönte Bildsäule, Herrin.«

»Weiter!«

»Weiter nichts, Herrin. Sie stehen und deuten und starren darauf und flüstern miteinander.«

»Was flüstern sie?«

»Teils sind sie dafür, teils heftig dagegen, dass Cäsar als König geehrt wird.«

»Welche Meinung ist in der Mehrzahl? Muss ich dir jedes Wort abringen, du Tölpel!«

Sie stampft heftig auf mit dem unwahrscheinlich kleinen Fuß in dem Seidenschuh.

»Es ist schwer zu sagen, Herrin. Die Leute sind in ihren Äußerungen sehr vorsichtig.«

»Gut. Ich verlange dauernd Bericht.«

Der Läufer verbeugt sich tief und geht.

Für und wider. Ja, ja. Das hat sie gewusst und erwartet. Und Cäsar auch, als er einem Vertrauten den Befehl gab, seine Säule zu krönen. Ein Versuch. Ein Fühler am Pulse des Volkes.

Sie stöhnt auf. Der Tag vergeht nicht. Die Schwingen der Stunden sind gelähmt. Cäsar ist in Alba. Hat am frühen Morgen die Stadt verlassen. Absichtsvoll. Am Nachmittag will er zurückkehren. Die Rückkehr wird alles entscheiden. Alles. Königtum, Weltreich von Ost und West.

Sie geht hinaus in den weiten Park. Erschauert. Es ist kühl. Die Sonne ist verschwunden. Sie hetzt zurück ins Atrium. Betrachtet fahrig die Bildsäulen, die Kunstwerke, die Cäsar aus aller Welt zusammengetragen hat. Und sieht nichts. Wo bleiben die Boten?!

Atemlos stürmt einer herein.

»Cäsar ist auf dem Rückwege, kurz vor der Stadt.«

»Was geschieht auf dem Forum?«

»Ich habe es nicht gesehen, Herrin. Mein Weg hat mich nicht darüber geführt.«

Im Speisezimmer wird gedeckt. Sie hört das leise Klirren der Gefäße. Jeden Nachmittag kommt Cäsar zu ihr zu einem kleinen Imbiss.

Sie geht ins Ankleidezimmer. Lässt sich schmücken für ihn, schminken, pudern. Den schmalen Bogen der Brauen nachziehen. Dann ist sie wieder allein im Wohnzimmer. Wartet, wartet. Draußen auf dem Forum entscheidet sich das Geschick der Welt. Sie sitzt in einem tiefen, weichen Sessel, schlägt gewohnheitsmäßig die Beine übereinander. Und plötzlich rieselt eine Welle der Sinnlichkeit über ihre Glieder. Seit zwei Jahren, seit ihrer Ankunft in Rom, hat Cäsar sie nicht mehr berührt. Er ist sehr gealtert – sehr –, diese epileptischen Anfälle! Älter geworden in diesen letzten Jahren als seine Sechsundfünfzig bedingen. Ganz gleich – sie liebt ihn. Sie lächelt sphinxhaft. Kann sie lieben? Irgendetwas lieben außer sich – außer der Macht –?

Ihre Gedanken schwimmen. Gut und wohlig war die erste Zeit – vor vier Jahren. Nach ihrer Erweckung als Weib. Der erste Mann, dem sie gehörte. Der erste Mann, der einzige, der ihr geistig ebenbürtig – hm –, vielleicht überlegen ist. Wie jung er damals noch war! Wie aus Stahl der Körper und Geist. Schmerzlich gealtert ist er.

Sie seufzt aus der Tiefe der Brust. Ballt unwillkürlich die kleinen Hände zu willenseisernen Fäusten.

Sie wird ihm neue Kraft und neue Jugend einatmen. Sie und die Herrschaft über die Erde und die Krone. Sie faltet die Hände und verrenkt die Finger. Sie ist jetzt nur Wille und Energie. Sie wird in ihm die Natur bezwingen. Sie wird ihm Jugend und Kraft in die alten Adern gießen! Sie wird! Sie wird! Sie wird die Glut ihrer Vierundzwanzig in seine Gefäße strömen lassen und in sein ermüdetes Hirn! Wenn sie erst sein Weib ist, öffentlich – die Königin des vereinigten Ost und West der Welt.

Sie dehnt den kleinen, katzengelenken Körper, fühlt ihr heißes Blut in jedem Gliede, reckt die Arme über den Kopf hinaus – fühlt ihre Jugend und ihren Körper und sein Begehren – nein, nein, sie wirft sich nicht fort – irgendeinem jungen Gecken in die Arme. – Nein!

Und doch hat sie Visionen. Jung – stark – reckenhaft ist das nebelhafte Gebilde ihres Verlangens. Sie schließt die grünen Augen – es ist, als würde die Welt dunkel, wenn das gläserne Feuer dieser Augen sich bedeckt – die langen schwarzen Wimpern reichen bis auf die ovalen Wangen herab – sie fühlt Arme um sich – eine Kraft, die sie an sich reißt und durchglüht – öffnet hastig die Lider – blinzelt in den fallenden Tag – nein – nicht sich an irgendeinen enghirnigen, hübschen Laffen vergeuden. Cäsar wird wieder stark werden, wenn er die Krone trägt. Eine magische Gewalt strömt von dem goldenen Reif aus – sie weiß das – sie kennt den Zauber des Diadems. Er ist nur übermüdet, überreizt von der Ungewissheit, zermürbt von den letzten Kriegen in Spanien und Afrika – trägt eine Welt auf den Schultern, schon jetzt, ohne den Herrentitel. –

Sie sinkt lässig im Schoße zusammen. Es ist der Frühling, der in ihrem Blute rumort. Weiter nichts. Die Müdigkeit des Lenzes und seine Sehnsucht. Es ist –

Pferdegetrappel auf der Straße reißt sie aus der wollüstigen Versunkenheit. Die Kavalkade. Cäsars Kavalkade! Sie stürmt hinaus, nicht Königin, nicht Herrin der Welt, nur Weib, nur Geliebte, nur Sehnsucht und Hoffen auf das Größte, Letzte, Allerletzte.

III.

In der Halle trifft sie mit ihm zusammen. Er kommt allein. Das Gefolge blieb im Garten. Er ist sehr blass, gelblichweiß hebt das Gesicht sich ab von dem Purpur des Triumphatorenmantels, den er trägt. Sterbensbleich ist er, wie die Imperatorenbinde um die hohe Stirn. Unmut dunkelt in jeder der vielen tiefen Falten und Runen, die das Grandseigneurgesicht durchkerben. Doch er hält seine Züge beherrscht wie immer.

»Sei gegrüßt, Gajus.« Ihre Stimme, diese zauberhafte Stimme, die er so liebt, klirrt verräterisch.

»Tag, Liebste.« Er küsst ihre Stirn. Ihren Mund hat er lange nicht mehr geküsst.

»Was ist?!« Ihre Augen sind grüne, sprühende Fragezeichen.

»Sie haben das Diadem von dem Standbild gerissen.«

»Wer?«

»Ein Volkstribun.«

»Was hast du mit ihm gemacht?«

»Ich werde ihn seines Amtes entsetzen lassen.«

»Weiter nichts?!«

Er schüttelt den Kopf.

Sie fasst seine Hand. Sie stehen noch in der Halle. Er ist zweimal so groß wie sie.

»Warum hast du ihn nicht sofort ans Kreuz hängen lassen?« Es scheint, als wachse sie zu ihm empor.

Er lächelt müde. »Wir sind nicht in Alexandrien, mein Kind.«

»Dann *mach* endlich Alexandrien aus diesem Misthaufen !«

Er hebt kaum merklich abwehrend die Hand, geht voran in das Speisezimmer. Sie folgt hart hinter ihm.

An den Tisch in der Mitte des Raumes setzt er sich, eckig, krank, marode. Sie sieht, wie gipsig das Gesicht ist. Wie eine Totenmaske. Alter Mann, denkt sie bös.

Ein Sklave bringt eine große silberne Schüssel. Tücher. Er wäscht sich die großen Hände mit den langen nervösen Fingern, befeuchtet die Stirn. Sie blickt von unten her, zornig auf ihn. Er tut, als sähe er sie nicht. Doch er beobachtet aus den Augenwinkeln ihr Gesicht und freut sich wie ein Künstler an ihrem Mienenspiel.

Schön ist sie, denkt er. Ist doch die schönste Frau, die mein gewesen ist. Es ist heut viel Resignation in seinem Fühlen und Sinnen. Aber schön waren auch andere. Er trocknet langsam, bedächtig, fast pedantisch die Zwischenräume der Finger, das Spiel ihres Zornes und ihrer Verachtung zu genießen. Doch etwas hat sie, was keine andere besitzt. Etwas Einziges, nie Gewesenes, vielleicht nie Wiederkehrendes. Das lebendigste Gesicht hat sie, das je eine Frau besessen hat, eine bebende Lebendigkeit um Mund und Nase und Schläfen, eine vibrierende Heftigkeit, eine Wandlungsfähigkeit ohnegleichen, oft ohne Übergang. Das ist das Lockende an ihr, diese ewige Gespanntheit, die spannt, diese atemlose Gegenwart, die aufpeitscht, diese zitternde Leidenschaft, die mitreißt. Das lebendigste Gesicht, das je ein Mensch dem Dasein geboten hat. Das Seltsamste sind die Augen. Weltwunder, wie der Leuchtturm ihrer Königsstadt – Pharus ihres Gemütes.

So sinnt er und reicht langsam dem Diener das Tuch.

Sie steht noch, gießt ihm Wein ein. Stets bedient sie ihn selbst. Er dankt, trinkt saugend, der edle Massiker labt ihn nach dem langen Ritte. Er blickt in den Kelch. Sie schweigt erbittert. Da sagt er zögernd:

»Übrigens Misthaufen –« er leckt mit belegter Zunge die Lippen – »Alexandria ist schöner, auch hygienischer. Sicher. Das ist der Vorzug neuer, planmäßig angelegter Städte, die hingestellt, nicht naturgewachsen sind. Rom ist Rom!«

Er stellt den Pokal auf den Tisch, dass es knallt. Beim Klang seiner Stimme, die sehr tief ist und rein, wunderbar beherrscht und kultiviert, schwindet der Groll aus dem länglichen schmalen Oval ihres Gesichts. Leidenschaft flammt auf. »Gajus, was schert mich Rom und Alexandrien als Stadt in diesem Augenblick! Sei nicht so abgeklärt. Du marterst mich. Erzähl, wie es war!«

Sie steht ganz dicht bei ihm, lehnt an seine Knie. Er wischt mit der gehöhlten Hand über Stirn und Gesicht.

»Ein Fehlschlag. Als ich auf das Forum kam, war die Säule noch umkrönt. Einige jubelten mir zu. Riefen: »Heil dem König.« Meist bezahlte Subjekte. Aber die andern schwiegen dumpf. Ich fühlte sofort das Fiasko. Da riss Marullus, der Volkstribun, das Diadem von der Säule. Laut klatschte alles Beifall. Ich stand mit meinem Pferde nun mitten in der Menge. Riss die Toga auf, bot dem Volke meinen Hals und rief: »Stoße zu, wer will.« Er lacht leise auf. »Da wichen alle zurück.«

Er schweigt, lehnt sich im Sessel zurück, im Gedenken der Szene versunken.

Sie tritt von ihm fort, setzt sich ihm gegenüber. Die frühe Dämmerung der Märzmitte steht in dem Zimmer. Aus dem Halbdunkel glänzt wächsern seine Stirn. Wie ein flackerndes Irrlicht leuchtet ihr Gesicht.

»Was nun?« stößt sie endlich zwischen den Zähnen hervor. Sie schießt die Worte gegen ihn ab. »Was nun?!«

Er sitzt ohne Bewegung. Seine blassen Lippen formen die Antwort: »Warten, mein Kind.«

Sie schnellt von dem Sessel auf. »Warten!« Gemartert wirbelt sie sich um ihre Achse und stampft ungebärdig mit dem Fuße das Mosaik des Bodens. »Wie lange noch warten! Seit zwei Jahren sitz' ich hier in Rom, vernachlässige mein Reich und warte. Ich halte es nicht mehr aus. Ich ersticke in diesen engen Wänden.«

»Ich bedauere, dass ich dir hier keinen alexandrinischen Königspalast bieten kann.«

Sie überhört seinen Spott.

»Warten! Warten! Immer nur warten. Und das Leben vergeht!!«

»Du hast mehr Zeit zu warten, als ich«, sagt er sanft.

»Aber weniger Geduld.«

»Leider.«

Da ist sie wieder bei ihm, packt ihn mit den kräftigen Kinderfäusten an beiden Schultern, schüttelt ihn und weint vor Zorn und Enttäuschung hervor: »Quäl' mich nicht so unmenschlich! Leg' endlich diesen Panzer erhabener Lebensweisheit ab. Lass mir gegenüber doch diese

glatte diplomatische Hülle fallen. Ich kenne die Feuer,
die in dir brennen. Gajus, sprich mit mir, wie mit dei-
nesgleichen. Wir beide sind doch eins. Leg doch vor mir
die Maske ab!«

Sie drängt sich an ihn.

Er streichelt ihren Rücken, ihre Arme und zieht sie an
sich.

»Liebes«, flüstert er heiser, »wir haben heute verspielt.
Es geht nicht. Die Zeit ist noch nicht reif. Ich mache dir
keine Vorwürfe. Narren machen anderen für ihr Tun
Vorwürfe. Ich hätte mich von dir nicht verleiten lassen
sollen. Du kennst diese Römer nicht wie ich. Wie solltest
du auch? Mit exotischen Maßstäben lassen sie sich nicht
messen.«

»Ich bin nicht exotisch!«

Seine Stimme wird sehr zart. Als spräche er zu einem
Kinde, als wolle er einen Schmerz, den er ihr angetan
hat, fortstreicheln, sagt er sänftigend: »Sie sind hohl.
Aber diese Höhlung ist von der fixen Idee des Republi-
kanertums angefüllt. Sie wissen kaum noch, was Repub-
lik ist. Aber gerade darum klammern sie sich an diese
Phrase. Wer regiert Rom? Ich. Aber das Wort Monarch –
König meiden sie wie die Pest.«

Er schweigt, hält sie in den Armen, wartet, dass ihr ge-
spannter Körper sich löst, ihr Ärger verebbt. Als sie
spricht, ist ihre Stimme noch voller Gegnerschaft.

»Und wegen dieser Marotte soll unser gewaltiger Plan
– ?«

»Alles braucht seine Zeit der Reife«, bedenkt er.

»Du hast die Armee!«, ruft sie ungezügelt. »Schaff die Reife.«

Er schüttelt den Kopf. »Auf Lanzen und Schwerter kann man kein Königtum bauen.«

Sie lodert auf. »In Alexandrien warst du kühn.«

Er lächelt. »Da galt es auch, dich zu erobern.«

Doch ihr Sinn steht nicht auf Scherz und Galanterie. Sie setzt sich wieder, kauert sich unnahbar, igelig zusammen.

Da beugt er sich zu ihr vor. Seine tiefliegenden Augen liebkosen sie, seine braunen Hände strecken sich nach ihr aus, seine Stimme ist eine Zärtlichkeit. »Kleo, nimm deinen durchleuchtenden Verstand zusammen. Vergiss deine Enttäuschung. Du verlangst, dass ich zu dir wie zu meinesgleichen spreche. Jetzt tue ich es. Ich –«

»Ach, was nutzt das alles!« wehrt sie ergrimmt.

»Aber, Liebste«, tadelt er sacht, »weil nicht alles gleich im ersten Ansturm gelingt!«

»Gleich – ist ausgezeichnet!« höhnt sie. »Nun sag mir bloß noch, dass Rom nicht an einem Tage gebaut worden ist.«

»Ich pflege nicht in Sprichwörtern zu reden«, verweist er kühl.

Da springt sie wieder empor. »Herrgott, wohin verlieren wir uns! Wie aufgezogene Puppen radebrechen wir miteinander. Rede doch endlich rotes Blut, Gajus! Was soll nun geschehen? Was wird aus unserem Reich? Wir disputieren, als wären wir langbärtige Philosophen.«

»Na, na!«, scherzt er.

»Sie reißen die Krone von deinem Haupte und wir sitzen hier und drechseln Worte. Was gedenkst du nun zu tun, nachdem alles misslungen ist?«

»Du übertreibst, Kleo. Alles ist nicht misslungen. Wir haben die Dinge nur unklug überstürzt. Aber etwas haben wir erreicht.«

»Was – bitte?«, fordert sie messerscharf.

»Ich habe den Gedanken des Königtums in die Massen geworfen«, sagt er langsam. »Den Keim ausgesät. Trotz allem. Die Idee lebt.«

Sie will unterbrechen, doch er hemmt ihr Ungestüm mit einer leichten Bewegung der Hand.

»Noch vor Monaten – vor Wochen noch, wäre der Gedanke einer Monarchie in Rom allen als glatter Irrsinn erschienen. Heute ist er schon eine Möglichkeit, eine –«

»Ich will Wirklichkeit!«

»Ich auch, Kind«, stimmt er eifrig zu. »Ich bin Zeit meines Lebens ein sehr realer Politiker gewesen.« Er lächelt überlegen. Es scheint, als gehöre dieses Lächeln nicht zu dem verfallenen Gesicht.

Kleopatra hebt das Kinn, ihre Augen sind halb geschlossen. Spitz fragt sie: »Und was gedenkt der große Realpolitiker, jetzt zu tun?«

»Wenn du Geduld hast, will ich es dir sagen, Kleo. Ich werde tun, was ich immer tun wollte. Was ich bis zum letzten Panzerriemen vorbereitet habe. Wovon ich mich nur durch deine – meine Liebe zu dir habe abtreiben lassen. Ich ziehe in vier Tagen in den Partherkrieg.«

Da wächst sie steil empor von ihrem Sitze. Es ist, als hätten seine Worte sie mit noch intensiverem Leben erfüllt. Fortgeweht ist ihre Keckheit, ihre harte Stimme, ihr unduldsamer Mund. Sie spricht wie eine Frau in höchster Angst.

»Du willst erst nach Persien?!«

»Ja.«

»Das ertrage ich nicht! Hörst du! Das kann ich nicht ertragen.«

Er beugt sich wieder zu ihr vor und packt sie in den Bann seiner strahlenden schwarzen Augen, das einzige an ihm, das stark und jung geblieben ist. »Kleo, du musst es ertragen!«

»Hier sitzen und harren –«

»Nicht hier.«

»Sondern?«

»In Alexandrien.«

Ihr Körper bebt vor Zorn und Verzweiflung.

»Komm her«, sagt er weich.

Sie rührt sich nicht. Ihr kleiner Körper zuckt und windet sich in Ungemach.

Mit einem leisen Lächeln fasst er ihr Kleid, zieht sie an sich, zieht sie auf seinen Schoß, birgt sie in seine Arme wie ein klagendes krankes Kind. Flüstert zu ihr herab. Er ist zärtlich, wie ein Vater, gütig wie ein Freund, und bisweilen wird es die Stimme eines erschütterten Geliebten.

»Sei vernünftig, du Klügste auf Erden. Sei doch bloß ein bisschen vernünftig. Komm, komm, weine nicht, mein geliebtes Mädchen. Begreif doch, so geht es nicht. Das hast du nun doch selbst gesehen. Sie sperren sich gegen mich und dich. Mit Gewalt kann man Verfassungen nicht erzwingen – nicht für die Dauer. Ich brauche noch eine große Tat. Eine gewaltige, hinreißende. Eine, die diese Plebejer begeistert, ihre Hirne umnebelt. Eine Alexandertat. Nur kriegerische Lorbeeren wirken auf diese stumpfen Gemüter. Bis nach Indien muss ich meine Legionsadler siegreich tragen. Und wenn ich dann mit den Schätzen Indiens beladen heimkehre, dann Geliebte, dann – wenn sie neben dem Kriegsruhm sehr reale greifbare Erfolge sehen – wenn ich dann meinen Triumph feiere – dann sollst du sehen, wie sie dem Könige zujubeln.«

Sie liegt ganz still an seine Brust gebettet. Schluchzt nur noch vom Weinen nach.

»Ich wollte es immer. Ich will mich vor dir mit meiner politischen Einsicht nicht brüsten. Ich bin ein alter Routinier. Du ein leidenschaftliches junges Weib. Dein Plan ist groß und herrlich. War er immer, wird er immer bleiben. Es handelt sich nur um das Tempo seiner Verwirklichung. Unser Weltreich, Kleo, *wird*, so wahr ich dich liebe und in meinen Armen halte. Dann, mit der Erde zu deinen kleinen herrlichen Füßen, wirst du mein Weib, alle unsere Träume werden Wahrheit.«

Der Klang seiner Stimme ändert sich, wird härter, rauer. Es wird die Stimme des Staatsmannes. Der Geliebte ist verschwunden.

»Aber hier kannst du nicht bleiben, während ich in Persien bin. Deine Anwesenheit arbeitet gegen uns. Erinnert sie stets an unseren Plan. Der muss tief und unbemerkt fortwuchern, wie ein Saatkorn im Mutterschoße der Erde. Auf dem Rückwege hole ich dich aus Alexandrien.«

Wieder wandelt sich die Stimme, wird zum Trompetenton, tapfer, hell, voller Vertrauen.

»Dann ist unser Tag gekommen. Dann ziehst du mit mir, als mein Weib und die Königin des Ostens, auf dem Triumphwagen des Königs des Westens in Rom ein – die heilige Straße hinab – zum Kapitol – alles Volk jubelt uns zu – die siegreiche Riesenarmee tut das Ihrige –«

Sie setzt sich jäh auf seinen Knien auf, sieht ihm ins Gesicht. Ein Ton aus alten Tagen, aus alexandrinischen Nächten ist in seiner Stimme, reißt sie empor. Das ist der Cäsar, den sie einst gekannt hat, der feurige Geliebte, der Mann, den kein Alter berühren, noch antasten kann. Ihre Augen glänzen wie in den Tagen, da er sie in die Arme nahm und ihr wilde, leidenschaftliche Worte ins Ohr raunte. Auch in seinen Zügen flammt ein Feuer aus den ersten Zeiten ihrer Liebe. Ja, das ist Cäsar, ihr Cäsar, ihr Geliebter, ihr Erwecker und Meister.

Lange sieht sie ihn stumm an. Dann fragt sie leise: »Wie lange wird es dauern?«

»Weiß ich nicht. Dauer der Kriege lässt sich nicht vorausschätzen.«

»Ungefähr.«

»Zwei bis drei Jahre.«

»Unmöglich!« Sie fiebert von seinem Schoß, rennt in dem fast dunklen Zimmer umher wie ein kleiner Irrwisch.

»Solange halte ich es nicht aus.«

»Man hält vieles aus« –, sagt er ruhig, »um ein Weltreich – selbst wenn man alt und morsch vom Fieber ist.«

Da ist sie wieder bei ihm. In seiner Stimme hat sein Alter und seine Müdigkeit geschluchzt. Sie beugt sich über ihn, legt die Hände auf seine Schultern, presst ihre Wange gegen die seine. Voll Sorge, Angst und Liebe fragt sie:

»Bist du denn gesund genug für die Strapazen dieses großen Krieges?! Kannst du die Entbehrungen eines Feldzuges ertragen?! Wenn du krank würdest – weit von mir –, ich würde vor Angst um dich vergehen!«

Er wendet das Gesicht zu ihr empor.

» *Nur* für diesen Krieg bin ich gesund und stark genug. Ein altes, mürbes Streitross. Wenn die Fanfaren schmettern, richtet es sich auf und sprengt los.« Er lächelt so schmerzlich und zag, dass ihr empfängliches Herz ihm entgegenspringt.

Sie liegt an seiner Brust. »Du – du – ich wusst es – wenn die Krone winkt – wieder ganz jung wie vor vier Jahren in Alexandrien würdest du werden. Unsere Nächte damals – unsere –«

Sie wühlt sich an seinen Leib, schmiegt sich an ihn, sucht seine Lippen.

»Küss mich – nimm mich –«

Da zieht er sich in sich zurück. »Liebste, nicht jetzt«, wehrt er in milder Trauer. »Ich muss gleich fort. Letzte

Vorbereitungen. Und abends bin ich bei Lepidus eingeladen.«

Schmerzlich ernüchtert gleitet sie von seinen Knien. Streicht das Haar an beiden Seiten aus den Schläfen. Feindlich glimmen ihre Augen durch das Dunkel.

»Geh«, faucht sie.

Jetzt erst begreift er ihre Enttäuschung.

»Verzeih«, bittet er schlicht. »Ich brauche in diesen Tagen meine Kraft und Besonnenheit.«

»Geh.«

Er überhört ihre Frechheit. »Eine geniale Frau hat noch andere Verbindung mit einem Manne, dachte ich.«

»Genial!« höhnt sie, »genial ist man nur in der Ausführung großer Gedanken. Pläne, Ideen, Sehnsüchte haben auch kleine Weibchen. Meine geniale Ausführung bist du, und du – behandelst mich wie eine Dirne. Lässt mich um Liebe betteln – vergebens.«

Er steht auf. Seine Augen sind kalt.

Sie weiß, sie hat ihn grausam verwundet.

»Nicht immer«, sagt er, »nicht immer lass ich dich vergebens – bitten. Am achtzehnten März schreite ich zur Ausführung eines Planes, der mehr ist als Erfüllung einer erotischen Laune – für dich.«

Sie schweigt beschämt.

»Lass das Kind kommen«, gebietet er nach einer kleinen Pause.

Sie klatscht in die Hände, der Sklave bringt die Lampe. Die Kinderfrau den Kleinen.

Cäsar stellt das Bübchen vor sich auf die Knie. Das Kind ist scheu und schweigt. Lange betrachtet es Cäsar. Die Ähnlichkeit mit ihm ist verblüffend. Unter den weichen Kinderzügen zeichnet sich schon der scharfgeschliffene Römerkopf des Vaters ab.

In einer jähen wehmütigen Aufwallung küsst er es auf den Mund und gibt es der Kinderfrau zurück. Sie trägt Cäsarion hinaus.

Kleopatra kauert niedergeschlagen, den Kopf tief gebeugt. Er blickt in der Helle der Lampe zu ihr hinüber.

»Kopf hoch, Kind«, ermuntert er. »Was sind zwei Jahre, wenn es ein Weltkönigtum gilt!«

Sie hört nicht auf ihn. Das Licht spiegelt sich in dem Schwarz ihres gebeugten Haares.

»Lass mich nicht so von dir gehen«, drängt er. »Lass mich – wie immer – etwas Liebes von dir mitnehmen.«

Sie rührt sich nicht, verstockt.

»Sing mir eins deiner schönen ägyptischen Lieder – wie einst.«

»Einst ist lang vorbei«, murrt sie. Steht aber doch auf, holt die Laute aus dem Winkel, stimmt und singt. Singt mit dieser Stimme, die jedes Frauen- und Männerherz bestrickt und bezaubert. Singt in den einfachen uralten Weisen des Volkes, das sie beherrscht. Ihre Züge sind angespannt und in Weiten verloren.

Nie war sie so schön, denkt Cäsar und fühlt, wie ein undeutbares Gefühl des Abschiednehmens ihm das Herz dehnt.

»Siehe die Häuser der Lebenden!
Ihre Mauern zerfallen, ihre Stätte ist hin.
Sie sind, als wären sie nie gewesen.
Alles, was wird, muss gehen dahin.
Die Jünglinge und Mädchen
Schreiten ins Dunkel,
Die Sonne steigt im Aufgang und geht nieder im
Westen.
Männer werben und Frauen empfangen.
Auch die Kinder schon torkeln ins frühe Grab.
Darum sei glücklich! Komm!
Düfte und Räusche stehen vor dir,
Mahublumen und Lilien lechzen
Nach dem Nacken der Geliebten.
Komm! Sang und Musik harrt deiner.
Vergiss alle Sorgen, denk nur an Freude,
Bis der Tag kommt, an dem auch du
In das Land wanderst,
Das Schweigen heißt.«

Langsam haben sich die Augen des Mannes von dem still verklärten Gesicht der Königin gelöst. Sein Kopf sinkt. Er hört nur diese beglückende Stimme, die Worte der Trauer klagt.

Doch sie sieht. Während sie singt, umtasten ihre Blicke das Gesicht, das von unten her, vom Scheine der Öllampe, sanft bestrahlt ist. Sie sieht, wie seine Züge sich lösen, wie die Maske sinkt und die blauen Schatten unter den Augen sich weh vertiefen und purpurn dunkeln. Das zergerbte Gesicht dieses alten verbrauchten Staatsmannes und Soldaten wird weich und lind, und wie hinter bergenden Wänden tritt seine tiefe Menschlichkeit und Größe hervor. Über seine markigen Züge ist etwas Vergeistigtes gehaucht, etwas ihr Verwandtes, das Feinste und Beste, das sie geeint hat und immer einen wird.

Sie vergisst die Kränkung. Vergisst alles Trennende. Fühlt nur eine hingebende Zärtlichkeit und alle Liebe, deren sie fähig ist. Weiß wieder, dass dort der einzige Mann sitzt, den sie sich ebenbürtig und überlegen gefunden hat.

Als sie schweigt und leise die Saiten nachhallen lässt, hebt er ganz langsam den Kopf.

»Von wem ist das Lied?« Immer will er wissen und lernen.

»Von dem Pharao Imhotep. Er bestieg den Thron etwa zweitausendzweihundertfünfzig Jahre vor der Gründung Roms.«

»Traurig ist sein Lied«, sinnt er vor sich hin.

Da wirft sie die Laute hin, breitet ihm die Arme entgegen und jubelt zukunftssicher: »Nein, voller Lebensinbrunst ist es, mein König der Welt.«

IV.

Am folgenden Morgen nimmt Kleopatra ein Bad. Gedämpftes Licht fällt bläulichrot durch die bunten Scheiben des Fensters in das Badezimmer. Weich ausgestreckt liegt sie in der warmen, duftenden Flut, hat das Kinn gegen die Brust gepresst und betrachtet prüfend den kleinen Körper.

Ich habe ja einen Bauch, denkt sie erschreckt, und streicht über den kaum gewölbten Leib. Die Haut hat den seidigen Glanz alten Elfenbeins. Mehr turnen! Mehr gymnastische Übungen, beschließt sie. Gleich anfangen, sofort nach dem Bade. Und Eiras muss schärfer massieren. Sie befühlt ängstlich die Brüste. Nein, die sind fest und hart – ganz jungfräulich, und füllen mit ihrem glatten spitzen Kegel grade ihre kleinen Handhöhlungen. Kein Mal ist an ihrem Leibe, kein Zeichen der Mutterschaft. Die Kunst der ägyptischen Ärzte ist groß, größer noch Kleopatras Geduld und verbissener Eifer, ihren kleinen ebenmäßigen Körper in seiner schimmernden jungen Makellosigkeit zu erhalten.

Ungestüm will sie sofort einen Plan erweiterter Leibesübungen entwerfen und festlegen. Sie ruft Charmion, Eiras. Da stürmt die Griechin schon herein. Schwenkt triumphierend ein kleines Bündelchen. Man kennt unter den Vertrauten die Holztäfelchen, die Cäsars Briefe bergen. Oft schickt er sie in plötzlicher Laune, jäher Notwendigkeit.

»Gib her – gib rasch her!« Die Königin streckt den schlanken muskelkräftigen Arm aus der Wanne. Wasserperlen rieseln nieder. Charmion bastelt an der grünen Schnur, die versiegelt die Täfelchen zusammenhält. Kleopatras Hand fingert ungeduldig, nervös, gierig. Sie fühlt bis ins Mark und ins Herz, der Brief bringt Gutes. Ein Fluidum geht von ihm aus. Plötzlich ist in ihrer Brust etwas von der Lust, dem staunenvollen Frohsinn, der sie entzückt und emporgetragen hat in den ersten glücksquellenden Tagen ihrer Liebe zu Gajus Cäsar. In dem Briefe brennt unerwartet Gutes! Her damit – her damit!

Sie drängt, sie treibt. Ihre Hast hetzt die geschickten Finger der Griechin zu Missgeschick. Jetzt haben die Schnüre sich zu einem Knoten verwirrt. »Zerreiß das Band!« Es knallt auf. Mit feuchten Fingern klappt die Königin die Täfelchen auseinander. Liest die kühne herrische Schrift auf dem schwarzen Wachse. Ihr Herz klopft so heftig, dass Charmion seinen Schlag gegen die nasse Brust pochen sieht.

Dann schlägt Kleopatra die Täfelchen zusammen. Das Holz ist feucht durchtränkt von ihren Fingern. Sie reicht es Charmion, »leg es auf das Tischchen dort« – und springt, einen Wasserschwall mit sich reißend, aus der Wanne.

Ihre grünen Augen funkeln. Das Programm der neuen Leibesübungen ist vergessen. Sie wird getrocknet, gerubbelt, Eiras tritt an, die gewiegte Masseuse, die kunstbegabte Friseuse und Haarpflegerin. Die Königin merkt nichts. Ihre Gedanken irren ins Weite, hinüber über den Tiber, in den Senat. Ihr kluges Hirn weiß den Brief auswendig. Jedes Wort.

»Mein Liebstes, alles scheint noch gut zu werden. Dein Geist und deine Wünsche liegen waltend über Rom. Habe elend geschlafen, böse dumme Träume. Fühlte mich hundsmiserabel. Wollte gar nicht in die Sitzung gehen. Da kommt eben Decimus Brutus Albinus, einer meiner intimsten Freunde, und verrät mir, dass der Senat gestern in geheimster Sitzung einstimmig, bitte einstimmig! Beschlossen hat, mir heute den Königstitel anzubieten.

Unter gewissen Modalitäten, die nicht interessieren. Wie dein alter politischer Roué, der mit allen Hunden gehetzt, mit allen Wassern gewaschen ist, sich doch irren kann! Du behältst wieder einmal recht – wie immer. Freue dich. Ich komme vom Senat und Königszuge zum Forum sofort zu dir. C.«

Sie eilt in den Garten, rennt sinnlos umher. Ein kleiner hochmütiger Triumph ist in ihr. Sie kennt diese Römer besser als er, der Kluge, Gerissene, Kühne, Altersbedächtige, der einer von ihnen ist! Sie wissen, dass die Republik faul und morsch ist. Dass Einer den verrotteten Staat führen muss. Ihm wollen sie die Last aufbürden und die Verantwortung. Sie begreift es. Das ist es natürlich, nicht Liebe, nicht Dankbarkeit. Dankbarkeit und Liebe! Sie weiß, was die in der großen Politik wiegen. Nicht eine Flaumfeder.

Jetzt – grade jetzt – vielleicht – bieten sie ihm die Krone an –

Sie eilt zurück ins Haus, vor Ungeduld knisternd. Weiß nicht, womit sie die Zeit morden soll. Die Zeitung! Vielleicht steht schon etwas davon in der Zeitung. Vielleicht war die Sitzung gestern doch nicht *so* geheim, vielleicht ist etwas durchgesickert.

Charmion stürzt mit der Zeitung herbei. Auch diese »Tagespost« ist ein Werk Cäsars. Kleopatra überfliegt die Blätter. Sie, die zehn Sprachen geläufig spricht, liest Latein wie eine Römerin. Nichts. Nichts davon. Aber viel anderes. Andere politische Maßnahmen, Anordnungen, Regierungsakte Cäsars. Ein Mieterschutzgesetz: Auf ein Jahr wird wegen der Geldnot die Miete für alle

Wohnungen bis zu 2000 Denaren gesetzlich gestundet. Die Arbeitslosenversorgung neu geordnet: statt 320 000 Empfänger öffentlicher Speisung nur noch 150 000. Der Arbeitslosigkeit wird auf anderem Wege gesteuert. Neubauten in Rom – sie werden einzeln angeführt – Verschickung von 80 000 Bürgern in die überseeischen Kolonien zur Urbarmachung, Abschiebung der Bevölkerung der Großstädte auf das Land. Ausbau des Hafens von Ostia. Ferner eine kleine Änderung der Straßenverkehrsordnung in Rom.

Ein Tag aus seinem Leben und seiner Verwaltung. Inmitten der Vorbereitung auf den größten Krieg, den er je geführt hat, Sorge für das Soziale, Wichtigste und Geringste.

Ein Gefühl des Fremdseins, der Vereinsamkeit überschleicht die Königin. Was weiß sie im Grunde von diesem Manne! Wie fern steht er ihr im Letzten! Nie hat er über diese in ihm reifenden Pläne gesprochen. Freilich, freilich, sie hat immer nur von dem großen Staatsgedanken geredet, die heilige Flamme in ihm anzufachen und zu behüten. Wie fern und fremd und überlegen ist dieser Mann ihr in seinem Eigensten!

Sie beißt unmutig die regelmäßigen weißen Zähne in die Unterlippe. Dann wirft sie nach ihrer Gewohnheit den Kopf zurück. Muss anders werden. Alles würde anders werden, wenn sie erst sein Weib war – seine Königin vor aller Welt. Wenn Ost und West unter seinem und ihrem Szepter vereint ist. An jeder seiner Regierungspläne und Verwaltungstaten will sie teilhaben, an jedem –

Sie horcht auf. Ein Läufer draußen. Sie hört Flüstern. Ist Seleukos wahnsinnig, ihn aufzuhalten? Hat er noch nicht genug an der Peitsche von gestern! Totpeitschen! Durchtobt es sie, während sie in das Peristyl hinausstiebt.

»Warum lässt du den Boten nicht zu mir?!« keucht sie den Aufseher der Läufer gefahrdrohend an.

»Herrin –« Der Mann hebt verstört machtlos den Arm.

»Später«, zischt sie. Der Mann wird weiß wie die im Sonnenlicht glimmenden Kiesel des Gartenweges. Er weiß, der Aufschub bedeutet Tod.

»Was bringst du?«

Der Bote stockt. Furcht lähmt ihm die Zunge. Böse Kunde bringt dem Überbringer oft Untergang.

»Was bringst du, Mensch!« Sie packt den nackten Arm des Mannes, zwickt ihn, dass dem Läufer die Sinne aufflammen in Schmerz.

Was haben diese Menschen? Warum sprechen sie nicht? Es kann doch nur Gutes –

»Herrin, lass nicht mich entgelten –«

Hinter ihrer Stirn ist es weich, wolkig. Eine Ahnung. Irrsinn! Im Senat haben sie den Antrag gestellt. – Was haben diese Menschen? Da noch mehr – das Gesinde – der Hofstaat – was wollen die alle hier? – Was bedeutet dieser Auflauf? Täuscht sie sich oder sehen die wirklich alle so bestürzt – zerflattert aus?

»Was ist?« stößt sie trotz aller Härte unsicher hervor.

Der Bote starrt auf seinen verletzten Arm. Ein blutblauer Fleck hat sich dort gebildet. Sie pufft den Mann mit der geballten Faust in die Brust. »Willst du endlich reden?«

Er taumelt auf. »Herrin – Cäsar –«

Er bricht ab.

»Was ist mit Cäsar?« Cäsar ist jetzt doch König. Warum stockt der Mann schon wieder, Todesgrauen weiß in den Pupillen? Warum blickt er zerquält, Hilfe suchend auf die andern? Was stehen sie alle und senken schreckhaft den Blick –?

»Was ist mit Cäsar?« Ihre Stimme klingt ihr fremd und nie gehört.

»Cäsar ist – ermordet!«

Sie hat das Gefühl, dass sie stürze. Klaftertief, von einem hohen Turm zur Erde nieder. Gleich wird sie auf den Boden aufschlagen – furchtbar, zerreißend, zerschmetternd. Sie wartet auf den Aufschlag auf die Erde. Fühlt das Vorübersausen der Luft an den Schläfen – in den Ohren – wartet auf den Aufprall – weiter nichts – weiter weiß sie noch nichts.

Der Aufprall kommt nicht. Sie sinkt, sinkt in rasender Eile – immer tiefer – tiefer. Sie weiß nicht, dass sie steht und schwankt – hin und her – nach vorn und zurück schwankt auf den Sohlen der Schuhe.

Dann hört das brausende Hinabstürzen plötzlich auf. In dem Hirn wird eine Öffnung. Eine Helle klafft herein. Was hat er gesagt? Aus den Tiefen des Bewusstseins klimmt es schwarz empor. Da hat doch Einer etwas gesagt. Wer? Sie hebt den Blick. Die Augen sind umflort, die unteren Lider schwimmen in Blut.

»Was hast – du – gesagt?«, fragt sie, jedes Wort regnet nieder, schwer, einzeln wie dicke Gewittertropfen auf ein Kupferdach.

»Cäsar ist im Senat ermordet worden«, flüstert der Läufer. Er weiß, gleich wird ihr Jähzorn ausbersten und ihn vernichten.

»Noch einmal!«

»Cäsar ist im Senat ermordet worden.«

Sie blickt den Mann starr an. Ihre grünen Augensterne, die in einer blauen Iris stehen, sind wie die Augen einer Schlange, die zum Angriff vorstoßen will.

Langsam umklammert das Gehirn die Kunde. Langsam, schwerfällig begreift das fein ziselierte flinke Gehirn. Dann öffnen sich die Lippen. Es dauert noch, ehe ein Laut hervorbricht. Dann gellt diese wunderbare Altstimme, die ein Menschenruhm ist von Alexandrien bis Rom über alle Lande des Mittelmeeres hin, zerrissen, zerfetzt zum Himmel empor.

»Nein – nein – du lügst – du Hund. Du lügst!«

Der Läufer beugt das schwarze Haupt unter sein Geschick.

»Du lügst! Das ist nicht wahr! Das kann nicht wahr sein!!«

Es schrillt hinaus in die weiten Gärten, die rings die Villa umhegen. Sie weiß längst, dass es wahr ist. Ein Krampf, ein Wahn, der nach ihr tastet, eine widerstrebende Wut will es nicht wahr haben. Da taumelt sie. Mardion, der Eunuch, greift zu. Bewahrt sie vor dem Fall. Charmion schiebt ihr den Rand eines Sessels in die

Kniekehlen. Sie bricht rücklings nieder. Fällt hinein, steif, ungelenk, ohne Beugung der Hüfte. Liegt ausgestreckt. Charmion, die sorgsame, selbst vernichtete, weht das Gefolge aus dem Raum. Nur den Boten hält sie zurück. Eiras bringt Essenzen, Belebungsmittel, reibt der Herrin die Schläfen, die Stirn, das Herz.

Kleopatra richtet sich auf. Ihr Gesicht ist gelb und verfallen. Doch sie hat sich in der Hand. Sie winkt dem Boten, ganz matt, kaum merklich.

»Wer hat – Cäsar ermordet?«

Der Mann muss sich tief zu ihren Lippen hinabbeugen. Ihre Frage ist ein Hauch.

»Marcus Brutus, Gajus Cassius – Decimus Brutus, viele – alle.«

Sie neigt wieder den Kopf, die Hände auf die Armlehne des Sessels gerammt, den Oberkörper vorgebeugt, das Gesicht nach unten. Ihr Nacken steht wachsweiß gegen das schwarze Haar.

Ohne sich aufzurichten, stöhnt sie hervor, es ist wie würgendes Erbrechen:

»Auch – Decimus – Brutus?«

»Ja, Herrin.«

Da sackt sie zusammen. Das Gesicht schlägt auf die Oberschenkel nieder. Der Mund presst sich auf die Knie, ein Aufheulen pfeift zwischen Mund und Knien wimmernd hervor. Im Augenblick weiß ihr unbeirrbarer Verstand alles. Sie haben ihn in die Senatssitzung gelockt, ihm vorgegaukelt, sie wollten ihn zum König erheben, – um ihn zu ermorden. Sie sieht alles, sie weiß alles. Ihr Gehirn rast weiter. Sie züngelt auf wie eine verheerende Flamme. Der Bote, die Mädchen sehen sie entsetzt. Sie lodert durch die Veranda. Von ihrem Munde schäumen Worte.

Nein, nein. »Ermordet« – »List« – »Verrat« – das sind Worte – Worte nur – Laute. Worte können das Weltgeschehen nicht ändern – nicht aufhalten – können nicht Reiche stürzen. Das ist nicht wahr – das kann keine Wirklichkeit sein, die zählt, die gilt! Sie läuft ziellos umher, kommt zurück, wirft sich wieder in den Sessel. Der Kopf fällt wieder haltlos tief herab. Laute, zerpresste Schreie gurgeln hervor. Dann wird sie still, ganz still. Ihr Scheitel zittert.

Andere Boten. Nachrichten prasseln auf sie nieder. Sie winkt nur mit einem Finger Gewährung. Keiner weiß, ob sie hört, begreift.

»Dreiundzwanzig Dolchstiche – er liegt am Fuße der Säule des Pompejus – alles flieht – schließt die Häuser – die Straßen sind von Entsetzen verödet.«

Sie versteht alles, hält das verwüstete Haupt dem Hagelschauer der Nachrichten hin. Der schimmernde schwarze Scheitel zittert.

V.

Dann schnellt die Ewig-Ruhelose wieder empor. Die Mädchen, die selbst zu erschüttert, zu verloren sind, Trost zu finden für sie, weichen ängstlich zurück. So fremd, so furchtbar ist sie.

»Ich will – hin.«

Da platzt ein neuer Bote herein. Sie haben die Leiche in sein Stadthaus getragen.

Kleopatra lehnt gegen die Wand des Peristyls. Sie will Haltung bewahren. Sie muss. Noch ist sie Königin. Im Hause Calpurnias ist er! Der gehört er nun. Sie ist nur die Geliebte.

Sie wankt ins Haus. Charmion will sie stützen. Mit hängenden Händen winkt sie ab. Ihre blauen Lippen flüstern: »Geht – geht alle.«

Dann sitzt sie mutterseelenallein, wie jeder im furchtbarsten letzten Weh allein ist, an dem Tische, vor dem Stuhle, auf dem er gestern – vor kaum sechzehn Stunden gesessen hat, leibhaft, lebendig, wohl krank und siech, aber voll Odem, voll Plänen, voll Zukunft. Voll Leben! Sie starrt auf den leeren beredten Stuhl. Sie will den Geliebten hinzaubern. Doch sie kann sein Gesicht plötzlich nicht mehr sehen. Starrt hin, bis ihr die Augen übergehen. Weinen kann sie nicht mehr. Nur denken, erfassen, zweifeln, verzweifeln.

Aber das volle Grauen, von dem nun die Welt und ihre Welt voll ist, kann sie doch noch nicht geistig umspannen. Noch weiß sie nur, Cäsar, ihr Cäsar, ihr Licht, ihre Liebe, ihr Lehrer und Meister ist tot. Liegt von dreiundzwanzig Dolchstößen durchlöchert im Hause seiner Frau, steif, kalt, ohne Leben. Hingeschlachtet von seinen besten Freunden, die ihn hingelockt haben, ihn abzuschlachten.

Ein klagendes Weh versperrt ihr den Schlund. Nur das weiß sie, nur das begreift sie: Ihr Cäsar, der Erwecker ihres Körpers und ihres Geistes, der Vater ihres Kindes ist tot – atmet nicht mehr, sieht nicht mehr die strahlende Märzsonne dort draußen. Wird nie mehr zu ihr kommen mit dem ironischen Lächeln auf dem klugen durchgeistigten Gesicht, nie mehr zu ihr sprechen – nie mehr sie küssen – nie wieder – nie wieder, und wenn sie hundert Jahre alt wird – und wenn sie tausend Jahre hier säße und auf ihn wartete – nie wieder wird er kommen.

Aber langsam, wühlend, schürfend steigt ihr Bewusstsein in die Tiefe. Da schreit sie auf, grell, grausig, wie ein Tier, das den Stahl in die Weichteile eindringen fühlt. Jetzt ist sie zu den Niederungen ihres Schmerzes und Verlustes herabgesunken. Jetzt erst sieht sie alles, übersieht sie alle Folgen. Jetzt erst weiß sie, dass alles dahin ist mit seinem Leben. Der Traum der Weltherrschaft – vorbei – zerronnen – alles zerstoben, als wäre es nie ausgedacht, ersonnen mit Herzblut, geistig erschaffen worden bis in alle Einzelheiten. Dreiundzwanzig Stilette haben den erhabensten, kühnsten Königstraum aller Zeiten erdolcht. Nicht nur den größten Mann seiner Tage haben sie hingemeuchelt – ihren Mann – es scheint ihr plötzlich, als seien alle ihre Lebensfäden in seinem Dasein zusammengelaufen, in seinem Dasein verankert gewesen – gestern hat er noch dort auf dem Stuhl gesessen –, die Brust umkrallt ein Schmerz, der die Lungen so eisern einengt, dass sie ächzen muss nach Luft und Atem. Doch das Lot ihrer Gedanken sinkt wieder tiefer – hinab unter persönliches Leid.

Sie haben nicht nur den größten Staatsmann und Feldherrn heute Morgen im Senat erschlagen – auch seinen Traum vom Weltkönigstum, ihren Traum, ihren Rausch, seinen Ehrgeiz, ihren Ehrgeiz, seinen Willen zur höchsten und letzten Macht, ihren Willen zur höchsten und letzten Macht der Erde.

Das Kaiserreich der Welt ist verblutet unter den Mörderhänden. Dieses Reich, das heute Wirklichkeit werden sollte, haben sie in seinem Hirn erstochen. Diese Idee, die unsterblich schien wie ihr Träger, ist sterblich gewesen wie sein Leib.

Sie sinnt, die Wangen in beiden Händen. An einem, an dreiundzwanzig Dolchen hängt das höchste Wollen und Streben! Viel, alles hat sie erwogen. Seinen Tod nie.

Langsam, dann aber bis ins Mark vernichtend, begreift sie, dass ihr heute mehr gemordet worden ist als der Geliebte, der Vater ihres Kindes, der einzige Freund, der Mann, der sie heiraten und zur Kaiserin der Erde machen wollte. Ihr Schicksal, ihre Berufung, die große politische Idee – ihre Idee, ihr Gedanke –, Ost und West der Welt zu verbinden in ihm und in sich, ist erwürgt worden. Ihr Leben ist ein Unsinn geworden, ein Widersinn. Witwe ist sie des Leibes, des Geistes, der Macht. Heute Morgen Anwärterin auf die Krone der Erde. Jetzt Königin eines kleinen, schwachen, nichtigen Landes, gefährdet, bedroht von den Feinden im Innern, eine leichte Beute des Römerrachens, der alles verschlingt. Plötzlich steht diese unhemmbare Gewalt feindlich und böse vor ihr auf. Der Freund, der Träger dieses Römertums, ihr Geliebter, Mann, Verbündeter des Körpers, des Geistes, der Tat, liegt tot im Hause der Calpurnia, die er nie geliebt, die ihn nie verstanden hat. Nur sie – oft hat er es gesagt –, nur sie allein war die ebenbürtige geistige Frau, die einzige.

Sie zwingt ihre Gedanken zurück. Rom steht jäh gegen sie, bedroht sie, wie es die Welt stets bedroht und unterjocht hat.

Sie hebt witternd die schöne, klare Stirn. Mitten in ihrem rasenden Schmerz, mitten in der grausamen Verlorenheit dieser Stunde erkennt sie ihre und ihres Landes Zukunft ungeschminkt, unbarmherzig ehrlich. Ihr genialer politischer Instinkt lässt sich nicht täuschen. Alle Sicherungen der großen letzten vier Jahre sind wie Seifenblasen zerplatzt, alle Chancen verpufft. Wie vor vier Jahren, als Cäsar nach Alexandrien kam, wankt wieder die Erde, wankt wieder ihr Thron, ihr Heimatsthron. Kein Weltreich mehr, Kampf um ihr kleines Reich gilt es nun, Kampf um ihr nacktes Dasein und Leben.

Ein Abgrund klafft vor ihr auf. Sie springt empor. Kann nicht untätig in dieses Unheil hinabstarren. Die Knie sind weich, tragen sie nicht. Sie lehnt gegen die Mauer, schaukelt mit dem Rücken hin und her. Und ballt die Fäuste und presst die Knöchel zwischen die Zähne, dass das Blut aus der Haut spritzt. Es ist nicht möglich! Es ist nicht denkbar. Vor wenigen Stunden noch Möglichkeit, fast Wirklichkeit, schlimmsten Falles auf kurze Zeit vertagte Wirklichkeit – und jetzt alle Pläne, Erwartungen, Hoffnungen lächerliche Phantome, Chimären, Fantastereien müßiger Trödelstunden. Jetzt verwehende alberne Hirngespinste. Und doch vor Stunden noch greifbare Wirklichkeiten! Jetzt verblutet mit dem größten Manne seiner Zeit zu kalten Leichen, zerstochen, zerfetzt – –

Da packt sie wieder das Unbegreifen. Es *ist* nicht. Es kann nicht sein. All dieses gigantische Leben und Wollen kann nicht ausgelöscht sein, spurlos vergangen, als wäre es nie gewesen. Es kann jetzt nicht bleiche, wesenlose Geschichte sein, die durch die Jahrtausende geht, kalt, fasslich, sachlich. »An den Iden des März des Jahres 709 nach Gründung Roms wurde Julius Cäsar von seinen Freunden ermordet.« Nein. Nein. Sie träumt. Sie ist wahnsinnig geworden. Canidia, die Hexe, hat sie behext.

Sie klatscht besessen in panischem Entsetzen in die Hände, schreit. Man läuft zusammen. Es bleibt Wahrheit. Sie träumt nicht, sie ist nicht wahnsinnig geworden. Kein böser Geist verwirrt ihre Sinne. Draußen ist heller Frühling. Ist Sonne, Licht, Wärme. Die Blumen duften wie immer. Und Er ist nicht mehr. Sie fasst es nicht. Die Sonne strahlt und wärmt, die Lämmerwölkchen ziehen am Himmel, leicht und beflügelt, der Himmel ist blau, Lerchen steigen trillernd zu seinen Höhen, alles geht weiter, nichts stockt, nichts hört auf, alles ist wie gestern, wie heute Morgen, nur Er ist nicht mehr. Alles lebt weiter, freut sich weiter, lacht und lebt weiter. Nur Cäsar ist tot.

Da beginnt sie zu rasen aus Unverstehen, aus Nichtbegreifenkönnen. Sie schlägt die Fäuste gegen die Wand des Zimmers, empört sich, revoltiert gegen das sinnlose Geschick, dem eine geniale Königin unterliegt wie der armseligste Bettler. Dann kommen wieder letzte hoffende, kaum noch hoffende Zweifel. Alle täuschen sich, alle sind irre geworden. Sie will es mit eigenen Augen sehen, mit eigenen Ohren hören. Umhüllt sich mit einem weiten Mantel, stülpt die Kapuze über den Kopf. Nur Charmion begleitet sie.

Hier drüben auf dem Janikulum ist noch wenig zu merken. Diese Villenvorstadt liegt still und verträumt

wie immer. Doch schon auf der Brücke gähnt ihnen die
Leere des Entsetzens entgegen. Das Forum starrt verlassen. Wer sich hinauswagt, jagt angstvoll dahin. Grauen
lastet über der Stadt. Alles hält sich bebend in den Häu-
sern. Keiner weiß, was der Tag des Todes noch bringen,
wer Herr der Lage werden wird. Doch dort, im Schatten
der Basilika Sempronia brodelt eine Menschengruppe.
Sie tritt hinzu, hört vom Morde. Nur vom Morde des
Herrn von Rom stammeln fassungslose Lippen.

Sie muss es glauben, es muss in ihrem Blute Leben und
Begreifen werden. Da überkommt sie majestätischer
Zorn. Sie ist keine Natur, die ergeben trägt. Sie schreit
nach Rache. Nach Strafe. Schreit laut heraus, auf dem
Heimwege. Voll Bangen zieht Charmion sie durch die
menschenleeren Gassen.

»Das hätte in Alexandrien geschehen sollen! Längst
hätte ich die Mordbuben gefasst. Martern hätte ich aus-
gesonnen, wie sie nie erdacht worden sind.« Ihre Verzweiflung schwelgt in der Qual und dem Blute der
Mörder Cäsars. Doch sie weiß, dass Ohnmacht und
Zähneknirschen ihr Los ist.

VI.

Tagelang sitzt sie im verdunkelten Schlafzimmer, un-
beweglich und starrt in die Leere, die Cäsars Tod gelassen hat. Denkt, trauert, grübelt, verzweifelt. Alt sieht sie
aus, uralt wie das Rätsel des Lebens. Zerzaust, ungepflegt, vergangen. Sie hört Worte um sich. Charmions
sorgende griechische Stimme. Eiras' sanfte pflegende
Hand fühlt sie – und hört und fühlt nichts. Man bringt
ihr sein Kind. Sie sieht Cäsarion und sieht und sieht

durch ihn hindurch ins Leere. Man erzählt von dem Lei-
chenbegängnis auf dem Forum, der Wut des Volkes gegen die Mörder – sie hört, versteht und versteht nichts.
Tage und Nächte sitzt sie und starrt in die Kluft, die Cäsars Tod in der Welt und ihrer Welt gelassen hat. Und
dann bricht der Boden des Zimmers auf, und wie weiße
Dämpfe qualmt es hervor; betäubendes Schuldbewusstsein. Sie hat ihn vorwärtsgetrieben, gegen seine Klugheit, gegen sein besseres Wissen. Sie hat ihn in den Tod
gejagt. Sie hat den Tod auf ihn gehetzt in ihrer leidenschaftlichen Ungeduld. Sie weiß es und starrt auf ihre
untilgbare Schuld.

Der Königsgedanke der Welt hat sein erstes Opfer gefordert.

Man dringt in sie. Die Herren ihres Gefolges, der Eunuch Mardion, der Hausminister Potheinus verschaffen
sich Zutritt. Sie ist in Gefahr. Die neue Regierung, Senat
und Konsuln, haben sich mit den Verschwörern geei-
nigt. Ihr Leben ist in Gefahr. Auch das des Kindes.

Da rafft sie sich auf. Das Wort Gefahr erweckt sie, wie
eine Fanfare den Schläfer. Sie kennt Furcht nicht. Hat nie
Furcht gekannt. Gefahr ist für sie ein Stählungstrank.
Gefahr spürt jede Tatkraft in ihr auf. Sie hat überwunden. Sie wird handeln. Die Krise ist überstanden. Die
Lähmung des Schmerzes, die Ohnmacht fällender Enttäuschung gleitet von ihr ab. Sie ist nicht die Frau, die
der Gefahr weicht. Sie nicht! Im Gegenteil.

Ein leidgereiftes Weib ersteht aus dem Niederbruch
seines Lebens. Sie stellt Cäsarion, seinen Sohn, vor sich
auf den Tisch. Der Knirps, der des Vaters Züge trägt,

tanzt vergnügt vor ihr – ihm ist es ein lustiges Spiel, auf dem Tische zu tanzen. Er ist für ihre hastenden Gedanken Sammelbecken, Kristallisierungspunkt.

Sein Sohn. Sein Erbe. Für ihn wird sie kämpfen und für sich. Für ihn wird sie das Weltreich bauen – und für sich. Cäsar war ein Mensch. Ihn konnten Dolche töten. Sein – ihr Traum vom Reich dieser Erde ist unsterblich. Ist Vermächtnis. Sie wird für dieses Erbe leben und es verwirklichen. Kein Jauchzen ist mehr in diesem Gedanken, kein Brausen und Sturm der Liebe und Einigkeit. Als kalte, heilige Pflicht ist er erstanden aus den Trümmern ihrer Liebe und ihres Daseins.

Marc Anton ist der Herr Roms geworden. Er ist einer der Konsuln dieses Jahres. *Der* Konsul. Er war Cäsars Intimus, seine rechte Hand, obwohl er ihm nie recht traute. Er hat den Staatsschatz, alle Schriften und Papiere Cäsars an sich gerafft, in sein Haus geschafft. Er hat sich zu Cäsars Willensvollstrecker aufgeschwungen. Er muss Cäsars einzigem Sohne das Erbe aushändigen, ihr, der Mutter, überantworten. Es muss ein Testament vorhanden sein. Oft hat sie mit Cäsar darüber gesprochen. Es muss ein Testament vorhanden sein, das Cäsarion zum Alleinerben aller Macht Cäsars bestimmt. In ihm wird sie den Gedanken des Weltreichs lebendig erhalten, bis er erwachsen ist. Cäsars Erbe wird ihr Reich Ägypten gegen Rom schützen und schirmen.

Sie lässt anspannen. Kleidet sich voll Sorgfalt. Sie kennt Marc Anton, doch nur sehr flüchtig. Wer galt ihr als Mann neben Cäsar! Nur in kurzen Räuschen der Schwäche war sie ihm im Begehren untreu. Sie will Eindruck machen auf den neuen Herrn Roms. Voll Kummer sieht sie im Spiegel, wie elend, wie schmal und unscheinbar sie geworden ist. Sie wird keinen Eindruck auf diesen Mann machen.

Dann nicht! Sie hat etwas, das fast so stark ist wie Frauenschönheit und Verführung. Sie hat das Recht in ihrer Hand. Das Recht, das Cäsars Sohn gebührt. Sie fährt dicht verschleiert und schwarz umflort zu Marc Anton.

VII.

Vor dem Hause Marc Antons ist Hochbetrieb.

Eigentlich ist es nicht das Haus des Marcus Antonius. Es gehört den Erben des großen Pompejus, den sie in Ägypten hinterrücks ermordet haben, der Bruder der Kleopatra und seine Eunuchen. Er hat den feigen Mord mit dem Leben gebüßt.

Antonius hat den Palast durch allerlei dunkle Machinationen mit allen seinen unschätzbaren Reichtümern und Kunstwerken an sich gebracht. Ohne ein As dafür zu zahlen. Wohl hat Cäsar sich eingemischt. Doch wichtigere Staatssorgen, die Vorbereitung des Perserkriegs, die Weltmonarchie bedrängten, bewogen ihn, beide Augen über diesen argen Skandal zuzudrücken. Antonius ist schließlich sein treuester und tapferster, strategisch und taktisch fähigster Armeechef. Bei Pharsalus hat er mit Glück den linken Flügel geführt.

Fern dem Hause des Pompejus muss Kleopatra schon den Wagen verlassen. Es ist kein Durchkommen für die Pferde. Die Straße ist von Militär besetzt. Die Soldaten sperren die Gasse nicht ab, sie lassen jeden durch, und viele, viele wollen zum Hause des Antonius passieren. Sie flankieren nur die Seiten, alles narbenzersägte Wachtmeister und Unteroffiziere aus Cäsars Heeren, Haudegen aus den Kämpfen in Gallien, Britannien, Germanien, Spanien, Afrika. Eine Leibwache aus Feldwebeln hat Antonius um sich geschart, dreitausend Eisenfresser, die für ihn durchs Feuer gehen und ihn zum unbestrittenen Herrn von Rom erheben, vor dem Senat und Beamtenschaft zittern. Das Volk wie das Heer liebt ihn abgöttisch.

Ein Strom von Menschen flutet ein und aus am Eingang des Hauses. Dazwischen Soldaten, überall Soldaten. Ein Doppelposten mit Schild und Speer vor dem Tore.

Kleopatra dringt mit dem Zuge ein, Charmion hält sich dicht und schützend neben ihr. Die Halle ist zur Wachtstube geworden. Drei andere Säle dienen als Warteräume für die Horde der Würdenjäger, Ämtermarder, Gnadenerschacherer, die einstürmt auf den neuen Gebieter der Stadt.

Die frechste Schiebung in dieser an Skandalen nicht bescheidenen Metropole ist im Schwange. Ein Monsterausverkauf wegen Todesfalles ist im Gange. Reiche, Provinzen, Städte, Ämter, Steuern, Zölle, Ländereien, Rechte werden an den Meistbietenden losgeschlagen.

Kleopatras Energie schafft sich Zutritt zu dem innersten Wartezimmer. Lässt sich von keinem der kleineren Handlanger abfertigen. Antonius persönlich will sie sprechen. Man muss stehen, dichtgedrängt, Stühle haben keinen Platz. Lärm und Gewoge erfüllt den Saal. Jeder der Wilderer ist mit seinen Ratgebern, Anwälten, seinem Klüngel erschienen, bespricht noch einmal, erörtert die Forderung, überschlägt den Preis, den er dem Gewaltigen bieten will. Und dennoch übertönt dann und wann eine schmetternde, bombastische Stimme, die aus dem nächsten Zimmer dringt, das brausende Gewirr der Vorhalle.

Kleopatra ist nicht gesonnen zu antichambrieren. Das Schicksal hat sie geschlagen, nicht entthront. Auch hier in Rom, auch nach Cäsars Tode, auch hier an der Börse Marc Antons ist sie die Königin von Ägypten. Sie entsendet Charmion zu dem Türsteher, der neben der Wachtmeisterschildwache den Zugang zu des Hausherrn Gemach hütet. Die Griechin radebrecht mit ihm Latein. Er versteht, blickt suchend auf, sein neugieriges Auge schweift über die dunkel umhüllte, kleine unscheinbare Gestalt der Fürstin hin, dann verschwindet er zweifelnd in das Zimmer des Gebieters.

Es ist die frühere Bibliothek des pompejanischen Palais. Rings um die Wände reihen sich bis zur hohen Decke die Borde mit den Bücherrollen. Doch keine ihrer Binden hat der jetzige Besitzer gelöst. Er ist kein Bücherwurm. Bei Gott nicht!

Er steht rückwärts mit den Oberschenkeln gegen den Schreibtisch gelehnt und spricht lebhaft mit schweifenden Handbewegungen auf die Gesandten des Königs Dejotarus von Galatien ein. Er überragt die Herren wie Gulliver die Liliputaner. Es ist, als sprenge dieser herkulische Mensch mit seiner Größe, Wucht und ungebärdigen Kraft das riesige Zimmer. Er ist kein Elegant, wie Cäsar war, in dessen Kleidung jede Falte, jede Falbel sorgfältig gelegt, gebügelt und geschniegelt war. Er ist ein Urmensch in der bloßen Tunika, die zerknittert und verwuschelt die gewaltige Brust und den Gladiatorenleib umhängt. Beine und Arme sind nackt. Prachtvoll ist das Spiel der Muskeln.

»Also, Leute«, dröhnt seine Trompetenstimme durch den Raum, »entschließt euch. Es warten noch einige andere draußen, wie ihr vielleicht bemerkt habt. Die wollen auch mal drankommen. Fünf Millionen Sesterzen. Diese Bagatelle ist das Königreich Kleinarmenien doch wohl wert. Was?«

Er lacht unbegründet, polternd und genussfroh, lacht vor lauter ungebändigter Kraft und Lust am Leben.

Die Herren tuscheln. Der Türsteher schleicht auf Zehenspitzen zu seinem Herrn, flüstert mit ihm. Antonius fährt leicht zusammen. Das schöne, offene Gesicht dieses naiven, kindlichen, humorvollen Schiebers verdüstert sich. In die strahlende Stirn unter dem sanft gelockten dichten Haar gräbt sich eine Sorgenfalte bis hinab zu der kühnen Adlernase.

Er legt den gebogenen Zeigefinger seiner rechten Pranke verlegen grübelnd an den lachfrohen großen Mund.

Hm – Kleopatra? Er hat gewusst, dass sie kommen wird. Hat er gewusst. Musste ja kommen. Wollte sich immer auf die Begegnung mit dieser Wildkatze vorbereiten. Hat es verschwitzt über all dem vielen Kram, der an ihn herandrängt, total verschwitzt, wie er leichtsinnig alles Unangenehme verschwitzt und von sich schiebt. Nun ist sie da! Nun steht sie draußen. Verdammt. Sie wird natürlich nach dem Testament fragen, das er hat verschwinden lassen. Eigenhändig verbrannt und die Asche fürsorglich in den rieselnden Bach im Garten geworfen. Er kratzt sich verdrießlich die braunen Locken. Peinliche Sache. Na, jedenfalls soll sie warten, bis die Reihe an sie kommt. Lange warten. Ein bisschen ducken, klein werden lassen. Kann nicht schaden. Kuschen soll sie.

»Sag' ihr, ich habe zu tun. Sie muss warten.«

Der Türsteher harrt. Für ihn ist es eine Königin. Und wie manchem kernigen Republikaner scheint ihm das etwas Höheres, Niederzwingendes, das man nicht warten lassen darf.

»Eine Königin kann doch nicht unter all dem Pack da draußen –« bedenkt er mit der Vertraulichkeit, die jeder Angestellte sich gegen diesen burschikos gutmütigen Riesen erlaubt und erlauben darf. Doch Antonius tritt ihm mit dem Titanenfuß in den Hintern.

»Los. Wird's bald! Sag's ihr. Sie wird noch viel Warten lernen.«

Der Tritt hat den Freigelassenen bis zur Tür befördert. Er reibt sich den getroffenen Körperteil und schert sich hinaus. Achselzuckend und bedauernd – och, hat der ihn getreten! – gibt er Charmion Bescheid. Kleopatra presst zornig die Lippen zusammen, als sie ihr berichtet. Sie empfindet die Demütigung, die dieser Knecht Cäsars ihr antut. Doch ihre Klugheit weiß, hier kann sie nicht auftrumpfen. Sie muss die Gefällige spielen, sie muss diesen Mann mit List und Verführung gewinnen, ihn mit dem Rechte des Sohnes Cäsars überrumpeln. Sie geht in eine Ecke, steht, wartet. Bleicher noch als ehedem vor beherrschter Wut über den Schimpf, den sie erleidet. Cäsars Ende hat ihr hier in Rom jede Macht genommen.

In der Bibliothek geht der Schacher weiter. Vier Millionen bieten die Abgesandten des Dejotarus. Schon will Antonius zuschlagen. Seine Gedanken sind nicht ganz bei der Sache. Die Geschichte mit Cäsars Testament und die Anwesenheit Kleopatras da draußen in der Vorhalle gehen ihm doch etwas auf die robusten Nerven.

Da platzt die Tür zu einem Nebenzimmer auf, herein fegt eine hohe dürre Frau. Sie ist das unerfreuliche Gegenstück zu ihrem Manne, diesem unrömischsten Römer seiner Zeit. Was bei ihm kraftstrotzende Üppigkeit, gestraffte Fülle, lebendigste Harmonie der Gigantenglieder ist, ist bei ihr saftlose Trockenheit, Knochen und Eckigkeit. Sie ist nicht eigentlich hässlich. Doch in ihrem regelmäßigen rassigen Römerinnengesicht ist eine sterile Härte und Starre. Nur die Augen sind von einer bösen, stechenden Lebhaftigkeit. Sie ist zwei Jahre jünger als Antonius, achtunddreißig, wirkt aber zehn Jahre älter als dieser Recke in seiner vollblütigen Jungenhaftigkeit.

Die fremden Herren begrüßen sie. Antonius stellt salopp vor: »Fulvia, meine Frau.« Sie nickt kaum. Übersieht die Unterhändler hochmütig. Sucht etwas auf dem Schreibtisch, findet es, nimmt es mit einem flinken Raffgriff an sich. Ein Papier. Dabei flüstert sie Antonius selbstbewusst zu: »Du, ich habe eben die Steuereinnahmen der Provinz Kleinasien für anderthalb Millionen Sesterzen veräußert.«

»Bravo«, lobt er untertänig. Er ist völlig verblasst in ihrer Nähe. Sein großartiges Gehabe ist verflogen.

Sie hat drüben ihr Büro. Ist viel tüchtiger als Handelsfrau denn ihr großmächtiger Gatte. Sie ist auch die Triebfeder dieses ungeheuren Auktionsmechanismus, der die Welt meistbietend verscherbelt.

»Was wollen denn die?«, fragt sie, deutet geringschätzig mit dem spitzen Kinn auf die Fremden und nimmt sich nicht die Mühe, ihre schrille Stimme zu senken. Er klärt sie in höriger Beflissenheit auf.

»Was?« entrüstet sie sich und schiebt ihn geistig und körperlich beiseite, in den Hintergrund. »Vier Millionen für Kleinarmenien! Ihr seid wohl nicht bei Troste! Hier ist keine Trödelbude. Zehn Millionen, meine Lieben. Nicht ein As weniger. Und gefälligst in bar. Kasse auf den Tisch gegen Aushändigung der Urkunde mit Julius Cäsars eigenhändiger Unterschrift.«

»Cäsars?« staunt der Sprecher der Gruppe.

Sie wendet sich schroff an Antonius. »Hast du ihnen das denn nicht gesagt?«

»Ich war noch nicht so weit«, entschuldigt er schulbubenhaft das Versehen.

Sie schüttelt stumm den Kopf. Ihre bläulichen Lippen – sie hat einen Herzklappenfehler – sind in zürnendem Unbegreifen fest zusammengepresst.

»Nichts kann man dir allein überlassen!«, zetert sie ungeniert. Dann zu den Abgesandten: »Ja, mit Cäsars Unterschrift. Er hat diese Verleihung geplant und vorbereitet.«

Die Herren starren betroffen. Sie hält ihren stutzenden Blick fest aus. Langsam begreifen sie den Schwindel. Ahnen das Richtige.

Ja, Antonius hat Cäsars Privatsekretär Faberius in seine gut belohnten Dienste genommen. Der Schreiber kann die Unterschrift seines hohen Herrn fabelhaft fälschen. Dieser dreiste Kuhhandel – der Ausverkauf des gesamten römischen Reiches – geht zu Cäsars Lasten und seiner Verantwortung. Wenn der zweite ohnmächtige Konsul, ein Tribun oder der Senat zu mucksen wagen sollten – sehr unwahrscheinlich, wenn aber dennoch –, die Beweise stehen parat. Cäsar hat alles verfügt vor seinem unerwarteten Ende.

Noch zögern die Gesandten des Dejotarus. Zehn Millionen Sesterzen! Ein Riesenvermögen.

»Na, wird's bald? Wir haben noch einiges andere zu tun«, mahnt Fulvia scharf.

»So viel haben wir gar nicht bei uns«, sucht der Sprecher auszuweichen.

»Es gibt Bankiers in Rom, die gegen Sicherheiten leihen«, belehrt sie kurz.

Sie beraten wieder.

»Herrschaften, wenn ihr erst noch Volksversammlungen abhalten müsst, kommt ein andermal wieder. Unsere Zeit ist sehr kostbar. Aber ob Kleinarmenien dann noch zu haben ist, erscheint mir zweifelhaft. Es sind noch einige andere Reflektanten in Rom.«

Die Legaten sehen sich unschlüssig an.

»Also dann nicht!«, schließt Fulvia die Verhandlung. Geht zur Tür, öffnet sie, ruft hinaus. »Die Nächsten.«

Da kommt Leben und Entscheidung in die Unschlüssigkeit der Galater. »Einen Augenblick«, fleht der Sprecher. Sie schließt die Tür gegen den heftigen Ansturm von draußen.

»Wollt ihr zehn Millionen zahlen?« Ein drohendes Ultimatum.

»Ja«, jammert der Sprecher.

Sie geht zur Tür ihres Zimmers, ruft den Schreiber Faberius, ein ausgedorrtes Männchen, dessen Alter den Riesenbetrug fast unglaubhaft macht. Sie diktiert die Belehnung. Kennt jede Formel, Floskel, juristische Finesse. Antonius lehnt gegen eins der Bücherregale an der Wand. Seine Breite scheint eingeschrumpft, seine Kraft ausgeblasen. Nur Fulvias Wille beherrscht die Bibliothek.

Es stellt sich heraus, dass die Herren doch eine Anweisung von zehn Millionen Sesterzen auf einen römischen Großbankier ausstellen können. Ein Vertrauter begleitet sie hin. Gegen Zahlung erhalten sie die Urkunde.

»Verblüffend«, sprudelt Antonius, als sie das Zimmer verlassen haben, »gradezu verblüffend, wie du das deichselst.«

»Und du mit deiner Schlappheit verdirbst alles! Etwas energischer, mein Lieber!«

Er küsst sie devot. Sie zieht sich in ihr Zimmer zurück. Der Andrang ist groß. Erfordert beider Kräfte.

Er geht nachdenklich zur Tür. Ob er Kleopatra nicht lieber Fulvia überlassen soll? Es sieht etwas unmännlich aus. Freilich. Nun, vorläufig ist sie noch lange nicht an der Reihe. Er schiebt die Sorge von sich. Will die Tür öffnen, den nächsten Klienten einlassen. Da öffnet sie sich ganz wenig, ein verdutzend hübscher junger Mann, eingehüllt in die weiten Falten der Toga, schiebt sich durch den Türspalt herein.

Verstört starrt Antonius auf den Jüngling. »Cytheris«, entstammelt es seinem betroffenen Munde, »bist du – wahnsinnig!«

Da hat der junge Mann die Perrücke vom Kopf gerissen, fliegt auf ihn zu, sein schlanker Körper hüpft an dem Riesen in die Höhe, seine Arme umschlingen seinen gewaltigen Nacken, er zieht sich an dieser ragenden Menschensäule empor, hängt an ihr und küsst stürmisch hinein in die breiten Flächen des Gesichts, in die Augen, die Haare.

Antonius sträubt sich. »Cytheris – du bist wahnsinnig – meine Frau kann jeden Moment –«

Sie hört nicht, sie weidet das weite Feld seines Gesichtes mit Küssen ab.

Er schüttelt sie von sich. Eine leise Bewegung seiner Gladiatorenmuskeln genügt. Sie fällt zur Erde, rafft sich gelenkig auf, steht vor ihm schlank und rosig und übermütig.

»Wie kannst du hierher – ?«

»Der Türhüter hat mich sofort eingelassen. Er kennt mich doch!«

»Lass die Witze, Fulvia ist nebenan.«

»Wenn sie hereinkommt«, lacht die Schauspielerin leichtfertig und zieht das vortreffliche Toupet wieder über ihr reiches weiches Haar – »dann bin ich eben ein junger Römer, der ein einträgliches Amt in irgendeiner Provinz ergattern will. Was hast du Passendes für einen strebsamen Jüngling in deinem wohl assortierten Lager, o großer Marcus Antonius ?«

Sie zieht ihr Gesicht in possenhaft ernste Falten.

Er muss lachen, wider Willen. Doch seine Angst ist groß.

»Du musst gehen, Kind. Sofort!«

»Ich denke gar nicht dran.« Sie setzt sich behaglich in einen Sessel. »Endlich habe ich mir ein Herz gefasst und bin in die Höhle des Löwen eingedrungen. Seit acht Tagen habe ich dich nicht gesehen.«

»Ich habe viel zu tun.«

»Weiß ich. Bist entschuldigt. Ganz Rom spricht von deinem großen Fischzug. Bist ein Gewaltiger geworden. Übrigens habe ich dich inzwischen doch mal gesehen. Bei Cäsars Begräbnis. Du, fabelhaft, einfach fabelhaft!« Sie springt auf und kommt zu ihm. »Ich hab' an mich halten müssen, dich nicht auf offenem Forum zu umarmen. Herrlich, du! Wie du die blutige zerstochene Toga Cäsars dem Volk entgegengeschleudert hast! Ein genialer Theatercoup. Deine Rede war ja nicht besonders.«

»So?!«

»Nein. Ein bisschen trivial. Aber das ist ja deine Art.«

»So?!«, knurrt er wieder.

»Macht nichts. In allem, was du tust, ist doch immer was, das die Menge hinreißt. Etwas unbewusst Großartiges, das begeistert. Das ist ja dein Genie. Also das mit der blutigen Toga! Das war unübertrefflich. Beweist dein Kulissenblut. Hast damit ja auch das ganze Volk an dich gerissen.«

Er ist versöhnt. Er lächelt eitel und stolz.

»Deine Anerkennung freut mich, Schatz. Aber nun musst du wirklich gehen.« Er blickt ängstlich zur Tür. »Ich hab' auch wirklich enorm zu tun.«

Sie setzt sich keck auf die Kante des Schreibtisches. »Du, ist das alles wahr?«

»Was?«

»Was sie erzählen. Du hättest aus Cäsars Staatsschatz deine Schulden bezahlt.«

»Stimmt«, lacht er sorglos und zufrieden.

»Vierzig Millionen Sesterzen, sagen sie.«

»Ungefähr.«

»Mensch, ich sag' ja, du bist fantastisch!«

»Verrat' gleich, wieviel du brauchst.«

»Was willst du gutwillig bluten?«

Er zieht die Lade aus dem Tisch. Greift in einen Goldhaufen. Sie hilft emsig, nimmt, nimmt mit beiden Händen, schüttelt den klingenden Goldregen in die gegürtete Tunika.

»Leise«, warnt er und hat die Augen auf der Tür.

»Danke. Genügt vorläufig. Grandios, wie du das alles machst.«

»Jetzt sei aber lieb und geh.«

»Ausgeschlossen. Ich nehme dich mit.« Sie äugt liebeshungrig zu ihm auf. »Ich will meinen kleinen Riesenbären wieder mal tanzen lassen.«

»Vorläufig, Schatz –«

»Wir machen heut einen Ausflug in die Albanerberge. Das Frühlingswetter ist ja zum Tollwerden! Alle sind dabei. Die Kollegen Hippias und Sergius, eine Masse netter Mädel, kurz, unsere ganze Bande.«

»Ich kann nicht«, er schüttelt gequält den Kopf.

»Unfug! Du hast genug gescheffelt. Kannst dir einen Tag Erholung gönnen. Morgen sind wir zurück.«

»Unmöglich.«

»Wir schleichen hinten aus dem Hause.«

»Es geht nicht, es geht wirklich nicht.«

»Alles geht. Du *musst* einfach.« Und ehe er es sich versieht, ist sie mit einem Hechtsprung von der Tischkante an seinen Hals geflogen. Zwischen schallenden Küssen und wildem Getrampel der hängenden Beine flüstert sie:

»Frühling in den Bergen, lustige Menschen. Eine Nacht – eine ganze Nacht mit mir – so lieb will ich sein – so süß –«

Er sucht sie wieder abzuschütteln. Doch sie hat fürsorglich die Hände fest an seinem Stiernacken verkettet. Es gelingt diesmal nicht so leicht. Die Furcht vor Fulvia lähmt ihn. Auch atmet er ihren Duft, ihre Frische, ihre Jugend. Rausch steigt ihm zu Kopf. Er wird schwankend, ist halb gewonnen. Sie presst den Leib gegen seinen Körper. Raunt verliebtes, betörendes Zeug.

Da siegt sein Leichtsinn und seine Sinnlichkeit.

»Ich komm«, flüstert er. Und ist verwandelt. Ein Schuljunge auf einem lockenden ausgelassenen Streiche. Sie hopst zu Boden. Er packt ihr Handgelenk. Sie laufen leise zur hinteren Tür des Zimmers, sind im Garten, rennen wie ertappte Diebe. Ihre Toga flattert. Durch stille Seitengassen erreichen sie ihr Haus, das Stelldichein der Bande.

Als Fulvia mit gewichtiger Miene eintritt, ist der lockere Vogel längst ausgeflogen. Sie verzieht gallig den herben Mund mit den vertrockneten, aufgesprungenen Lippen. Diese Extratouren sind ihr nichts Neues. Hm, er kann sich auf einiges gefasst machen, wenn er zurückkommt, elend und katzenjämmerlich.

Sie öffnet die Tür.

»Sag' den Leuten, die Antonius sprechen wollen, er ist beschäftigt. Kann heute niemand mehr empfangen. Die andern schick zu mir.«

Kleopatra muss sich auf Charmions Arm stützen, als sie erfährt, dass sie vergeblich hier draußen gewartet hat wie ein armseliger Bittsteller. Sie, die mächtige Herrscherin des einzigen Landes am Mittelmeere, das sich noch nicht gebeugt hat unter Roms vergewaltigender Faust, muss sich hier Schmach antun lassen wie ein schlotternder Bettler. Sie vergisst in diesem schimpflichen Augenblicke, dass ihr peitschender Ehrgeiz sie hierher geführt hat. Dass ihr Königreich ihrer Herrschsucht nicht genügt. Dass sie ihre Grenzen durchbrechen, dass sie Herrin der ganzen bewohnten Erde werden will. Dass dieser Weg zu der höchsten irdischen Höhe jetzt, da Cäsar tot ist, durch Tiefen der Erniedrigung und Demütigung geht. Sie bebt so heftig vor Zorn und Ungemach, dass sie zittert wie im Schüttelfrost.

VIII.

Am folgenden Tage empfängt Antonius die Königin. Er hat einen gräulichen Kater. Sein schwerer Kopf raucht von Fusel, Schmerz und Schuldbewusstsein. Die Ausflüge der »Bande« – Mimen, Schauspielerinnen, Kruppzeug, Tanzmädels, Zuhälter, Dirnen stellen die Mitglieder – sind keine sanfte Angelegenheit. Es geht etwas orgiastisch her. Man opfert Bacchus und Venus über Gebühr und Können. Selbst die unbändige Kraft Marc Antons torkelt gebrochen und verwüstet in das Haus des Pompejus heim.

Hier kracht das Donnerwetter auf ihn nieder. Fulvias Suada ist nie lieblich und kosend. Ihre Gardinenpredigten vollends wirken nicht als Balsam auf ein alkoholvergiftetes Haupt und Gemüt. Zermartert und zerschmettert erträgt er die gerechte Strafe.

Dann sitzt er dösig vor Kopfweh in der Bibliothek und empfängt die Kunden. Es ist ein schwarzer Tag für den gepeinigten Mann, ein Tag voll Sehnsucht nach einem Bett und Ruhe und einem weichen Kissen für den Schädel; in dem jede geringste Bewegung ein Heer von Folterknechten an ihr boshaftes Handwerk treibt. Jedes Haar beherbergt einen Spezialisten der Tortur.

Es ist keine günstige Stunde für eine Frau, die einen Mann für sich und ihre Reize gewinnen will.

Griesgrämig grüßt er Kleopatra. Deutet kläglich auf einen Stuhl. Dieser verdammte Schmerz im Nacken!

Sie lässt sich nicht einschüchtern von dieser kärglichen Wiedersehensfreude. Übertrieben lebhaft und liebenswürdig ruft sie:

»Wir kennen uns doch, Marc Anton! Von Alexandrien her.«

Er sieht sie verständnislos an aus seinen großen schwarzen Bernhardiner-Augen. Und denkt an das unterschlagene Testament.

»Weißt du nicht mehr? Damals, als du als junger Reiteroberst unter Gabinius meinen Vater nach Alexandrien zurückführtest!«

Er weiß noch. Doch er hat sich damals um die fünfzehnjährige Prinzessin in dem Königsschloss am Meere wenig gekümmert. Er hat nie für unerfahrene Anfängerinnen geschwärmt. Alexandrien war voll von fachkundigen willfährigen Weibern.

»Ganz Alexandrien war damals toll verliebt in den schneidigen Kavallerieoberst.« Sie lächelt ein Lächeln, das seinen geschundenen Nerven wohltut. Es klingt wie das Rieseln eines kühlen Baches.

Durch den Nebel in seinem Hirn hindurch schlägt ihre plumpe Schmeichelei. Auch er lächelt, eitel und erinnerungslüstern. Doch dieses Lächeln schmerzt in jeder Haarwurzel. Er will zur Sache kommen, diese peinliche Affäre ein für alle Mal hinter sich bringen.

»Womit kann ich dir dienen?«, fragt er geschäftsmäßig.

»Du bist Cäsars bester Freund gewesen.« Sie wirft nach ihm ihr Netz aus.

»Hm«, brummt er abwartend.

»Du bist sein Nachfolger, führst die Staatsgeschäfte fort in seinem Geiste.«

Wieder: »Hm.« Es scheint ihm fraglich, ob alles, was jetzt geschieht, im Sinne des Meisters ist.

»Ich will dir seinen Sohn anvertrauen.«

»Mir?« Er deutet mit dem Zeigefinger auf seine breite Brust.

»Ja, ihn und sein Recht.«

»Welches Recht?« Er spielt den Unschuldigen, Ahnungslosen, spielt schlecht, trotz seines intimen Verkehrs mit den Mimen Roms.

Jetzt dringt sie gradewegs auf ihr Ziel los. »Cäsar hat oft mit mir von seinem Testament gesprochen. Cäsarion ist sein Universalerbe.«

Er gähnt. Er möchte es unterdrücken. Doch es ist unwiderstehlich. Steigt empor aus dem verdorbenen Magen. Das Mundaufreißen zersprengt ihm den Schädel. Grässlich! Dabei muss er sich zusammennehmen. Diese Stunde entscheidet alles, seine Zukunft, seine Karriere. Und er kann kaum aus den Augen sehen! War doch ein bisschen zu arg heute Nacht. Man ist kein Jüngling mehr mit Vierzig. Die Unverwüstlichkeit – ach ja, er muss antworten. Vorsichtig!

»So – so?« tut er harmlos. »Ein Testament?

Merkwürdig. Im Tempel der Vestalinnen ist keins hinterlegt, das Cäsarion –«

»Das ist sehr möglich«, unterbricht sie. »Er wollte es vorläufig nicht öffentlich deponieren. Wollte warten – bis er König war.«

»Freilich, freilich«, nickt er ins ungewisse Leere.

»Aber unter seinen Papieren –«

»Ist nichts«, fällt er allzu rasch ein. »Ich habe alle seine Papiere gesichtet. Ein Testament war nicht darunter.« Seine Augen irren an ihr vorüber.

»Wie – kein Testament?!«

»Doch, doch. Eins natürlich. Eine Abschrift. Das Original ist bei den Vestalinnen hinterlegt. Morgen wird es feierlich eröffnet.«

»Was enthält es?«, fordert sie und sucht ihre Erregung zu meistern. Sie ahnt die Arglist, die man mit ihr und ihrem Sohne treibt.

»Von Cäsarion steht nichts darin.«

»Sondern?«

»Ein gewisser Octavian ist Alleinerbe.«

»Wer ist das? Ich habe nie von ihm gehört.«

»Ich, offen gesagt, auch nicht. Ich war einfach paff. Ein Großneffe Cäsars. Ein neunzehnjähriger unbekannter Mensch. Sein Vater ist ein kleiner Winkelbankier in Velletri. Sein Großvater stand daselbst in dem feinen Rufe eines Wucherers.«

»Und den hat Cäsar zu seinem Universalerben –?« Ihr bleibt der Atem weg.

»Jawohl. Er hat ihn auch adoptiert. Er erhält Cäsars Namen und alles.«

Sie schweigt. Ein neuer heftiger Schlag auf ihr vielgeprüftes Haupt. Sie sieht nicht klar durch diesen Wust, der auf sie eindringt. Nur eins weiß sie, rein gefühlsmäßig, dass man mit ihr ein diabolisches Spiel treibt. Dass der zerzauste Fleischhaufen dort sie hintergeht. Dieser grobschlächtige Gauner dort kennt nicht die feine Kunst der Verstellung. Er arbeitet mit unzulänglichen Mitteln.

Er schweigt und trommelt mit seinen muskulösen Fingern auf die Tischplatte. Jeder Wirbel dringt ihr störend ins Hirn. Sie muss denken, rasch, entscheidend alles überlegen. Es geht um Leben und das Weltreich. Um ihre und Cäsarions Zukunft. Sie muss schnell alles überdenken. Sie lässt sich nicht tölpelhaft betrügen, um Cäsars Erbe von diesem verkaterten Boxer dort begaunern. Sie ahnt die Wahrheit. Ahnt und errät sie hellseherisch. Er will lieber mit dem jungen, unerfahrenen Menschen zu tun haben als mit ihr. Sie fürchtet er. Dieser Niemand Octavian ist ihm ein bequemerer, ungefährlicherer Gegner. Das Testament bei den Vestalinnen ist alt, verjährt. Das neue, das es aufhebt, hat der Hüne dort vernichtet oder hält es verborgen. Er will Cäsars Macht und Reichtum und Erbe an sich bringen. Diese Nichtigkeit Octavian wird ihm dabei nicht im Wege stehen. Sie weiß alles, als wäre sie bei diesem Banditenstreiche Zeuge gewesen. So plump, glaubt man, sie abtun zu können!

Zorn, Wut, Demütigung treibt ihr das heftige Blut in die Stirn. Sie will ausbrechen. Doch ihre Klugheit und politische Einsicht ist stärker, ihr Wille behält die Oberhand über ihr heißes Blut.

Wie soll sie ihren Verdacht, der fast Gewissheit ist, beweisen? Ruhe – Kaltblütigkeit! Gewalt, Kühnheit kann nichts erreichen, nichts gewinnen. Nur alles verderben. Das erkennt und durchschaut sie sofort. Der Bursche da vor ihr ist nicht dumm. Nur ein miserabler Intrigant. Aber zäh. Der gibt nicht her, was er einmal gewonnen hat. Ihre Menschenkenntnis liest ihn wie einen aufgerollten Papyros. Ablisten kann man ihm die Beute vielleicht. Ihn übertölpeln. Gute Miene machen zu diesem verruchten Spiele. Ihn einlullen, gewinnen, diesen Riesen mit den rotgeränderten Augen. Ihn einwiegen, ihm klar machen, dass sie keine Gefahr für ihn bedeutet. Dass sie alles aufs Wort glaubt. Ihn dann unversehens hinterrücks überfallen. Vor allem sein Vertrauen gewinnen, ihn mürbe machen, ihn umgarnen, wie eine Spinne die Fliege fängt, und sein Geheimnis aus ihm heraussaugen. Ihn verführen, erotisch umstricken, so widerlich er heute ist mit seinem gedunsenen Gesicht und den verglasten Augen.

»Ich begreife es nicht«, beginnt sie ihr arglistiges Spiel. »Kein Testament zu Cäsarions Gunsten?«

»Keins«, erhärtet er.

»Wo er so oft davon gesprochen hat. Aber so sind die Männer. Immer verschieben sie das Wichtigste.« Sie seufzt und schlägt die unwiderstehlichen Augen groß zu Antonius auf. Ach, sie weiß, wie elend sie aussieht. Die Trümmer eines Kaiserreiches sind auf ihre Schönheit niedergeprasselt und haben sie verschüttet und begraben. Sie weiß es, und ihr fehlt der rechte Elan und das Selbstvertrauen. Sie ist nicht in Form. Gar nicht. Aber für diesen Kriegsmann langt es wohl noch. Mit Geist und seelischer Feinheit kann man ihm nicht beikommen. Dieser Nachfolger Cäsars ist kein Cäsar. Mit grob brutalen Mitteln muss man ihm zuleibe gehen. Sich zu ihm hinabstimmen.

Sie setzt sich so, dass er sie ganz sehen kann. Zieht das Kleid durch eine scheinbar ungewollte Bewegung empor. Ach, die ältesten abgebrauchtesten Tricks muss sie anwenden, sie, die eine Königin des Raffinements ist! Sie zeigt die zarten Fesseln, die gradlinigen Beine – hoch hinauf – bis über die Knie. Macht ihm Augen. Feuert grüne Leuchtraketen auf ihn ab. Und plaudert dabei anmutig fort.

»Es ist sehr schmerzlich für seinen einzigen Sohn. Aber doch nicht so schlimm.«

Er horcht auf. Die alkoholischen Wolken in seinem Gehirn heben sich. Nicht so schlimm?

»Ich freue mich«, sagt er erleichtert, »dass du es so vernünftig nimmst.« Er hat es sich weit schwerer vorgestellt.

Sie zuckt kokett die Schultern. »Ich habe früh gelernt, mich in das Unvermeidliche zu schicken. Und dann« – sie blitzt ihn eindeutig an – »ich weiß, Cäsars Freund und Nachfolger wird Cäsars Sohn nicht vergessen.«

»Ich bin nicht Cäsars Nachfolger«, weist er ihre Künste missmutig zurück, »das ist Octavian.«

Sie lächelt verschwörerisch. »Du wirst mit diesem jungen Manne aus der Provinz sehr bald fertig werden. Du bist der Herr in Rom und wirst es bleiben. Denn dir allein gebührt die Herrschaft.«

Sie trägt dick auf. Fühlt, dieser Klotz da verträgt und bedarf einen derben Keil.

Er lächelt wieder geschmeichelt. Sie hat seine schwache Seite feinfühlig aufgespürt. Und da sieht er ihre Beine zum ersten Male. Wird aufmerksam. Sapperlot, hat das Weib Knöchel! Und die Schenkel. Seine Augen bleiben an ihrer Blöße haften. Schämig verhüllt sie sich. Sie weiß, Entbehrung reizt.

Er hebt den Blick, lässt ihn über ihre schmale Gestalt zum Kopfe hinaufwandern. Gar nicht übel, die Kleine. Bisschen blass und fahl. Dunkle Ringe unter den Hexenaugen. Kein Wunder. Hat allerhand durchgemacht in den letzten Tagen. Keine Kleinigkeit, den Geliebten, einen Julius Cäsar, zu verlieren! Aber! Donnerschlag – er *ist* Cäsars Nachfolger. Wenn er es auch noch vorsichtig leugnet. Er *ist* Cäsars Nachfolger. Warum nicht in allem? Warum nicht –? Eine Königin – eine Kleopatra, deren Schönheit Sprichwort ist von Alexandrien bis zu den Säulen des Herkules. – Potzwetter, etwas anderes als diese kleine – ganz fidele – hm, köstlich fidele Schauspielerin – heute Nacht war sie ein verliebt rasender Kobold – aber – –

Hallo, da zeigt sie ja wieder diese marmorglatten Schenkel. Die will ihn doch! Eine waschechte Königin hat er noch nie besessen! Die reichste Fürstin dieser Erde. Ungeahnte Möglichkeiten. Und gar nicht so geistig, so helle, so gelehrt und schwierig, wie er immer geglaubt hat. Im Gegenteil, eine harmlose, sehnsüchtige, kleine, verlassene Frau.

Eine leise Ahnung, dass er vielleicht doch die größte Dummheit seines Lebens begangen hat, als er das Testament vernichtete, dämmert in seinem wüsten Schädel auf. Freilich, Fulvia – Fulvia hat dazu gedrängt. Er weiß plötzlich, dass sie es aus Eifersucht getan hat. Blöd ist er ihr auf den Leim gegangen, dem Weibe! Hat das natürliche Bindeglied zwischen sich und dieser Kleinen da vernichtet! Er greift zur Karaffe. Stürzt eiskaltes Wasser in die brennende Kehle.

»Durst?« lächelt Kleopatra teilnehmend.

»Mächtig.«

»Wohl eine kleine Orgie gefeiert?«

Da wird der große Gassenbube, der er ist – er stammt aus kleinen ärmlichen Verhältnissen –, in ihm wach. Er blinzelt ihr vertraulich zu.

»Wilde Sache«, prahlt er.

»Du müsstest dich hinlegen, du Armer«, barmt ihre Wunderstimme. »Kalte Umschläge auf den Kopf und tüchtig verwöhnen lassen.«

Er nickt voll Mitleid mit sich. »Müsste ich. Aber –« Er sieht zur Tür.

»Hast du niemand, der dich ein bisschen lieb bemuttert?«

Er schüttelt kläglich, über sein herbes Los gerührt, den mächtigen Kopf.

»Komm zu mir – in die Villa«, lockt sie mutig.

»Möchte schon«, gesteht er. Seine schönen Augen leuchten auf.

»Möchtest du?!« Ihr Gesicht ist weich und voll Zärtlichkeit.

Er nickt heftig wie ein Junge, dem man ein nie erhofftes Geschenk anbietet. »Weißt du, Kleopatra, du bist eigentlich ganz anders, als –«

»Als mein Ruf«, hilft sie gütig aus.

Wieder nickt er eifrig. »Sie sagen alle – ich darf doch offen mit dir sprechen? –«

»Aber natürlich«, lacht sie gefällig.

»Du seist eine hochfahrende Person, tückisch, kurz, eine ganz Gefährliche.«

»So?«

»Ja. So'n Unsinn. Reizend bist du.«

»Ich freue mich, dass ich dir gefalle.«

»Gefällst mir sogar ganz großartig. Au!« Er hat den Kopf hochgeworfen und alle Folterknechte entfesselt.

Da ist sie neben ihm. »Ich kenne das. Leide selbst oft an Kopfschmerzen. Da gibt es nur ein unfehlbares Mittel.«

Und ehe er recht weiß, was sie plant, steht sie hinter ihm und massiert ihm den wulstigen Nacken. Streicht mit ihren kleinen dünnen Fingern längs der Adern des Halswirbels.

»Ah – gut«, ächzt er, »das tut gut.«

»Weiß ich.«

Er schnurrt vor Wohlbehagen. »Du – wonnig ist das –, Hexenhändchen hast du!«

»Ja«, lacht sie, »wir Ägypter verstehen uns auf die Heilkunde.«

»Scheint mir auch«, kichert er und beugt kindlich gefügig den Kopf weiter nach vorn.

Sie streicht mit beiden Händen. Presst beide Daumen gegen seinen nackten Hals und massiert mit den Zeige- und Mittelfingern über die dicken, geschwollenen Gefäße. Drängt das Blut aus dem Schädel. Und reißt alle Energie zusammen, zwingt sie in die reibenden Fingerspitzen, als wolle sie ihren Willen, ihre Wünsche aus ihrem Blute in ihn hineinströmen, in ihn hineinjagen und hineinreiben.

»Du – gut ist das!«

Da öffnet sich wieder diese vertrackte Tür zum Nebenzimmer. Immer muss Fulvia herumspionieren. »Der Orkus verschlinge sie!«, flucht er erbittert.

Kleopatra ist nicht die Frau hastiger verräterischer Bewegungen in der Überraschung. Sie massiert weiter, scheinbar gelassen, so vernichtend ihr diese Störung ist. Zwei Minuten später hätte sie ihn geküsst und überwältigt. Der abgefeimte Plan ist zerschellt.

Fulvia macht runde, verdutzt starre Augen. Die Königin als Masseuse! Sie ist auf vieles bei ihrem Marcus gefasst. Auf dieses Schauspiel nicht.

Er sucht sich hastig Kleopatras Händen zu entziehen. Die Lage ist sehr verdächtig. Vor kaum einer Stunde hat er ewige Besserung gelobt. Er springt auf. Eine Hölle lodert in seinem Schädel. Verlegen steht er da.

»Willst du mich der Dame nicht vorstellen?« mahnt Fulvia zwischen den Zähnen.

Er gehorcht. Kleopatra ist ganz Zuvorkommenheit, Unschuld und Harmlosigkeit, Fulvia Entrüstung, eisige Gemessenheit und Abwehr.

»Sind in deiner Heimat die Könige Masseure?« Sie kann die Bosheit nicht um eine Welt unterdrücken. Sie würde an jeder bissigen Bemerkung, die sie hinunterschluckt, ersticken. Und sie ist keine Selbstmörderin.

»O gewiss«, lächelt Kleopatra munter, »bei ihren kranken Freunden.«

»Wir sind hier nicht in – Afrika.«

»Darum müssen die armen kranken Römer auch so bitter leiden.«

Fulvia fixiert sie durchdringend. Sie ist es nicht gewöhnt, im Kampfe der Zungen zu unterliegen.

Da fällt Antonius von Kleopatra ab. Die Angst vor seiner Frau hat ihn in den Klauen.

»Es geht mir schon viel besser«, murrt er schuldbewusst. »Ja – also – ich kann nichts für dich tun.«

Kleopatra sucht die Verachtung aus ihrem Blick auszumerzen.

Hilflos fährt er fort: »Das hinterlegte Testament ist allein maßgebend.«

Fulvia ist sofort im Bilde. »Des göttlichen Cäsar Wille ist heilig«, sekundiert sie salbungsvoll.

Kleopatra begreift, dass ihre Chance für heute verronnen ist. Doch Fulvia raubt ihr jede Hoffnung auf ein Morgen.

»Hast du der Königin gesagt, Marcus, dass ihr Gefahr droht?«

Er blickt sie verständnislos an, verdirbt alles, der Tropf.

»Mir Gefahr?« lächelt Kleopatra krampfhaft.

»Ja – dir.«

Da begreift das verkaterte Gehirn. Eilfertig will er alles gut machen, was er gesündigt hat. »Ich kam noch nicht dazu, liebe Fulvia. Wir hatten noch anderes zu besprechen.«

»Das habe ich bemerkt.«

»Aber« – er stammelt – ist wieder zusammengeschrumpft, ein armer ausgeblasener Sklave seiner Frau – »ich wollte es ihr gerade sagen.«

»Das Volk grollt dir.« Fulvia hat wieder Wort und Führung. »Es sagt, du hast Cäsar in den Tod getrieben.«

Kleopatra weiß, das Weib hat recht. Sie leidet schwer unter dieser Selbstanklage. Doch kein anderer, diese Frau da nicht, hat ein Recht, in ihr Heiligstes und Persönlichstes hineinzugreifen.

»Ich?!« empört sie sich.

»Ja, du«, erhärtet Fulvia mit grimmiger Ruhe. »Du hast ihm den irren Gedanken an die Monarchie eingegeben. Das Volk wird Rache von dir fordern.«

Sie blickt Antonius an, Bestätigung heischend. Er nickt, will brav und fügsam sein.

»Du tust gut, so rasch als möglich abzureisen.« Fulvia faltet die Arme unter dem Busen.

Da schreit die Demütigung unbeherrscht aus Kleopatra heraus: »Man kann mich doch nicht aus Rom – man kann Cäsars –« Sie stockt. Doch Fulvia vollendet den Satz:

– – »Geliebte sehr wohl ausweisen. Sie ist vogelfrei. Jedenfalls lehnen wir – Marcus Antonius lehnt jede Verantwortung für dein und deines Kindes Leben ab.«

»Jede«, unterstreicht Antonius markig.

Ein feiger Waschlappen! Wütet Kleopatra. Und weiß, alles ist verloren. Diese eifersüchtige Megäre da wird die Schergen auf sie und ihr Kind hetzen. Sie liest ihren und ihres Sohnes Tod in den unerbittlichen bösen, kalten Augen. Sie handelt sofort. Hier ist nichts mehr zu gewinnen. Der Mann ist ihrem Netze entschlüpft.

»Ich werde morgen reisen«, entscheidet sie und versucht doch noch, diesem Pantoffelhelden einen Blick hinzufeuern, ihn zu locken, dieses Weib zu hintergehen. Doch er weicht ihren Augen aus im Banne Fulvias.

»Lebewohl«, sagt Fulvia, »gute Reise.«

»Lebewohl«, echot er.

»Danke.« Sie geht.

Ihr Spiel in Rom ist aus.

Und dennoch wartet sie heute, wartet sie die ganze Nacht. Sie hat ihm doch ihren Willen, ihre Wünsche in das Blut gerieben. Vielleicht kommt er doch! Sie begreift es nicht, dass sie vergeblich um einen Mann geworben hat.

Der Morgen kommt, nicht Antonius.

Ganz früh meldet sich bei ihr die Eskorte, die ihr nach Brindisi sicheres Geleit geben soll. Fulvia hat sie geschickt.

Tief gebeugt innerlich – nach außen trägt sie den schönen Kopf majestätisch hoch wie immer – verlässt sie die

Stadt, deren Königin sie geworden wäre, wenn nicht –
wenn nicht – –

Sie weiß nicht, dass das Gift, das sie dem Manne ins
Blut geträufelt hat, wirken wird, langsam, langsam. Dass
sie doch als Siegerin geht. Dass dieses Weib, das sie heute aus Rom verjagt, büßen und sterben wird an ihr.

IX.

Drei Jahre später, an einem warmen Herbstnachmitta-
ge, fährt in die breite Mündung des Kydnos, an der Küste Ziliziens, eine Märchenflotte ein. Nie hat eines Menschen Auge eine solche Armada erschaut. Schon auf der
Fahrt an der Küste Phöniziens und Syriens hin haben die
Fischer sich auf das Gesicht niedergeworfen in Furcht
und Beben vor göttlicher Offenbarung. Einer der Über-
irdischen zieht dort dahin mit geschwellten kostbaren
Purpursegeln und drei Reihen rhythmisch bewegter sil-
berner Ruder. Der Rumpf des schlanken Führerschiffes
mit seinen Türmen und Aufbauten ist aus purem Golde.
Es sprüht Feuer unter der östlichen Sonne und blendet
die Augen, als blicke man stracks hinein in die Mittags-
glut am Himmel. So reist nur ein Gott über die Wasser.
Eine Flottille flinker Kreuzer marschiert im Kielwasser
der Wundergaleasse und erhöht das Mystische dieser
gleitenden Fata Morgana.

Den schlammigen Strom hinauf geht der Kurs. Der
Seewind fällt aus den Segeln. Matt hängt ihre Purpur-
pracht in der Flaute. Die Ruderknechte im Bauche der
Schiffe keuchen im Takte der kurzen Trommelwirbel.
Vor – zurück – vor – zurück. Die Schnelligkeit der Fahrt
darf nicht leiden.

Die Ufer treten enger zusammen. In der Ferne stehen blau die Berge. Zu ihren Füßen liegt, noch verborgen, Tarsus, die rege Handelsstadt Ziliziens.

In den Dörfern, die den Strom säumen, rotten die Einwohner sich, gespenstisch erregt, zusammen. Viele Schiffe aus aller Welt gehen den Kydnos hinauf zum bergenden Hafen. Seefahrer sind den Anwohnern der Ufer nichts Fremdes. Doch dieses goldene Prunkschiff – – Bei allen Göttern, was ist das?! Das ist doch – –! Deutlich sichtbar – auf dem offenen Oberdeck – allen zur Schau! Das ist doch – –! Wenn das nicht eine der Himmlischen ist! In eigener gebenedeiter Gestalt!

Sie werfen sich an dem flachen grünen Ufer nieder – heben flehend die Hände empor. Aphrodite in gnadenspendender Herrlichkeit fährt den Kydnos hinauf auf Tarsus zu! Die Kunde fliegt über die Gestade. Aphrodite, die Schaumgeborene, segnet die Gefilde. Von den Feldern, aus den engen Dorfgassen wimmelt es andachtsbesessen hervor. Die Göttin der Liebe heiligt die Ufer des Kydnos! Jung und alt – wer möchte nicht noch lieben – Freuden der Leidenschaft erhaschen?! – rafft die Gewänder, rennt herbei, die Olympische zu schauen, von ihrer Nähe gesegnet zu werden.

Da ist sie – seht sie – dort – dort auf dem Deck – unter dem goldenen Baldachin! Wahrhaftig, es ist die Wunderbringerin der Liebe! Das Auge wagt den göttlichen Anblick kaum zu ertragen. Aphrodite selbst – in niederzwingender Schöne und Herrlichkeit. – Fast nackt. Genau wie die Maler die Holde malen. Auf ein weißes Lager hingegossen. Und Liebesgötter – Kupido selbst – mit seinen Amoretten, nackten Knäblein, – stehen zu beiden

Seiten des Pfühles und fächeln der Erhabenen Kühle zu mit farbenbunten Straußenfedern. Und sieh nur – dort oben im Tauwerk und dort am Heck auch – und überall tummeln sich Nerëiden und Nymphen und Grazien von nie geschauter Schönheit und Pracht der Glieder in malerischen Gruppen – aber am schönsten – o – bei Weitem, unvergleichlich, ist doch Venus, die Hüterin aller Freuden der Lust.

Die Nasen schnuppern verzückt. Riechst du? Ein Nektarduft strömt von dem Zauberschiffe her, der leise Wind trägt den Hauch von allen Wohlgerüchen des Olymps zu den Ufern herüber. Und Klänge – nie gehörte elyseische Klänge, rauschen, Sphärenmusik wiegt sich herüber, zu der die Reihen der silbernen Ruder im Takte blinken in der sinkenden Sonne.

Jetzt tritt ein Mann in erzerner Rüstung an das Ruhelager der Göttin. Mars ist es, Ares! Raunt es durch die Menge an den Ufern, die immer dichter und fanatisierter wird. Plötzlich weiß jeder, Aphrodite kommt zum Heile Asiens, Bacchus besuchen. Das Wort ist irgendwo aufgesprungen, in die Menschenwoge geschleudert worden. Keiner weiß, woher. Aphrodite kommt, Asien zu beglücken und Bacchus zu besuchen, geht es von Mund zu bebendem Munde.

Bacchus? Ganz Kleinasien kennt den neuen Dionysos. Marc Anton ist es. In Athen hat er sich zum Gotte des Weins und der Freude weihen lassen. Zu ihm kommt Venus auf Besuch!

Taumel packt die Menschen. Trotz aller Skepsis und Gottlosigkeit und Lästerung sind sie abergläubisch und mythenscheu. Sie erschauern in Ehrfurcht und Hochgefühl, dass sie, gerade sie, diesen erlauchten mythologischen Vorgang erleben dürfen. Sie haben es immer gewusst, dass die Götter leben, nicht Märchen und Spuk sind. Heute hat jeder es gewusst und immer geglaubt. Auch mancher lose zweifelnde Spötter.

Kleopatras Boten haben das Wort, das sie lange erwogen hat, in die Massen geworfen.

Neben ihr stehen in durchsichtigen Gewändern, die nichts verhüllen, als Gefährtinnen der Göttin, Charmion und Eiras.

Der Mann in Galauniform, der an ihr Lager tritt und auf ihre aphrodisische Nacktheit mit Genießerfalten um den lüsternen Mund niederschaut, hat für unverzauberte Augen sehr wenig vom Gotte Mars. Als Kleopatra sein schmales Gesicht mit den spitzen Ohren und den listigen Augen zuerst in Alexandrien sah, grübelte sie: Welchem Tiere sieht er nur ähnlich? Er hat etwas vom Luchse, dieser Quintus Dellius, der Abgesandte Marc Antons.

»Phänomenal«, lobt er und überblickt den ganzen Theaterkram, »phänomenal, wie du meinen Rat befolgt hast.«

Kleopatra lächelt spöttisch. Seines Rates, vor Antonius »lieblich geschmückt« zu erscheinen, wie Hera einst zum Zeus auf den Ida ging, seine Liebe zu erringen und ihn zu betölpeln, hat sie wahrlich nicht bedurft.

»Na, na«, droht Dellius schleimig, »lächele nicht so überheblich. Ein bisschen Angst hast du doch. Mich betrügst du nicht.«

Sie schweigt. Sie weiß, sie ist erregt. Sie fühlt ihre brennenden Wangen, trotz des Fächelns dieser nackten Bübchen da. Angst! Lächerlich. Vor Antonius Angst! Und doch hämmert ihr Herz Sturm. Doch braust ihr das Blut in den Ohren und Schläfen. Angst! Angst kennt sie nicht. Aber sie weiß, es ist die Entscheidung. Wieder eine der Schicksalsentscheidungen im Auf und Nieder ihres Daseins. Wieder eine der großen, nie wiederkehrenden Gelegenheiten. Sternenstunde ihres Lebensplanes. Die Idee des Kaiserreiches von Ost und West ist wieder in drängender Inbrunst in ihr auferstanden. Ihre Sehnsucht nach dem Throne der Erde flattert wieder als unsichtbares Banner am Bug ihres Königsschiffes.

»Geh«, sagt sie nach einer Weile zu dem römischen Schleicher – sie weiß durch ihre Spione, dass er Marc Antons erprobtester Kuppler ist –, »du verdirbst mir das Bild.«

Beleidigt folgt Dellius dem Befehl.

Sie will allein sein, sich sammeln. Drei lange Jahre hat sie auf diesen Augenblick geharrt, sich auf ihn vorbereitet. Sie muss ihm mit allen Sinnen und Geisteskräften gewachsen sein.

Die Düfte der Essenzen, die in hohen Becken an ihrem Lager verqualmen, die sanfte Melodie der Zithern, Flöten und Schalmeien des verborgenen Orchesters regen sie an, tragen ihre Gedanken aus dem Aufruhr der Stunde zurück in die letzte schwere Vergangenheit.

Sie ist nicht mehr die schlichte Frau in Cäsars Villa. Nicht die Fremde in der Fremde. Nicht die verfemte Geliebte eines ermordeten Autokraten. Hier ist nicht Rom.

Hier ist der Osten. Hier ist sie regierende, machtvolle Königin. Hier auf ihrem Prunkschiffe ist sie ganz orientalische, selbstbewusste Fürstin in Pracht und Souveränität.

Diese drei bitteren Jahre des Harrens, das Unerträglichste für ihre tatlechzende Ungeduld, haben sie gereift. Ihre Schönheit ist noch vergeistigter, ihre Züge sind noch klugheitverklärter. Der Mund ist herber, die Augen ernster, enttäuschter. Doch jung ist sie geblieben im Antlitz und in Gestalt, jung, wie die kleinen zierlichen Frauen sich erhalten. Sie ist jetzt siebenundzwanzig. Für eine Griechin mit orientalischem Tropfen im Blute Zeit höchster und letzter Blüte. Doch sie hat immer noch etwas vom Mädchen, etwas Frühlingsblumenhaftes, eine seltsame, schimmernde Emaille des unberührt Erfahrenen ist über sie hingehaucht, trotz ihres großen Jungen von sechs Jahren im Königspalast zu Alexandrien.

Es ist keine sinnlos kecke Farce, wenn sie als Göttin Venus posiert. Man glaubt ihr die Rolle, auch körperlich.

Sie hat in diesen drei Jahren nach der Vertreibung und Flucht aus Rom ihr Reich im Innern geordnet, alle Widersacher vernichtet. Ihr Verwaltungsapparat arbeitet wie eine Präzisionsmaschine. Hat durch ihre Späher jeden kleinsten politischen Vorgang in Rom und der Welt mit Argusaugen überwacht. Es war nicht leicht, den Wirrwarr des Geschehens zu verfolgen, zu durchschauen. In Italien wie im römischen Reiche des Mittelmeeres wütete der Kampf der Generale. Vier, fünf Militärdiktaturen rangen um die Vorherrschaft. Antonius hat sich bitter getäuscht. Die leuchtenden grünen Augen der Königin werden dunkel und starr, als sie an seinen Verrat an Cäsars Sohn denkt. Der junge, unbekannte Octavius Octavian hat sich als gefährlicher Gegner entpuppt. Er ist durchaus keine belanglose Nichtigkeit. Cäsars Name hat ihm Rückhalt und Selbstbewusstsein, seine kalte, verschlagene, grausame Gerissenheit Überlegenheit verliehen über den kraftsprühenden, tölpisch-schlauen, drauflos stürmenden Freibeuter an Cäsars Macht. Auch hatte Antonius nicht nur ihn zu bekämpfen. Die Mörder Cäsars standen gegen ihn auf mit starker Rüstung. Was half ihm da seine Wachtmeisterleibwache! Es galt Kampf bis aufs Messer. Er musste sich gegen diese Feinde Cäsars mit dem zweiten Nachfolger, dem Adoptivsöhne Cäsars, dem verachteten Enkel des Wucherers aus Velletri, zwangsläufig verbünden. So gab er dem, den er als ungefährlichen Gegenspieler der Königin vorgezogen hatte, selbst Kraft und Bestand.

Kleopatra blickt auf. Der Fluss breitet sich jetzt zu einem See. Drüben stehen weiß gegen die Berge, von der sinkenden Sonne rosa übertuscht, die flachen Häuser von Tarsus. Die Kais sind schwarz von Menschen.

Noch hat sie Zeit, wie so oft, voll Zorn und Selbstanklage an den unverzeihlichen Fehler zu denken, den sie begangen hat.

Der Kampf der Mörder Cäsars hatte sich nach Kleinasien, in ihre Nähe, gespielt. Einmal schien es, als würde Cassius, der den Dolch gegen Cäsars Haupt gezückt hatte an jenem furchtbaren Märztage, in diesem Tohuwabohu des Bürgerkrieges die Oberhand gewinnen. Er war Herr im Osten. Antonius traute sie nicht und traute ihm auch keinen nachhaltigen Erfolg zu – nach jenem Tage in Rom. Da war sie einem verblendeten Truge erlegen.

Schon sah sie Cassius als Sieger, als den Herrn von Rom, aus dem Chaos erstehen. Dass er Cäsar, ihren Cäsar, ermordet hatte, wog nicht auf der Waagschale ihres politischen Ehrgeizes.

Sie, die wartete, aus dem Hinterhalte lauerte auf die Entwicklung des Weltgeschehens, die sprungbereit harrte und abschätzte, sprang zu, glaubte, endlich sei ihre Gelegenheit gekommen. Sie beißt in der Erinnerung schonungslos in die geschminkten Lippen. Blut sickert hervor. Sie leckt es mit spitzer Zunge fort.

Eine politische Erkenntnis war zum Grundsatz ihres Tuns, ihres Lebens geworden: sich *dem* Römer anzuschließen, der als Mächtigster aus dem Kampfe aller gegen alle hervorgehen würde. Durch ihn ihr eigenes Land zu beschirmen, mit ihm den alten Cäsarplan der Verbindung von Ost und West der Erde, des Weltreichs zu erneuern.

Und da hatte sie in ungezügelter Ungeduld, in unbeherrschter Erfüllungsgier auf den falschen Lenker im Wagenrennen gesetzt. Hatte Cassius ihre starke wohlgeschulte Flotte zu Hilfe gesandt gegen Antonius und Octavian. Ein folgenschwerer Irrtum, ein verräterischer Fehler. Eine Blindheit ihrer politischen genialen Hellseherei. Wohl hatte sie ihn gleich darauf erkannt. Ihre Schiffe abberufen. Doch die Tat blieb und zeugte gegen sie. Und Cassius fiel bei Philippi.

Antonius, Octavian sind jetzt die Herren Roms. Als Strohmann nehmen sie Lepidus als Dritten in den Bund. Sie teilen die Welt. Antonius wählt sich den Osten.

Kleopatra schüttelt die Erinnerung, die den Glauben an ihre staatsmännische Unfehlbarkeit schmerzlich verwundet hat, heftig von sich ab. Blickt aus schmalen Augenschlitzen über den Hafen hin. Er ist voller Schiffe aller Nationen. Die Mannschaften stürzen an die Reling, glotzen herüber. Sie liegt königlich unberührt in ihrer kaum verhüllten Venusnacktheit.

Dort in Tarsus ist Antonius. Ohne Fulvia. Ihrer strengen Zucht entronnen. Man spürt es an seinen Taten. Sie kennt jeden seiner Schritte. Wie ein Verrückter zieht er durch Griechenland. Sie sieht ihn deutlich vor sich. Wie oft mag ihm jetzt der Kopf von Schmerzen rauchen! Und der Katzenjammer aus verquollenen Augen wimmern! Sein Marsch durch Griechenland war ein Bacchantenzug. Ein Venusdurchgang. Mit seinem Gesindel, Mimen, Dirnen, Artisten zieht er umher, als Herakles – sein erdichteter Ahnherr – verkleidet, entkleidet. Lässt sich als Bacchus huldigen und anbeten. Ein armer Irrer. Und brandschatzt die Städte und Dörfer, treibt Steuern und Abgaben ein, dass die Völker aufschreien. Echt Antonius, ganz Antonius. Fantastischer Akteur und Räuber.

Das Schiff, die Flotte macht fest inmitten des Hafens. Die Kapitäne haben ihre genaue Instruktion. Sie hat alles bis ins Letzte vorbereitet. Lässt nichts vom Zufalle regieren. Cäsars Schule. Sie lächelt bitter. Und doch hingen auch Cäsars wohldurchdachte Pläne am tragischen Zufall – –

Als Antonius, selbsterwählt zum Herrn des Ostens, nach Griechenland kam, hatte sie sofort ihre große Chance erkannt. Sofort. Alle kleinen Fürsten Asiens waren ihm huldigend nach Ephesus entgegengeeilt. Sie nicht. Sie wollte nicht eine von Vielen sein. Ihr Reich war unter diesen Kleinen das größte und mächtigste. Das einzige, auf dem bisher Roms Löwentatze nicht wuchtete. Sie kam nicht. Sie horchte angespannt mit allen Sinnen hinaus. Würde er ihrer gedenken? Jetzt, da er in ihrer Nähe war? Würde jene Stunde in Rom, in der sie um ihn geworben hatte, in ihm lebendig werden?

Da rief er sie. Sandte den Kuppler Quintus Dellius mit dem gemessenen Befehle, sie habe sich in Tarsus vor seinem Richterstuhle wegen der Unterstützung des Cassius durch ihre Flotte, wegen dieser feindlichen Handlung zu verantworten.

Er hatte sie gerufen! Das entschied. Das allein hatte Bedeutung. Er hatte ihrer gedacht. Die beleidigende, drohende Form seines Gedenkens berührte sie nicht. Es war ihre Sache, diese Form umzuformen.

Die Schiffe liegen nun vor Anker. Drüben an den Kais, den Schuppen, Warenhäusern stehen die Menschen zu Tausenden.

Diese hellen Tarser, deren Stadt eine weit berühmte Redner- und Philosophenschule ziert, glauben nicht, wie das törichte Landvolk draußen an den Ufern des Kydnos, an die leibhafte Erscheinung der Aphrodite.

»Die Venus? Mensch, siehst du nicht die ägyptischen Kreuzer?! Die Ägypterin ist es, die Kleopatra. Mummenschanz ist es, Theater.«

Der andere nickt zögernd.

Doch Sensation ist es, eine nicht alltägliche Sensation, die Königin Ägyptens halb nackt auf ihrem Prachtschiffe aus purem Golde bewundern zu dürfen.

Das Gewimmel am Kai lässt Kleopatra kalt. Was schert ihre hochmütige einsame Seele die Plebs! Ein Gedanke nur erfüllt sie: Wird Er kommen?

Sie liegt in lässiger Hoheit, allen zur Schau. Die Kapelle spielt ihre sanften, heimischen Weisen, die Düfte wehen zur Stadt hinüber, die Amoretten fächeln, die Nymphen, Grazien, Seenixen stellen ihre wechselnden lebenden Bilder. Das Herz wirbelt Sturm durch ihren trügerischen Gleichmut. Entscheidungsstunde ihres Lebens! Sie weiß es. Alles hängt, wie so oft, von dem ersten Augenblicke, von dem ersten neuen Begegnen ab. Wird er kommen? Wird er sich ihrem Willen beugen? Wird ihr fantastisch kühner Plan gelingen? Ihre Gedanken kreisen hinter der ruhigen Stirn mit dem Venuskopfschmuck.

Als Büßerin hat er sie vor seinen Richterstuhl gefordert. Sie lächelt ihr Sphinxlächeln. Marc Anton als Richter über sie, wenn Fulvia ihn nicht bemuttert! Ein Lächeln nur. Als Venus kommt sie zum Bacchus. Sie hat lange gesonnen. Wie soll sie vor ihn treten? Der erste Augenblick entscheidet ein Leben, ein Weltreich. Sie hat sich gegen das erste Aufzucken dieses Planes innerlich gesträubt. Es ist üble Mache, hohler Kitsch. Aber sie führt ihn aus mit ihrer verbissenen Energie. Er ist auf das Mimenhafte in diesem Kulissenschieber zugeschnitten. Auf sein Niveau herabgeschraubt. Sie hat diesen Mann nur einmal bewusst gesprochen. Doch sie kennt ihn durch und durch. Ihre Menschenwürdigung hat ihn abgeschätzt, eingeschätzt. Sie will auf seine lebhafte, kindlich-vulgäre Vorstellung wirken mit Paukenschlägen. Er ist der Held, der Herold der Banalität. Sie täuscht sich nicht. Sie weiß, er hat Erfolge, hat sie schon unter Cäsar gehabt. Wieso? Woher? Sie analysiert ihn mit ihrer scharfen, kritischen Intelligenz. Er verdankt seine ungeheuere Beliebtheit bei den Massen seinem Mittelmaß, dem Opernhaften in ihm. Er gilt den Vielen als der romantische Heros. Er regt die Massenpsyche an. Er ist Blut vom Blute der Allgemeinheit, dichter, heißer nur, komprimierter. Er ist das Abbild aller, aller Wünsche, Sehnsüchte, ins Maßlose gesteigert. Er ist der Normalheld der Männer und Inbegriff des Mannes für die Weiber. Nichts Mystisches ist an ihm, nichts Geheimnisvolles, er ist kein Mirakel, wie Cäsar war. Er ist allen verständlich in seinen Räuschen, Genüssen, seiner Tapferkeit, seiner lärmenden Gutmütigkeit, seiner leiblichen Kraft, seiner frechen Raffsucht. Er ist der erfüllte Traum des banalen Durchschnitts, der ihn vergöttert.

Kleopatra sucht den Kai ab. Noch nichts. Nur Menschenwogen wallen dem Wasser zu.

Sie kann warten. Sie muss. Ruhe, nichts übereilen, nichts zum dritten Male übereilen. Cäsar und Cassius stehen als warnende Säulen.

Doch in ihrem geschmacklosen Schaustück ist auch ein Körnchen tieferer Bedeutung und Symbolik verborgen. Als Venus kommt sie zu Bacchus zum Heile Asiens. Das ist die Parole, das der Sinn des Gepränges. Als Gleichgestellte – als Göttin zum Gotte kommt sie. Nicht als Büßerin. Nicht einmal als Königin. Als das Höchste in der Menschenverehrung tritt sie vor ihn. Eine enge Verbindung mit ihm deutet sie von Anbeginn an. Venus und Bacchus, die regierenden Gottheiten der Erde. Die Liebe und der Rausch. Innig Vereinte. Wirkung auf die empfängliche Fantasie des Orients ist das geheime Ziel. Unlösliche Verknüpfung vom ersten Augenblick an.

Jetzt – gleich – in dieser Stunde noch, muss sich die Zukunft entscheiden. Kühn ist der Streich. Gelingen oder Fiasko, Weltreich oder Vernichtung aller gigantischen Pläne hängt davon ab, ob er zu ihr kommt oder darauf beharrt, dass sie als Büßerin vor ihm erscheint. Venus als demütige Angeklagte ist Travestie, untilgbare Lächerlichkeit, bedeutet erbärmlichste Niederlage, ewiges Versinken des Königstraumes der Erde.

Noch rührt sich nichts am Ufer. Kein Nachen naht. Quintus Dellius will zu ihr treten. Sie weht ihn fort. Nicht Mars, – Venus regiert die Stunde.

Trotz aller raunenden Bedenken in ihrer Brust weiß sie, fühlt sie, diesmal hat sie nicht auf den falschen Lenker im Wagenrennen gesetzt. Diesmal nicht. Diesmal wird sie hinaufspringen am Start auf den Wagen und mitfahren, dem Ziele entgegen. Diesmal wird sie in die Zügel greifen, dem Rosselenker zurufen, ihn anspornen, bei ihm stehen – mit ihm die gefährlichen Kurven nehmen, ihm Ratschläge zuschreien, ihn mit ihrer Nähe, ihrer Körperwärme anfeuern. Diesmal muss sie mit ihm durchs Ziel gehen. Das Chaos hat sich gelichtet. Lepidus ist eine Null. Antonius vielleicht auch. Jedenfalls wird sie die Eins davor sein, die ihn zu einer hohen Zahl macht. Octavian ist der Gegner. Ihn gilt es zu vernichten. Dann West und Ost verbinden, unter ihrer Hand einigen, mit Antonius als Werkzeug. Mit ihm vollenden, was mit Cäsar gescheitert ist.

Er lockt sie nicht als Mann. O nein. Doch er wird wohl nicht immer einen qualmenden Schädel und dampfende Katerstimmung haben. Und wenn auch! Sie hat ihren klaren Kopf und ihre unhemmbare Energie. Das genügt. Um Liebe geht es in dieser Verbindung nicht. Es geht um das Reich der Welt, das sie an seiner Seite, durch ihn, mit ihm gewinnen will, für sich, für Cäsarion. Mit ihrer Macht. Ihrer Macht als Weib. Sie darf nicht wählerisch sein. Muss *den* Mann nehmen, der mit ihr die Weltmacht werden kann. Dieser Mann ist Octavian oder Antonius. Octavian ist fern. Antonius ist greifbar nah. Liebe, Gefallen hat in ihrem Leben keinen Raum mehr seit Cäsars Tod. Der Wille, ihr kleines Land vor Rom zu schützen, ihren unabhängigen Thron gegen Roms Ländergier zu erhalten, ihn zum Thron der Welt zu wandeln und zu erhöhen, gebietet allein. Seit dem Niederbruche in Rom schlafen ihre Sinne. Erwachen bisweilen, verlangen ihr Recht und werden von ihrem trotzigen, politischen Streben entrechtet, geduckt und betäubt. Nur die Politikerin, die Frau der tausend Pläne, die doch alle in den einzigen großen Plan der Weltherrschaft einmünden, wacht und lebt. Das Weib in ihr schlummert narkotisiert vom Willen und Ehrgeiz.

Ihre Adoptivahnen, die Pharaonen, deren Reich sich unter Amenhotep II. vom Sudan bis zum Euphrat und den Jonischen Inseln erstreckte, ihre leiblichen Ahnen, die Ptolemäer, die unter Ptolemäus III. das Alexanderreich erneuert haben, leben und spuken in ihrem Blute. Jetzt, in ihrer seelischen und geistigen Frauenreife, heißt leben, sein, noch fordernder als zuvor, herrschen, Macht besitzen. Liebe bedeutet für sie nichts anderes mehr, als

Gefährtin sein des Mannes, der ihr titanisches Begehren verwirklichen kann. Dieser Mann ist Antonius. Ihn hat sie nach langem Zaudern, Prüfen, Abwägen gewählt. Mit ihm spielt sie va banque. Auf ihn hat sie ihr Reich, ihre glühende Ruhmsucht, ihre und ihres Sohnes Zukunft gesetzt. Ihm will sie Mitkämpferin sein, ihm ihren Geist, ihre Genialität einhauchen, mit ihm den einzigen Teilhaber der Erde, Octavian, zerschmettern, mit ihm das Weltreich aufrichten, sich zu seiner und der Erde Herrin emporschwingen.

Sie schließt unmittelbar dort an, wo sie in Rom aufgehört hat. Dort waren die Verhältnisse gegen sie. Dort stand Fulvia vor Antonius als Wall und Schirm. Hier sind die Verhältnisse für sie. Hier ist sie keine ohnmächtige, verlassene Fremde, hier ist sie Königin des einzigen freien Königreichs des Ostens. Hier wird sie Antonius das Geständnis ablisten, dass Cäsar seinen Sohn Cäsarion zum Erben eingesetzt hat. Diese vernichtende Waffe wird sie schwingen in dem Entscheidungskampfe mit dem Usurpator Octavian.

Sie blickt hinüber zum Kai. Menschenmauern türmen sich dort zusammen. Antonius kommt nicht. Ein eisiges Verzagen kriecht an ihr empor, hinein in ihr Herz. Hat sie sich verrechnet? Wirkt der Mummenschanz nicht auf sein jungenhaft abenteuerliches Gemüt? Hat er die Stunde in Rom vergessen? Hat sie wieder, zum letzten Male, endgültig verspielt?

X.

Längst hat Marc Anton die Nachricht von ihrem Nahen und der mythologischen Aufmachung ihres Kommens erhalten. Er hat sich mitten auf den Marktplatz der Stadt gesetzt, feierlich, als Herr Asiens, als Vertreter der Macht Roms im Orient. Da sitzt er erwartungsvoll mit seinem Stabe. Ganz allein mit seinen Offizieren sitzt er da. Alles Volk ist zum Hafen enteilt.

Ausgestorben ist der Markt, ausgefegt von dem Alltagstrubel sind die Gassen. Alles, was gehen, laufen, dahinstürzen kann, steht auf den Kais und starrt hinaus auf die goldene Galeasse.

Antonius sitzt auf elfenbeinernem Sessel inmitten seines Stabes mit feierlich gemessner Amtsmiene. Sie wird ihm sauer genug. Er hat keinen Sinn für Feierlichkeit. Doch er ist Richter hier, der die Sünderin und Büßerin erwartet. Er weiß noch nicht recht, wie und womit er sie strafen wird. Sie hat seinen Feind Cassius, den Mörder Cäsars, – ein Luder! – ihres Geliebten Cäsars, unterstützt. Hm. Er hat mit sich zurate gehen wollen. Ist noch nicht dazu gekommen. Gab zu viel anderes zu tun. Ein gefährliches Pflaster, dieser Orient. Diese Weiber! Diese Weine! Er wird schon etwas finden, wenn sie erst demütig und verängstigt vor ihm steht.

Das Beste wird sein, er setzt sie einfach ab, erklärt Ägypten zur römischen Provinz, plündert ihren Schatz, von dem die Märchen künden, sackt ihn ein, macht sie als Gefangene zu seiner Sklavin und Maitresse. Ist ja ein entzückender kleiner Balg. Wie sie ihn damals massiert hat!

Er lacht lauf auf. Lucilius, sein Stabschef, beleidigt und verärgert über das lange Warten auf öder Flur, fragt in schroffer Respektlosigkeit: »Was wieherst du, Marcus?

Mir ist gar nicht zum Lachen zumute. Eine Frechheit
von diesem Weibstück! Hat offenbar keine große Eile,
sich vor dir niederzuwerfen.«

»Sie wird schon kommen«, sänftigt der General gutmütig.

»Ich habe Würfel da«, verrät der Legat Quintus Ovinius.

»Bravo«, brüllt Antonius. »Vertreiben wir uns die Zeit,
bis Frau Venus auftritt.«

Ein flottes Spielchen auf den togabedeckten Knien des
Statthalters von Rom beginnt. Kleine Vermögen werden
gewonnen und verloren. Die Schatten der Amtsgebäude
um den Marktplatz werden länger und blau. Verbleichen dann ganz. Es dämmert. Die Nacht fällt rasch in
diesen östlichen Landen. Die Spieler können die Augen
der Würfel nicht mehr unterscheiden. Der Zwang bringt
sie in die Wirklichkeit zurück.

Antonius blickt auf. Eine Horde Ordonnanzen steht militärisch wartend. Sie haben nicht gewagt, die Zerstreu-
ung der Herren Offiziere zu stören.

Jetzt treten sie vor, erstatten Meldung. Die Schiffe haben festgemacht inmitten des Hafenbeckens, Düfte strei-
chen herüber zum Kai, an Bord spielt eine ägyptische
Kapelle – kein Nachen löst sich von den Schiffen – das
Volk jubelt der Königin – der Venus ekstatisch zu.

»Jubelt ihr zu?« wiederholt Antonius perplex und stiert
die Herren des Stabes an. Sie ist doch eine Büßerin! Was
heißt da: zujubeln!

»Unverschämtheit«, murrt Lucilius.

»Eine durchtriebene Orientalin«, nickt Ovinius leichtfertig.

»Wo steckt denn der Dämlack Dellius?« braust Antonius auf. Er hat das dunkle Gefühl, dass die Sache beginnt, blamabel zu werden.

Die Ordonnanzen wissen es nicht. Wie sollen sie auch wissen, dass Kleopatra ihn an Bord festhält? Liebenswürdig unterhält ihn der schlaue Eunuch Mardion, verweigert ihm aber unter nichtigen Vorwänden das Boot zur Fahrt zum Kai. Der Römer schnaubt vergebens Wut und Rache.

Hilflos, zornig und unschlüssig blickt Antonius von einem zum andern. »Kinder, was macht man mit diesem tollen Weibsbild?«, fragt er ratlos.

»Schleif sie her. Sofort!« rät der Stabschef Lucilius.

Die andern stimmen eifrig bei.

»Hm.« Antonius reibt sich schabend das gewaltige Kinn. »Ausgezeichnet. Fahr du hinüber, Lucilius. Du bist ein Weiberfeind und der Energischste von uns. Befiehl ihr kategorisch, sofort vor mir zu erscheinen. Nimm zehn Mann mit. Wenn sie Faxen macht, brauch Gewalt.«

Lucilius klirrt in seiner Rüstung über den leeren, widerhallenden Markt.

Eine halbe Stunde verrinnt, ehe er wiederkehrt. Allein. Verlegen lächelnd, einen seltsamen feuchten Schimmer in den schwarzen Augen.

»Na?« schmettert Antonius ihm über den Marktplatz entgegen. »Wo hast du sie?«

Lucilius antwortet erst, als er vor dem Triumvirn steht. »Das ist ja ein ganz wunderbares Geschöpf!« bricht er hingerissen aus. Der kalte, energische Lucilius hingerissen! »Das ist ja wahrhaftig Venus in voller Leibhaftigkeit. Also, Marcus, mach mit mir, was du willst. Konnte den Befehl nicht ausführen. Die Frau hat einen Charm! Die kann man nicht einfach verhaften. Ich nicht. So etwas Süßes, Kluges, Anmutiges – –«

Ein schallendes Gelächter lässt ihn aufstarren und verstummen. Die Offiziere biegen sich in Heiterkeit. Lucilius verliebt! Auf Anhieb bis über beide Ohren verschossen! Zum Totlachen. Antonius führt den Chor der Ausgelassenen.

»Hast du ja fein gemacht, du, der Energischste von uns! Der Weiberfeind.« Er ist aufgesprungen und haut ihm die Tatze auf die Schulterplatte des Panzers, dass der starke Mann schief einknickt. »Wunder mich nur, dass du überhaupt zurückgekehrt bist.«

Lucilius reißt sich zusammen. Der Schlag hat ihm weh getan. Er liebt diese plumpen Vertraulichkeiten des Generals nicht. Stramm dienstlich meldet er: »Die Königin lädt dich ein, Imperator, als ihr Gast an Bord ihres Schiffes zu kommen.«

Erneute ausberstende Lustigkeit.

»Sie lädt *mich* ein – sie, die ich vor mich befohlen habe.«

»Zu Befehl.« Lucilius ist plötzlich sehr militärisch.

Die Herren blicken sich verdutzt belustigt an.

Da zitiert der Witzbold des Stabes, Plancus:

»Denn wenn der Frühling keusch sein holdes Ant-
litz   entschleiert,
Künden zuerst aufjubelnd im Chor die gefiederten
Sänger
Venus, dein Nahn, und ihr Herz durchblüht dein
berückender   Zauber.
Froh durchtummelt das Wild die grünende Au, in
die   Wellen
Stürzt es sich kühn. So folgt im Bann deiner zwin-
genden   Schönheit
Jedes Geschöpf dir, wohin du es strahlend rufst
und gebietest.«

Jeder lacht, selbst Lucilius vergisst seinen Ärger. Jeder
kennt die berühmten Verse des Titus Lukrez.

Dann ruft Antonius jungenhaft fröhlich: »Also, Kinder,
machen wir es wie das liebe Vieh. Stürzen wir uns kühn
in die Wellen. Folgen wir dem mächtigen Geheiß unserer Venus!«

Aufgepeitscht, in wildem Tumulte geht es zum Hafen.
Sie laufen wie ungestüme Knaben zu einer lockenden
Schau, diese Herren der Welt. Nur Lucilius schreitet
gemessen hinterdrein. Er hat seine Würde wiedergefun-
den.

Als sie zum Kai gelangen, herrscht schon die frühe, jä-
he Nacht des Orients über Land und Strom. Ein dunkler,
sternenklarer Samthimmel spannt sich über das Wasser.
Einzelne Lichter steigen draußen auf und nieder, die
Steuer- und Backbordlaternen der ankernden Schiffe.
Sonst ist alles blauschwarz.

Doch da – urplötzlich – flammt aus dem See ein Wunder der Helle. Das Märchenschiff verwandelt sich in eine Springflut des Lichts. Die Masten, die Rahen, die Reling, die Aufbauten zeichnen sich nach in züngelnden Linien. Stehen als brennende Umrisse gegen die finstere Nacht. An unsichtbaren Fäden, in Kränzen, in Girlanden, in verschlungenen Ketten, Arabesken, Gewinden, geheimnisvollen mystischen Zeichen glüht und glost und glimmt und funkelt es. Die leise gewellten Wogen des Sees spiegeln tausendfach in zitternden Kringeln diesen Sprühregen wider. Der goldene Rumpf des Schiffes ist eine Lohe, die aus dem dunklen Wasser geistert. Auf dem obersten Deck schwelt ein magisches, blaues, undeutbares Leuchten. Baldachin und Lager und Aphrodite, Amoretten, Charmion, Eiras, Nymphen und Venusgefolge phosphoreszieren durchsichtig und zur Unwirklichkeit entrückt.

Die schwarze Masse am Kai brüllt auf. Halb ist es Entsetzen, abergläubische Panik, halb aufgeputschte gierige Wonne des Schauens. Sie glauben nicht an leibhaftige Gegenwart der Götter, diese aufgeklärten Großstädter, sie wissen, es ist fauler Zauber, schöner Zauber – aber, man kann doch nicht wissen. Am Ende ist es doch Venus in Person. Man hat so manches von der Ägypterin gehört. Den alten Cäsar hat sie behext. Vielleicht steht sie doch durch rätselhafte Bande im Bunde mit der Schaumgeborenen. Eine atemlose Stille folgt dem ersten jähen Aufschrei furchtverzückten Aberglaubens und Staunens. Angstdurchbebte Andacht, sehenstolle Neugier starrt schweigend hinüber zu dem ägyptischen Feuerwerk.

Antonius und sein Stab erreichen im kritischen Augenblick den Kai. Vor ihren Augen spritzt und knistert das Flammenmirakel aus der dunklen Flut. Vielleicht Zufall. Vielleicht gibt ein unsichtbares Lichtsignal vom Lande die Erklärung. Die Herren stehen und starren wie die Menge, die so betäubt ist, dass sie den römischen Eroberern nicht ehrerbietig weicht. Liktoren müssen ihnen den Weg bahnen.

»Heiliger Donner!« stößt Antonius zwischen den Zähnen hervor, »großartig, wirklich ganz großartig!« Er wendet sich in kindlichem Stolze zu den Herren, als falle auch auf ihn ein verklärender Schimmer aus dem Glanze dieser imponierenden Schaustellung.

»Die Frau versteht den Rummel! Was? Die hätte Theaterdirektor in Rom werden müssen.«

Damit springt er die Stufen hinab in die Staatsbarkasse, die an der Kaitreppe leise auf und nieder scharrt. Am Fallreep empfängt sie mit orientalischer Grandezza der Hausminister Potheinus. Geleitet den Statthalter der römischen Provinzen des Ostens mit seinem Gefolge aufs Deck. Überrascht blinzelnd gegen den Lichtschwall bleiben alle stehen, bewundern den Venusstaat aus nächster Nähe.

»Großartig«, wiederholt Antonius und reckt anerkennend die Gladiatorenbrust, »wirklich famos, mein Lieber.« Potheinus verneigt sich anmutig.

»Nun wollen wir mal Frau Venus begrüßen.«

Er bedeutet den Herren zurückzubleiben und schreitet mit Potheinus der blauen Göttergrotte zu. Die Offiziere schmunzeln, liebäugeln mit den Nereiden, Nymphen,

Grazien. Die sind nicht menschenscheu und spröde. Aus dem Lächeln aus der Ferne wird irdische Annäherung.

Antonius steht vom blauen Licht umflossen – woher strahlt es bloß? Denkt er flüchtig – an dem weißen Lager Kleopatras. Er grüßt sie mit erhobener Rechten. Sie neigt den Kopf und blickt mit einem verwirrenden Lächeln von unten her zu ihm auf. Sie weiß, wie beglückend diese geheimnisvolle, sorgfältig erprobte, abgetönte und abgestimmte Beleuchtung ihren brünetten Teint hebt.

»Sei gegrüßt, Marcus Antonius«, singt die göttliche Stimme auf Lateinisch. Die nackten Amorettenbübchen tragen einen rosenumgürteten Sessel herbei. Die Musik wird leiser, einlullender, verführerischer und leidenschaftlicher. Die Düfte strömen stärker, umnebelnder, betäubender. Die Vorstellung beginnt, diese Vorstellung, die Leben, Zukunft, Weltenschicksale entscheiden soll.

Antonius setzt sich, stark bezwungen und beeinflusst von dem Zauber, so sehr er sich auch einbildet, über diesem »Klimbim« zu stehen. Und plötzlich sind lautlos gleitend Charmion und Eiras vom Kopfende des Lagers, sind Kupido und Putten verschwunden. Sie sind allein in der bengalischen Beleuchtung. Vom Ufer hallen Heilrufe herüber. Der Bann hat sich gelöst. Der neue Dionysos und Aphrodite bieten der berauschten Menge ein hinreißendes, lichtumflossenes Schauspiel.

»Du hast mich rufen lassen«, lächelt Kleopatra und dehnt kokett die Glieder. Die chinesische, in Alexandrien entfadete Seide ist wie Flor. Kühn und herausfordernd packt sie den Stier bei den Hörnern.

Er ist verwirrt von ihrer Schönheit. Ganz anders hat er sie in der Erinnerung. Ein blasses, abgehärmtes Weib. Da vor ihm liegt verräterisch verhüllt die aufreizendste Frau, die je seine Begierde gestachelt hat. Welche verblüffende Wandlung! Keine Ahnung hat er von *dieser* Kleopatra gehabt. Und diese königliche Pracht! Immer hat er in seiner Fantasie die schwarzverhängte kleine Bittstellerin aus Rom gesehen.

Sie wiederholt, noch girrender: »Du hast mich rufen lassen.«

Ihre Stimme reißt ihn aus seinen leiblichen und seelischen Betrachtungen.

»Ah, richtig. Natürlich.« Er wird amtlich, so schwer es ihm auch in diesem befangenen Augenblicke fällt. Er sieht fort, hinaus in die Dunkelheit der Nacht.

Das chinesische Seidenkleid ist tückisch. Man ahnt den Körper mehr als man ihn eigentlich sieht. Ein faszinierendes Weib. Unsinn. Er muss ihr den Standpunkt klar machen. Aber saftig!

»Ich bin sehr unzufrieden mit deiner Aufführung«, poltert er los. Die Wucht dieses Ausbruches verrät seine Schwäche.

Sie macht eine kleine gleitende Geste mit der Kinderhand über das Deck hin. Ihre Armbänder klingeln melodisch. Auch sie sind abgetönt. »Gefällt dir mein Schiff nicht?«, fragt sie scheinheilig verwundert.

»Ich rede nicht von diesem Schiff. Das ist – fabelhaft ist das.« Seine Augen weichen ihren grünen Nixenlichtern aus. »Ich rede von den Schiffen, mit denen du Cassius unterstützt hast.«

»Ich?!« Sie schüttelt sanft den schwarzen Kopf, um den das blaue Licht wie ein Heiligenschein glüht. »O, Antonius, du tust einer hilflosen kleinen Frau bitter Unrecht.«

»Du leugnest! Klipp und klare Tatsachen!«

»Auch Tatsachen sagen nicht immer die Wahrheit.« Sie schmiegt sich leidend zurück in die weichen Kissen und klagt: »Ich weiß, der Schein ist gegen mich. Ich begreife deinen schmerzlichen Zorn sehr gut. Aber ich war darüber genau so erzürnt – ach, tausendmal zorniger war ich, als du überhaupt sein kannst.«

»Ich verstehe dich nicht«, grollt er unmutig. »Lass die Faxen. Die verfangen bei mir nicht.«

Sie lächelt gekränkt. »Faxen! Deine Worte sind nicht sehr zartfühlend, Antonius. In Rom damals warst du viel netter. Was machen deine Kopfschmerzen?«

»Kopfschmerzen?«

»Weißt du nicht mehr?«

Er hebt die Stirn. Das große schöne Gesicht zerknittert sich im Nachsinnen. Plötzlich wird es von einer jäh auflachenden Heiterkeit durchleuchtet. »Richtig!« Er schlägt sich heftig auf den Schenkel. »Massiert hast du mich damals.«

»Als Fulvia hereinkam«, hilft sie schelmisch nach.

Er lacht breit und behaglich. Blickt sich schalkhaft um.

»Hier kann sie jedenfalls nicht plötzlich einbrechen.«

Sie kichert glockenhell in sein dröhnendes Gelächter. Der Mann gefällt ihr heute weit besser als dazumal. Heut ist er nicht verkatert und nicht verquollen. Ein schöner Bursche ist er heute. Ein Mann. Eine Persönlichkeit. Die Toga gibt ihm eine gewisse Würde, bändigt aber nicht diese ungeheure Lebensintensität, die in ihm gärt, verhüllt aber nicht die Pracht der gigantischen Glieder. Ein Fluidum von Sinnlichkeit und urwüchsiger Naturkraft strömt von ihm aus. Das Weib in ihr wittert diese strotzende, überschäumende Männlichkeit.

Mutig führt sie zu seinem Zorn zurück. Sie will diesen törichten Fehler forträumen zwischen sich und ihm, ihn ausrotten ein für alle Mal.

»Glaubst du im Ernste«, sie sieht ihm demütig in die großen Hundeaugen, »ich würde einen der Mörder Cäsars – ich! – unterstützen?!«

Er springt nicht so schnell nach. Sein Geist ist klobiger, schwerfälliger. Er braucht Zeit, bis er sich zurückfindet und brummt: »Aber du hast es doch getan!«

»Nicht ich, Marcus Antonius. Ich bin übertölpelt worden. Serapion, der Kommandant meiner Garnison in Cypern, hat auf eigene Faust gehandelt. Ohne meinen Befehl.«

»Ach, sieh mal an!«, grunzt er argwöhnisch und sieht sie scharf an. Er kennt die Schliche dieser Verführerin. Und sieht ihrer Glieder Herrlichkeit. Gott, ist das Weib schön! Diese Augen, dieser üppige Mund – muss der küssen können! Er fetzt die Augen von ihr los und höhnt: »Also ganz unschuldig sind wir? Schau! Schau!«

Sie überhört seinen Spott. »Er hat seine Eigenmächtigkeit gebüßt. Auf der Fahrt hierher bin ich in Cypern gelandet. Serapion ist tot.«

Antonius führt die Augen zu ihr zurück. »Ist das wahr?« Er traut ihr nicht, nicht über den Weg.

Sie richtet sich stolz auf. »Ich pflege nicht zu lügen«, verweist sie kurz.

Nun, sie nimmt es im Allgemeinen nicht so haarscharf mit der Wahrheit. Doch diesmal lügt sie nicht. Den Vollstrecker ihres Befehls hat sie als Sündenbock geopfert. Was gilt ihr ein Menschenleben! Was gilt in diesen chaotischen Zeiten ein Menschenleben! Was gilt ihr ein Garnisonskommandeur, wenn es um den großen Ehrgeiz und das eine große Ziel ihres Daseins geht! Sie hat Serapion ohne Erklärung gefangen nehmen und niederstechen lassen.

»Serapion ist wirklich tot?« zweifelt er noch.

»Genügt dir das?« Ihre Augen funkeln elektrisch. Funkeln dem Hünen ins Herz.

»Es genügt durchaus«, sagt er erstickt.

Sie legt sich befriedigt zurück, liegt weich und gelöst, eine unwiderstehliche Aufforderung und Lockung. Er rückt unruhig auf dem Sessel. Möchte sich auf sie stürzen. Er ist nicht gewohnt, zu fackeln, sich zu beherrschen. Dieses verdammte blaue Licht. Und all die Menschen dort drüben am Lande. Er blickt sich prüfend um.

»Gefällt dir mein Schiff?«, flötet sie.

»Ausgezeichnet. Wirklich raffiniert. Ganz märchenhaft«, lobt er unbeseelt mit heiserer Stimme. Was soll ihm jetzt der störende Firlefanz. Er will das Weib da vor sich.

Sie fühlt es, durchschaut ihn. Nein, so leicht nicht! Zappeln soll er noch.

Sie dehnt noch einmal die glitzernde Gestalt, biegt den Leib empor auf Fersen und Schultern, dass ihm rot vor Augen wird vor Gier, und schnellt empor. Steht vor ihm, transparent im Lichte gegen den dunklen Himmel. Er greift nach ihr. Sie entschlüpft.

»Venus bittet Dionysos zum Mahle.« Sie verbeugt sich halb scherzhaft, halb ehrfürchtig, wirft den Kopf zurück, streicht die schwarzen seidenen Haare aus der Stirn mit den Intelligenzbuckeln.

Im Nu sind sie von Amoretten umzingelt, werden geführt auf einem Pfade von Blumen, den die nackten Knäbchen ihnen streuen. Die verborgene Musik wird zum Marsche. Aus allen Winkeln des Verdecks tauchen die Offiziere mit erhitzten Gesichtern hervor. Jeder hat eine der Grazien, Nymphen, Nixen, Hofdamen – edle Griechinnen, Ägypterinnen aus fürstlichem Geblüte, als Tischgenossin erkoren und erbeutet.

Sie wandeln über den Blumensteg hinab zum Festsaale, dem Hauptraume des schwimmenden Palastes. Die Marschmusik des unsichtbaren Orchesters draußen wird von einer verdeckten Kapelle innen übernommen. Ein betäubender narkotischer Duft schwelt ihnen entgegen. An der Tür des Saales prallt Antonius zurück. Bleibt festgerammt stehen. Staunt in den Raum, stumm, übermannt.

Der Fußboden ist von Onyx. Doch man sieht ihn nicht. Er ist in ein Parkett roter Rosen verwandelt, die auf eine geheimnisvolle Art aufrecht befestigt stehen, dass man über die offenen Blüten dahinschreitet. Purpurn sind auch die Lager, verschwimmen mit dem Boden. Hell weiß leuchten die Tische.

Antonius mustert stumm. Sie lässt ihm Zeit. Sie will ihm ihren Reichtum drastisch zu Gemüt und vor Augen führen. Sieh dir nur alles an, mein Junge. Die goldgewirkte Decke – sie ist hoch – nicht wie ein Schiffsraum, ragt hinein in einen der gewölbten Aufbauten – stützen Säulen von Achat. Die Wände sind mit blassem Elfenbein getäfelt, das in der sanften indirekten Beleuchtung mild den Raum widerspiegelt. Die Türen und die Wandfelder sind umrahmt von indischem Schildpatt, das Smaragdinkrustationen als künstlerische Ornamente zieren.

Ein Heer von Dienern in allen Farben und Nuancen der Menschheit, vom Blond des Germanen bis zum satten Schwarz des Äthiopiers, alles auserlesen schöne Jünglinge mit anmutbeschwingten Ephebengestalten, steht bereit.

Noch staunt und starrt und schätzt der Bravo Antonius. Sein wägender Blick ruht auf den Tischen.

»Du«, stammelt der Mann aus kleinen, ärmlichen Verhältnissen, der er, trotz seiner erstaunlichen Glückskarriere, immer geblieben ist, – »dieser Saal – der ist ja mehr wert als manche große Insel!«

»Denken wir, es wäre die Insel Cythera, die Heimat der Venus«, scherzt Kleopatra und führt den Gast über die atmenden Häupter der Rosen zu dem Ehrenlager. Sie legt sich rechts auf die seidene Purpurdecke und lädt mit einer graziösen Geste Antonius an ihre Seite.

Er staunt ganz wenig. Es ist das erste Mal, dass er eine Frau beim Essen liegen sieht – zu Beginn des Mahles. Doch er ist kein Pedant und Sittenfex. Er nicht. Aufgeräumt wirft er sich neben sie, dass das Ebenholzgestell des Sofas kracht.

Die Herren des Gefolges reihen sich hinter ihnen. Ihre Erwählten sitzen sittig zu ihrer Rechten.

Knaben bieten Blumenkränze in bunten Körben. Kleopatra wählt einen Kranz aus fettig grünglänzenden Orchideen. Die exotische Farbe steht ihrem Haar und ihrer Hautfarbe. Die schwüle Blume soll die Stimmung heizen. Antonius will aufs Geratewohl in den Korb tatzen. Da wählt sie rasch für ihn langstielige, goldschimmernde Opuntien, zupft an ihnen und setzt ihm das Gewinde auf die braunen, üppigen Locken.

»Wie eine Krone«, flüstert sie bedeutungsvoll.

Er greift eine Schale vom Tisch und betrachtet kritisch eitel sein Bild in ihrem strahlenden Boden. Setzt den Kranz schief auf ein Ohr und lacht übermütig. Sie beißt die Zähne zusammen. Er hat die Anspielung nicht verstanden. Er strebt nicht nach der Krone. Macht will er besitzen, um schlemmerhaft zu leben, Reichtümer zu erraffen. Kein Herr der Erde schlummert in ihm. Kein titanisches Wollen. Kein Alexandergeist. Sie betrachtet ihn prüfend von der Seite, während er dem Mundschenk den edelsteingeschmückten Pokal hinhält.

Ein Schlauch ist er, denkt sie verächtlich, ein gemeiner Schlauch bis zum Rande gefüllt mit roher Genusssucht, lärmender Berserkerkraft, die sich keuchend auf die niedrigen Freuden des Lebens stürzt. Ich werde ihm anderen Inhalt einflößen. Ich werde in diesen Schlauch den großen Königsgedanken gießen, den Ehrgeiz, den unstillbaren Wunsch, Herr der Welt zu werden. Ich werde –

Er weckt sie aus ihrem Sinnen. Stößt sie burschikos mit dem Ellbogen an. »Du, das ist ein Weinchen!« Er schmeckt ihn kennerhaft auf der verwöhnten Gourmetzunge. »Alle Wetter. Und in dem Gefäß. Das ist ja allein ein Vermögen wert.«

»Meine Vorgänger auf dem Thron, die Pharaonen und die Ptolemäer, waren weitschauende Sammler«, lächelt sie.

»Ich weiß, ich weiß.« Er legt sich bequem zurecht. »Dein Kronschatz soll ja was ganz Unerhörtes sein.«

»Du kannst ihn selbst taxieren, wenn du nach Alexandrien kommst«, lockt sie.

»Ich – nach Alexandrien?!« Er liegt auf den linken Arm aufgestützt, ihr halb zugewendet. Jetzt dreht er sich ihr voll zu. »Ich komm doch nicht nach Alexandrien. Wo denkst du hin! Ich inspiziere nur die Provinzen hier, dann muss ich nach Rom zurück.«

»Du willst meinen Besuch nicht erwidern?«

Sie tut gekränkt und rückt näher an ihn heran. Plump und ohne Zimperlichkeit muss man diesen Athleten betölpeln. Er fühlt ihre Schenkel durch den dünnen Stoff, als wären sie nackt. Er ist kein Spielverderber. Auch er rückt näher.

»Nicht böse sein, kleine Königin. Pflicht ist Pflicht.«

Diener stören sie auf. Wuchtig lässt Antonius sich vorlegen. Speise und Trank ist des Raumes würdig.

»Ausgezeichnet«, lobt er und schlürft zwischen Zunge und Gaumen probend die Austern aus Tarent. »Ihr wisst in Ägypten zu leben.«

»O ja. Greif nur tüchtig zu.«

»Darauf kannst du dich verlassen. Geht doch nichts über einen guten Happen und seltenen Tropfen. Ich bin kein Menschen- und Lebensfeind wie der olle Timon.«

»Timon?« Sie ruht leicht auf dem rechten Ellbogen, die Finger unter das Haar an der Schläfe gewühlt, das sie unbewusst emporhebt. Die edle Stirn ist entblößt. Er sieht nicht den Adel dieser Stirn, er sieht nur ihre flammende Schönheit. Angeregt ruft er:

»Du kennst den alten Narren Timon von Athen nicht?«

»Nein«, gesteht sie. »Ist das sehr ungebildet?«

Er lacht kindlich verschmitzt, dieses naive zutrauliche Knabenlachen, das immer wieder mit ihm versöhnt. »Glaubst du, ich hab' was von dem komischen Kauz gewusst, ehe ich nach Athen kam? Nicht die Bohne.« Er greift mit beiden Händen zu und spricht mit vollem Munde fort: »Musste dort viel mit Philosophen und solchen gelehrten Krausköpfen verkehren. Gehört dort zum guten Ton. Zum Sterben langweilig, kann ich dir sagen. Und dabei musste ich immer tun, als verstände ich alle diese verworrenen Sprüche. Das Einfachste wird in ihrem Munde konfuser Mischmasch. Ich hab' einfach ein schlaues Gesicht geschnitten, nachdenklich mit dem Kopf gewackelt, die Augenbrauen wichtig hochgezogen und mich ausgeschwiegen. Und die alten Bärte glaubten, ich sei ganz ihrer hochweisen Meinung.«

Er lacht gassenbubenhaft unbekümmert. Sein Lachen ist ansteckend. Zwanglos lacht sie mit.

»Du isst ja gar nicht«, mahnt er.

»Ich esse nie sehr viel. Und was war das mit Timon?« leitet sie zurück.

»Richtig. Ja, ich musste mir da ein Stück von Aristophanes ansehen. Sehr mäßig, wirklich. Da haben wir in Rom ganz andere Schauspiele mit Tänzern und Weibern und so. Aber da trat dieser alte Timon auf. Als Figur natürlich nur. Der ist lange tot. Der interessierte mich wegen seiner Verrücktheit.«

Er greift zu. Der Diener reicht Thunfisch aus Chalzedon.

»Erzähle«, drängt sie mit gut gespielter Teilnahme. Sie will ihn auflockern, in bewegte Erzählerstimmung bringen, ehe sie ihn mit ihrem Plane überfällt. Will aber schon heute, gleich, von der ersten Stunde an beginnen, ihn zu berennen, zu erobern, ihn zu ihrem blind gefügigen Werkzeug zu machen, ihn auf ihre Weltmonarchie-Idee vorzubereiten, sein banales Hirn zu düngen, die Saat auszusäen. Ihr Ungestüm lechzt, treibt, trotz aller warnenden bösen Erfahrungen, die ihr geworden sind.

»Erzähl«, spornt sie und rückt, wie im Eifer des Lauschens, enger an ihn heran.

An den anderen Tischen geht es laut und lustig zu. Die Luft ist schwer vom Geruche der Speisen, dem Aroma der uralten Weine, dem Hauch der Rosen und Kränze.

»Ja, dieser sonderbare Kunde lebte zur Zeit des Peloponnesischen Krieges und war der ärgste Menschenfeind, der je gelebt hat. Mied jeden Umgang mit seinen Mitbürgern, verfolgte sie mit saftigen Bosheiten. Einmal – nein, sag' du mal zu mir: ›Lieber Timon, wie schön und trefflich ist unser Gastmahl.‹ Und ich werde dir antworten, was er dem Apemantas oder wie der Bursche hieß, geantwortet hat, als er notgedrungen bei einem Feste mit ihm speiste.«

Verwundert gehorcht sie dem großen Kinde. »Lieber Timon, wie schön und trefflich ist unser Gastmahl.«

Da prustet er los: »Ja, wenn du nur nicht dabei wärst!« lacht, dass er sich verschluckt und nach Atem ringt. »Klopf mir auf den Rücken«, ächzt er und dreht ihr seinen breiten Rumpf zu. »Tüchtig!« Sie tut es.

»Angenehmer Zeitgenosse, was?«, frohlockt er, als er wieder, blaurot im Gesicht, zu Atem kommt.

Sie nickt belustigt, ob über Timons grobe Aufrichtigkeit oder die Naivität ihres Gastes, bleibt unentschieden.

Von dem ersten Erfolge angestachelt, erzählt er weiter. »Einmal bestieg er in einer Volksversammlung die Rednertribüne. Alles staunt. Timon will zum Volke sprechen? Der Menschenfeind tritt öffentlich auf! Er sagt: ›In meinem Hof steht ein Feigenbaum, ihr Bürger von Athen.‹«

Antonius schauspielert, ahmt Timons knarrende Stimme trefflich nach. Er kennt Theaterwirkung. »An ihm haben sich schon viele Bürger Athens erhängt. Ich gedenke, diesen Hof zu bebauen. Und wollte es nur vorher öffentlich bekannt machen. Damit alle, die Lust haben, sich daran aufzuknöpfen, es beizeiten tun, ehe der Baum umgehauen wird.«

Er hält in fettiger Hand den triefenden Flügelknochen des phrygischen Feldhuhns empor, das eben serviert wird, und harrt mit lustigen Augen ihres Beifalls. Herzlich lacht Kleopatra. Sie hat Sinn für eine witzige Anekdote.

»Bravo!«, ruft sie.

»Ulkiger Knabe, was?«, triumphiert er. »Na, und da Gegensätze sich bekanntlich anziehen, hat dieser Menschenfreund mir großartig gefallen. Prosit!«

Er hebt den Pokal. Sie greift zu ihrem Becher. »Auf dass wir nie werden wie Timon«, schmunzelt er.

»Die Gefahr liegt dir nicht nahe«, lächelt sie.

»Kaum.« Er wischt sich selbstsicher und ahnungslos mit dem Handrücken den Mund.

Das Mahl geht weiter. Sie sieht voller Staunen die Mengen, die in seiner Kehle verschwinden. Becher auf Becher gießt er hinab.

Lärmender wird es hinter ihnen im Saale. Mit lauten Ohorufen werden die Riesenschüsseln mit den ganzen, unsichtbar zerlegten Pfauen, dem Mittelstück jedes Gelages, begrüßt.

Da schlägt Kleopatra ihre erste Parade. »Was macht der Enkel des Wucherers von Velletri?«, fragt sie nebenbei und spielt mit einer Orchidee, die aus ihrem Kranze gefallen ist.

Antonius merkt nichts, stutzt nicht. Er ist in gehobener, behaglicher Laune. Er schwelgt bei diesem leckeren

Schmause an der Seite dieser köstlichen Frau, die eine so heitere Lauscherin seines Schwatzes ist.

»Ach der!« Er tut Octavian mit einer großartigen, sorglosen Geste ab.

»Er ist doch nicht ganz so harmlos«, schürt Kleopatra weiter, »wie du damals in Rom glaubtest.«

Antonius rekelt sich, im Genusse gestört, auf dem Lager.

»Ein elender Tropf«, knurrt er. »Ein feiger Schleicher.«

»Er schleicht aber zur Macht hinauf«, bedeutet sie.

»Dusel hat er, weiter nichts«, murrt er erbost. »Alles, was er anfasst, misslingt. Er fällt von einem Misserfolg in den andern –«

»Fällt dabei aber, scheint mir, immer die Treppe hinauf.«

Er streckt heftig den feuchten Zeigefinger gegen sie aus. »Stimmt! Stimmt aufs Haar. Im Kampf gegen den Sohn des Pompejus tat er etwas, was noch kein römischer Heerführer je getan hat. In den Gewässern bei Scilla versaute er durch seine albernen Befehle die Lage, verlor völlig den Kopf und floh mitten im Kampfe ans Land. Ließ Flotte Flotte sein. Hast du so etwas schon gehört?!«

»Unglaublich.«

»Und das Ergebnis? Er gewann die Schlacht. Denn sein Unteradmiral Cornificius, froh, seine Quatschbefehle los zu sein, sammelte die Flotte und schlug Pompejus Sextus. Der Erfolg aber fiel auf den Deserteur.«

Sie schweigt. Im Feuer seines geheimen Hasses erzählt er fort. »Und bei Taormina, als er wieder dem Sextus Pompejus gegenüberstand. Genau dieselbe Geschichte. Er stolpert blind in eine Falle, verliert wieder, wie immer, den Kopf, das Heer ist verloren – da kommt die Nacht – rettet ihn –, wieder macht er sich persönlich davon – Agrippa haut die verlassene Armee mit der Flotte heraus. Octavian spielt sich als der Sieger auf.«

Sie schweigt noch immer.

»Nun, und jetzt bei Philippi! Um ein Haar wäre die Sache durch seine Feigheit schief gegangen. Ich hatte ihm schon, durch die früheren Erfahrungen belehrt, einen Posten gegeben, wo er nichts verderben konnte. Und doch hat er mir beinahe die Schlacht geschmissen. Greift gegen meinen Befehl an, verpfuscht mir meinen Plan, wird in die Pfanne gehauen, flieht natürlich als erster. Mit Not und Mühe kann ich seine Feigheit wettmachen.«

Er tut erbittert einen langen Zug aus dem Goldpokal.

»Und dennoch hast du mit ihm die Herrschaft über das römische Reich geteilt!«, sagt sie mit leisem Vorwurf.

Er zuckt verdrossen die mächtigen Schultern. »Glaubst du, ich habe gern mit ihm geteilt! War nicht zu umgehen. Er hatte mitgesiegt. Stand auf meiner, des Siegers Seite. Der Ruhm und Erfolg strahlte auf ihn über. Und dann! Er ist eine Macht, mit der ich rechnen muss. Der Name Cäsar, den er erschlichen hat, wirkt Wunder.«

Da springt sie zu wie eine Pantherkatze.

»Erschlichen?« Sie lächelt eisig. »Man hätte das zweite Testament Cäsars nicht vernichten sollen.«

Er zuckt auf, starrt sie überrumpelt an – rückt von ihr ab.

»Wer hat ein Testament vernichtet?« trotzt er patzig.

Sie beharrt nicht. Noch ist es zu früh zur Abrechnung. Nur drohen will sie, durchblicken lassen, dass sie alles weiß. Ihn ihre Macht fühlen lassen. Sofort lenkt sie geschmeidig ein.

»Du weißt, ich habe immer geglaubt, Cäsar habe ein zweites Testament errichtet. Von diesem Glauben komme ich nicht los. Wer es vernichtet hat, weiß ich nicht. Du natürlich nicht. Schon die Vermutung wäre eine Beleidigung für dich. Wie könnte ein genialer Staatsmann wie du die bodenlose Dummheit begehen, einen Octavian als Verbündeten einzutauschen gegen meinen Sohn Cäsarion und mich.«

Er isst hastig. Sein hübsches Gesicht umwölkt blutüberströmte Verlegenheit. Er sucht sie hinter überstürztem Schlingen zu verbergen. Das Erscheinen der ersten Tanzmädchen rettet ihn aus der fatalen Lage.

Zu einer heiteren flotten Weise flattern zwölf dunkelhäutige junge Ägypterinnen herein, nackt bis auf einen schmalen, buntgestickten Lendenschurz. Ein Viereck vor dem Lager der Königin ist von den Rosen befreit worden. Gelbgrün glänzt der Onyx des Bodens hervor. Es ist ein fröhlicher Tanz fröhlicher Leiber. Das Tamburin rasselt, die Kastagnetten knattern nervig. Die Tänzerinnen biegen die gelenken Körper in den Hüften zurück, dass sie mit den Händen den Boden berühren. Schnellen zurück, gleiten, wiegen sich zu einer einschmeichelnden, lustig-marschbeseelten Musik. Bewegung und Töne schweben leicht, beflügelt, unbeschwert, mild erotisch. Lassen in den römischen Gästen ein Ahnen aufflattern von dem lebensinbrünstigen, unbekümmert heiteren Volke des Niltales.

Antonius fühlt instinktiv in diesem lustbeschwingten, daseinsträchtigen, körperfrohen Taumel der Glieder das Verwandte. Die Wellen der freudigen, sorgenscheuchenden Melodie haben seinen Unmut davongetragen. Er rückt wieder nahe an Kleopatra heran.

»Kleine Königin«, schnurrt er wohlig, »hübsch war das! Fremdartig. Aber durchprickelt einem angenehm Herz und Seele. War das ägyptisch?«

»Uraltes Ägypten. Jahrtausendalte Harmonien und Rhythmen und Bewegungen. Solche Tänzerinnen – genau so – sieht man auf den ältesten Bildern in den Tempeln und Grabkammern der Pharaonen.«

Er sinnt und beteuert wichtig: »Siehst du, Kleopatra, das verstehe ich. Das spricht zu mir.«

»Weil du ein Lebensbejaher bist wie die Ägypter.«

»Ich denke, die sind so düster. Ihre Tempel, Pyramiden, Mumien?«

»Ihr Totenkult ist ernst, ihr Leben ist heiter. Es ist ein fröhliches, genießerisches Volk. Leichtherzig, festlich, freudevoll. Ein Volk nach deinem Herzen, Marc Anton.« Sie lächelt ihn fast zärtlich an. »Du wirst es kennenlernen und lieben, wenn du nach Ägypten kommst.«

»Aber ich komme doch nicht«, lacht er aus breiter Brust. »Ich muss zurück nach Rom. Dem Octavian auf die Finger sehen.«

»Wie sieht er eigentlich aus?«, fragt sie aus einer plötzlich abschweifenden Neugier heraus.

»Wie er aussieht?« Antonius lacht gallig auf. »Keine reine Freude, kleine Königin. Er sieht aus, wie sein gemeiner, grausamer, hinterlistiger Charakter ist. Ganz hübsche Züge – ja –, die hat er wohl. Aber die Haut voller Pickel. Und Zähne, dass einem übel wird. Nein, viel Staat kann man mit ihm nicht machen. Eine kurze Gestalt, bisschen schmierig, badet nie. Hübsche Augen, alles, was recht ist. Das ja. Und verpimpelt! Im Winter trägt er vier Tuniken übereinander unter einer dicken Toga und wollene Bauchbinden und Schenkelwärmer und Strümpfe und was weiß ich alles. Ein peinlicher Herr. Und bezeichnend für seinen bösen Sinn: Er hasst die Sonne. Sogar im Winter trägt er im Hause und im Freien stets einen breitkrempigen Sonnenhut.«

Sie lächelt seltsam. Sekundenlang hat sie erwogen, ob Octavian nicht vielleicht doch der aussichtsvollere Wagenlenker im Rennen um das Weltreich ist. Jetzt scheint ihr der lebensstrotzende, gesunde, saubere Mann da neben ihr wie eine Erlösung.

»Brrr«, macht sie und schüttelt sich.

Er ahmt ihr nach. »Hast recht. Zum Schütteln. Ein Schmierfink innerlich und äußerlich.«

»Warum zertrittst du ihn nicht?« Ganz ruhig fragt sie es. Doch in ihren Augen brennt ihr hypnotischer Willen.

Er sieht sie groß an. Die breiten Flächen seines Gesichts sind schon leicht vom Wein gerötet. Er lacht kurz und bitter auf. »Weil mir die Macht dazu fehlt, kleine Königin.«

»Schaff sie dir!«

Sie flüstert es nachlässig, im Plaudertone. Und doch ist es, als stoße sie die aufhetzenden Worte wie spitze Dolche in den Hünenkörper da neben sich.

Er fühlt plötzlich das Stilett der Verführung. Richtet sich geraffter empor. »Wie?!«, fragt er, als habe er sich verhört.

Sie hat ihn getroffen. Wie ein verwundeter Stier wird er jetzt drauflospreschen, dorthin, wohin sie ihn zu verleiten wünscht. Wie ein geschickter Bandillero treibt sie mit ihm ihr aufreizendes Spiel. Weicht ihm federnd aus.

»Nicht jetzt. Ein andermal. Heute wollen wir fröhlich sein.« Sie hebt ihm den Pokal entgegen. Hat die linke Hand flach auf die Purpurdecke gestützt, den Körper zu ihm hingeneigt, der Mund ist verführerisch halb geöffnet, lockt dicht vor seinen Augen.

Sein Gehirn ist kein springender Tänzer. Hüpft nicht elastisch von einem Gedanken zum andern. Damit rechnet sie.

»Nein, nein. Sag' es jetzt. Du weißt etwas, Du redest nicht ins Blaue hinein. Du nicht.«

»Vielleicht nicht«, kokettiert sie und streift seine Schulter mit ihrer Brust.

Sie hat den tödlichsten Hass und das geheimste und wildeste Verlangen in seinem Gemüte aufgereizt. Es blutet. Es schwärt. »Du bist klug –« er bleibt stiernackig auf der Fährte, auf der sie ihn angesetzt hat. »Wer einen Julius Cäsar vier Jahre fesseln konnte – diesen ewigen Wanderer der Liebe – –«

»Morgen«, vertröstet sie.

»Sag' mir nur eins«, bettelt er, »hast du einen bestimmten Plan, Octavian – zu – vernichten?«

Sie rückt ganz eng an ihn heran. »Hast du schon einmal darüber nachgedacht, was Weltherrschaft bedeutet?« Ihr Atem ist sengend, heiß weht sie ihm die Worte ins Gehör.

Er dreht unruhig den Kopf auf dem stämmigen runden Hals. »Nein – wieso?«, fragt er irritiert. Er will doch etwas über diesen feigen Schächer Octavian hören und sie – –

Ihre Augen sehen an ihm vorbei, durch ihn hindurch, sinnend in die Ferne. Ein feuchter Stern glüht in den geweiteten Pupillen. »Denke dir, Herr der Welt zu sein. Gebieter aller Länder dieser Erde. Wie ein Gott über alle Menschen zu walten. Sie zu begnaden mit allem Guten, Schönen, wenn du willst – sie zu vernichten, zu ängstigen, zu schlagen mit allem Bösen, wenn es dich gelüstet.«

»Ja – ja«, schaltet er gequält ein. Worauf will sie nun wieder hinaus? Doch ein schwierigeres Weib, als er dachte!

»Jede Kreatur hängt an deinen Lippen, die Leben und Tod bedeuten. Durch einen Wink deiner Hand werden Segen und Unheil. Hier – dort – hinter den Bergen – jenseits des Meeres schaut alles Lebende auf dich. Du bist der eine, einzige, allmächtige Wille – überall – über Tausende von Meilen hin – über alle Lande. Alles lebt und atmet und freut sich und leidet durch dich – nur durch dich. Ein Rausch – Gott sein über alle Menschen und alle

Lande. Etwas, das einen emporhebt – letztes höchstes Menschentum – weil fast schon Gottheit.«

Ihre Sehnsucht hat sie fortgerissen. Ihr Gesicht ist unirdisch, schwebt losgelöst von ihrem Körper im Raume wie eine von einer geheimnisvollen heiligen Flamme durchglühte Ampel. Er sieht nur ihre Schönheit, ihren Mund, seine Bewegung, hört nur die betörende Melodie ihrer Stimme, versteht kaum den Sinn ihrer Worte.

»Alle Großen dieser Erde haben diesen Traum geträumt. Cyrus, Nebukadnezar, Alexander, Cäsar. Sie alle wollten die wirkende, schaffende Seele dieser Welt sein. Willst du es nicht?«

Er räuspert sich. »Hm – na ja – ich weiß nicht –«, stolpert er dahin.

Sie *will* ihn mitreißen. Sie sucht fasslich, leicht verständlich zu sprechen. »In deiner Hand liegt die Menschheit gebettet. In deiner Hand ruht jedes Geschick, das größte und das geringste. Bist du gut, kannst du jedem das Leben hier auf der Erde erhöhen, Glück wirken in jedem Palaste, jeder Hütte. Bist du schlecht, bebt der Mächtigste und Erbärmlichste vor deinem Wimperzucken. Das höchste und letzte Gefühl, das ein Mensch empfinden kann, das Göttlichste ist in dir, dem Herrn der Erde. Über alles Irdische bist du hoch hinausgewachsen – – bist kaum noch Mensch –, jedes Stückchen dieser Erdoberfläche, jede Welle des Meeres gehört dir –«

»Ja – ja«, schiebt er vag ein.

Da stürzt sie aus ihrem seherhaften Überschwang in die Wirklichkeit nieder. Blickt sich um in dem trunkenen

Lärm des Saales, sieht ihn an, streicht nach ihrer Gewohnheit mit einer müden Bewegung die Haare an den Schläfen ihres plötzlich abgespannten, erloschenen Gesichtes zurück, lächelt angestrengt und fragt: »Hast du das verstanden?«

Er will zur Höhe ihres Gedankenfluges folgen.

»Ich fühle ganz genau, was du meinst«, nickt er eifrig. Und glaubt es.

»Willst du solch ein Gottmensch werden?«, fragt sie erschöpft, mit letzter Beschwörung.

Da lacht er ungebärdig los, dass das Lager zittert. »Ich – Herr der Welt! Du hast mehr Humor, als ich dachte!«

»Lach nicht!«, schreit sie ihm in ernüchterter Wut ins Gesicht.

Sein Lachen bricht jäh ab. Ein verdutzter gescholtener Junge blinzelt sie scheu an. »Ich – ich wollte dich nicht kränken. Nur –«

Sie macht eine majestätische, wegwerfende Geste mit der rechten Hand. Zürnt sich ob ihrer Unbeherrschtheit. Er ist kein Cäsar, dieser simple Mann, der da großartig neben ihr liegt. »Ich werde dir helfen, Herr der Erde zu werden«, raunt sie geschmeidig einlenkend dicht an seinem Ohr, in dem die Haarbüschel wie Unkraut wuchern.

»Du?!« Er tippt, zwischen Scherz und Ernst, zwischen Zweifel und Glauben, mit dem Zeigefinger auf ihre Brust.

»Cäsar wollte es mit mir im Bunde«, spielt sie ihren kühnsten Trumpf aus.

Er bebt zurück. »Und ist dabei in den Tod getaumelt.« Er zieht sich furchtsam abergläubisch von dieser Todbringerin zurück.

Sie hat diese erste einschüchternde Wirkung, dieses Zurückscheuen vorausgesehen. Eindringlich fährt sie fort: »Die Zeit war damals noch nicht reif. Jetzt liegt alles anders.« Sie spricht wieder im Plaudertone, dass die andern nicht merken, welche weltumstürzenden Dinge hier verhandelt werden. Ihre blutig geschminkten Lippen lächeln, nur in den Augen funkelt der schicksalsdunkle Ernst dieser Stunde und der verzehrende Ehrgeiz ihres Lebens.

»Der Gedanke der Monarchie ist heute in Rom nicht mehr absurd, wie damals. Cäsar hat die Idee des Königtums in die Massen gesät.«

»Das stimmt«, sinnt er nachdenklich. Er rückt wieder näher an diese berückende, gefährliche Frau. Das Fluidum, das von diesem kleinen katzenhaften Körper ausstrahlt, betäubt unwiderstehlich den widerstrebenden Willen. Marcs Bein berührt ihren Schenkel. Er ist eiskalt vor innerem Aufruhr.

»Friert dich?«, fragt er besorgt.

Sie schüttelt abwehrend den Kopf. »Auch Cäsar wollte das Weltreich gründen.«

»Wieso Weltreich?« Er reibt verstört die niedrige Stirn mit dem Rücken des rechten Zeigefingers.

»Alles war bis ins Letzte vorbereitet, ausgedacht. Mein Reich sollte im Osten der Stützpunkt werden. Es liegt zentral. Ist Knotenpunkt der Straßen von Ost nach West, von West nach Ost. Alexandrien sollte die Hauptstadt des Reiches der Erde sein.«

»Alexandrien? Und Rom?!«

»Rom hat ausgespielt. Bleib' ruhig liegen. Bezwing' dich. Erreg' nicht die Neugier der andern.

Hör' zu Ende. Ich sollte allen Reichtum Ägyptens – – du weißt, es ist eins der reichsten Länder der Erde, der Staatsschatz unermesslich. Die Einkünfte an Steuern allein betragen im Jahre über 12500 Talente. [1] Die Zölle sind enorm. Es ist der Landweg vom Westen nach Indien, China. Ägypten ist das natürliche Zentrum der Herrschaft über die Welt. Das Reich, von dem ich spreche, wäre größer als das Alexanders. Es würde sich erstrecken von Spanien, Gallien bis nach Indien. Alle Macht, aller Reichtum der Erde gehört dir, wenn du willst.«

Antonius wischt mit der Hand, die bisher nur räubern und das Schwert führen konnte, über das vom Essen und Trunk erhitzte feuchte Gesicht. Sein Gehirn ist noch ganz klar. Das weiß er. Das bisschen Wein tut ihm nichts. Doch es scheint ihm, als torkele er in schwerem Rausche. »Wieso mir? Woher mir?« flüstert er, in der Erregung ist seine Zunge weingelähmt. Er fühlt dunkel, dass es um Geheimes, Geheimstes, Revolutionärstes geht.

»Wir müssen vorsichtiger sein«, raunt sie verschwörerisch, »als Cäsar und ich waren. Ich habe damals in jungem Ungestüm zur Tat gedrängt. Gebranntes Kind scheut das Feuer. Ich bin kein Kind mehr. Bin in diesen Jahren um Jahrzehnte gealtert und gereift innerlich. Cä-

---

[1] 58+937+500 Rm.

sar wollte noch zögern, warten. Erst gegen die Parther ziehen. Diesen alten Erbfeind Roms unterjochen, den ferneren Osten erobern. Mit allen Schätzen Indiens beladen in Rom seinen Triumph feiern, in der Begeisterung und Ekstase dieses Triumphes sich die Königskrone aufs Haupt setzen. Das Heer nicht entlassen vor dem Triumphe. Dem alten Gesetze, das dies fordert, trotzen. Mit der siegreichen Asienarmee jeden Widerstand einschüchtern, wenn nötig, brechen –«

»Ich verstehe«, ächzt Antonius. Das Letzte, dieses Tatsächliche, geht ihm ein. Das umklammert sein Soldatenhirn sofort.

Sie legt die bebende Hand auf den nackten, haarigen Arm, der aus der Toga herausragt.

»Hör' zu Ende. Diesen Plan Cäsars musst du erfüllen.« Sie ist jetzt nichts, als beschwörende Energie. Der kleine zarte Körper zittert unter der überlasteten Spannung des Willens. »Ich kenne Cäsars Kriegsplan zum Partherzug genau. Er hat oft über jede Einzelheit mit mir gesprochen. Die Einfallslinie, jede Etappe des Marsches kann ich dir verraten.«

Er atmet hörbar. Sie hat in ihm gezündet. Krieg ist sein Handwerk. Zorn gegen die frechen Parther lebt in jedem Römer, seit sie Crassus vernichtend geschlagen haben. Jetzt geht er mit.

Sie schmiedet das heiße Eisen.

»Du hast acht Legionen bei dir in Kleinasien.«

»Du weißt Bescheid«, nickt er, zu erregt, sich über ihre Kenntnis zu wundern.

»Ich tue nichts halb«, sagt sie ohne jede Überhebung, ganz sachlich. »Alles ist genau erwogen. Du musst die Armee vermehren. Vierzehn Legionen mobil machen. Krieg gegen die Parther wird in Rom mehr als populär sein. Octavian wird vor Wut platzen. Angst bekommen. Soll er. Im Frühling brichst du auf. Nach diesem Siege über die Parther und Indien feierst du in Rom deinen Triumph, rufst dich zum König aus, Octavian wird nicht wagen zu mucksen. Wenn ja, desto besser. Dann vernichtest du ihn. Wenn er sich duckt, lässt du ihn heimlich ermorden. Ich stehe von Anfang an bei dir mit allem Reichtum, aller Macht und der Flotte meines Landes. Sie ist geschult und schlagfertig. Das Heer taugt nichts. Du siehst, ich spiele mit offenen Karten. Schon ehe du nach Rom zum Triumphe ziehst, wirst du Kaiser des Ostens. Nach dem Triumphe und deiner Ausrufung zum König von Rom vereinigst du unter deinem Zepter den Osten mit dem Westen zum Reiche der Welt.«

Sie loht. Er fühlt die Glut ihres Körpers. Die Kälte ist gewichen. Auf den dunklen zarten Härchen ihrer Oberlippe perlen winzige blinkende Tropfen.

Er windet sich auf dem Lager unter der Überfülle der auf ihn einstürzenden Pläne und Gedanken. Vieles packt ihn. Doch das Ganze ist zu gigantisch, es im Augenblicke zu meistern. Auch züngelt sein Argwohn empor gegen diese geheimnisvolle Frau.

»Und du? Was wird mit dir? Tust du das alles aus purer uneigennütziger Menschenliebe?« fragt sein Verdacht.

»Von mir sprechen wir ein andermal«, lächeln die verheißenden Lippen. Er fühlt ihren Körper. Er brennt ihn wie Feuer in die Seite. Er liegt ganz still. Das Gesicht auf das wuchtige Kinn gestützt, das auf dem Purpur ruht. Sein schweres Gehirn arbeitet. Die Augen starren leer geradeaus.

»Ein ungeheurer Plan«, röchelt es aus seinem Munde.

Sie antwortet nicht. Sie hat ihm ihre Seele eingehaucht. Jetzt muss sie ungestört in ihm wirken.

Ein griechischer Solotänzer, ein Liebling der Damen Alexandriens, zeigt seine Kunst. Antonius sieht nicht die spielerische Eleganz seiner drahtigen Glieder. Er sinnt mit weit aufgerissenen Augen. Nur einmal spricht er und verrät; wie tief der Stollen ihrer Idee der Weltrevolution schon in ihn hineingetrieben ist.

»Kleine Königin, da wird Fulvia aber staunen! Wenn sie plötzlich Königin von Rom wird!«

»Das glaube ich wohl«, lächeln ihre beherrschten Lippen. Seine Worte sind ein Sturz eisigen Wassers über ihr überhitztes Hirn. Noch viel Minierarbeit und Verführung liegt vor ihr.

Der Tänzer tritt unter johlendem trunkenen Beifall ab. Auch auf den anderen Lagern liegen nun die Frauen neben den Zechern. Antonius ist weit entrückt. Der Königsgedanke wuchert in den aufgepflügten Furchen seiner Fantasie. Da reißt Kleopatra ihn aus seiner Gedankenverlorenheit. Das Serum soll langsam wirken. Sie muss in seinem Blute strömen, sie und ihre Leidenschaft, ehe er festumrissene Pläne fasst. Weltherrschaft und sie müssen *ein* Rausch seiner Sinne sein. Sie lenkt ihn ab.

Mit einem kleinen girrenden Lachen lockt sie ihn aus der Flut zurück, in die sie ihn geschleudert hat.

»Hast du schon einmal vernommen, Antonius, wie ich zuerst Cäsar traf?«

Er wendet den Kopf ihr zu, wendet ihn wieder ab, traumumfangen. Endlich sagt er zerstreut und aus weiter Ferne: »Was hast du gesagt?«

Sie wiederholt die Frage.

Er schüttelt ohne Teilnahme den Kopf.

Doch sie stürzt wirbelig in die Erzählung. Sie wird ihn schon einfangen. Sie kennt seine Lust am Abenteuer. Es ist ein humorvolles Abenteuer, das sie seiner knabenhaften Romantik auftischt.

»Nach dem Testament meines Vaters Ptolemäus – sie nannten ihn den Flötenspieler –«

Schon hat sie ihn im Garn. »Den kenn ich doch!« lacht er gekapert. »Ein Kasperle von einem König. Verzeih.«

Sie macht eine heiter gewährende Bewegung mit dem Kopfe. »Es war keine königliche Figur. Ich und mein Bruder Ptolemäus sollten ihm auf dem Throne folgen. So geschah es auch. Aber mein lieber Bruder verbündete sich mit meiner jüngeren Schwester Arsinoë, beide überfielen mich, die nichts Böses ahnte, und vertrieben mich. Da kam Cäsar auf der Verfolgung des Pompejus nach Alexandrien. Pompejus war inzwischen von meinem Bruder ermordet worden.«

Antonius nickt.

»Im Palast in Alexandrien nahm Cäsar Wohnung. Arsinoë war bei der ägyptischen Armee. Ptolemäus im

Schloss bei Cäsar. Ich fürchtete, sie könnten ihn gegen mich beeinflussen. Wollte Cäsar selbst sprechen und mein Recht auf den Thron bei ihm verfechten. Aber wie zu ihm gelangen? Alexandrien war gegen mich aufgehetzt. Die Spießgesellen meines Bruders im Palaste meine Todfeinde. Da –« Sie lacht klingend auf.

»Was ist?« Antonius steht im Banne ihrer Worte.

»Als ich heute den Kydnos hinauffuhr, drängte sich mir der Vergleich mit meiner Fahrt zu Cäsar übermächtig auf. Der Unterschied kündet Schicksale. Heute, zu dir, komme ich auf diesem Prunkschiff als Venus. Damals – – – Ich war nach Pelusium geflohen. Musste sehr vorsichtig sein. Wenn man mich sah und erkannte, bedeutete es sicheren Tod. Nie hätten sie mich zu dem mächtigen Römer vordringen lassen.«

»Haha«, lacht Antonius begreifend, »sie fürchteten, du könntest den braven Cäsar – – Verstehe – verstehe!«

»Damals war ich kaum Zwanzig. In einem kleinen Kahn, als Bäuerin verkleidet, fuhr ich von Pelusium über das Meer. Nur mit einem Vertrauten, dem Sizilianer Apollodorus. Sein Name und seine Treue lebt in mir als ewige Flamme der Dankbarkeit. Nun ist er schon lange tot.«

Nach einer kleinen Pause fährt sie fort:

»Das Meer war wild bewegt. Ich steuerte, Apollodorus bediente das Segel. Oft glaubten wir, alles sei vorbei. Hundertmal waren wir dicht am Kentern. Aber nachts – wir hatten es so berechnet, kamen wir unbemerkt in den Hafen von Alexandrien. Wer achtet auf ein nichtiges Fischerboot! Doch diese Sturmfahrt im offenen Kahn war der leichteste und ungefährlichste Teil des Unternehmens. Jetzt begann die Schwierigkeit. Wie sollte ich in den Palast gelangen, wo mich jeder kannte und in jeder Verkleidung erkannt hätte?«

»Herrlich spannend!«, unterbricht er. »Du musst sofort weiter erzählen. Merk dir, wo du stehen geblieben bist. Nur, damit ich's nicht vergesse: deine Schwester Arsinoë habe ich vor einigen Tagen in Ephesus gesehen.«

Ihr munter-episches Gesicht ist plötzlich eine finstere Gorgomaske. Kleopatra vergisst keine Schmach, kein Unrecht, das man ihr angetan hat – nach langen Jahren nicht.

»Du hast sie gesehen? Ich denke, sie lebt völlig weltabgeschieden im Dianatempel zu Ephesus?«

»Tut sie auch«, stimmt Antonius eifrig bei. »Aber sie kam zu mir. Ich hatte sie ja in Rom gesehen. Damals, als Cäsar sie in seinem Triumph über den ägyptischen Krieg in Ketten aufführte. Und da –«

»Was wollte sie von dir?« schneidet ihr Hass in seine Worte hinein.

»Nichts Besonderes. Mir huldigen.«

»Wie hat sie dir gefallen?«

»Gut – sehr gut. Sie ist nicht so schön wie du. Aber sehr hübsch und sehr angenehm.« Er fabelt arglos weiter.

Da schlägt ihre Stimme – diese herrliche Stimme klirrt gebrochen – erbarmungslos wie ein Richterschwert drein. »Willst du mir einen Gefallen tun, Marcus?«

Sie nennt ihn zum ersten Male bei seinem Vornamen. Die Vertraulichkeit entgeht ihm nicht.

»Jeden«, ruft er geschmeichelt.

»Gib den Befehl, Arsinoë zu töten!«

Er setzt sich straff auf. Die kühn gebogene Nase wellt sich an der Wurzel. »Deine Schwester zu töten?!« Staunen, nicht Entsetzen, ist in seiner Kehle. Ein Menschenleben bedeutet ihm nicht viel. Bei den Ächtungen, kürzlich in Rom, haben er und Octavian Tausende hinschlachten lassen, Unschuldige, die ihn ahnungslos einmal geärgert haben, Begüterte, deren Vermögen ihn als Erben lockten.

Doch Frauen schont man in Rom. Auch Cäsar hat Arsinoë geschont. Ptolemäus nicht.

Kleopatra nickt kurz und heftig. Sie ist keine sanfte Frau. Sie ist Eine ihres grausamen Geschlechtes. Blut trieft an den Königinnen der Ptolemäer. Kinder, Eltern, Geschwister haben sie aus politischen Gründen, aus Herrschgier, aus Eifersucht gemeuchelt. Die erste Arsinoë, die Tochter des Gründers der Dynastie, Berenike, die Gattin Ptolemäus des Dritten, und alle die Kleopatren, von denen sie die Siebente ist, sind vor keinem Verwandtenmorde zurückgebebt. Sie ist ein echtes Kind ihrer Zeit, das kein feindliches Leben schont und auch für das eigene keine Schonung erwartet. Sie weiß, dass Arsinoë sich im Tempel zu Ephesus Königin nennen lässt. Sie weiß, dass, wenn Arsinoë frei würde, wieder zur Macht gelangte, ihr eigenes Leben verbüßt ist. Lange schon will sie die heißblütige, ehrsüchtige Schwester vernichten. Ihr fehlte bisher die Macht. Ephesus liegt in römischer Provinz. Jetzt bietet sich die Gelegenheit. Und dringendste Notwendigkeit gebietet.

Noch traut sie Antonius, dem leicht Entflammten, nicht. Noch ist er nicht von Leidenschaft zu ihr umkettet. Sie kennt seine Liebschaften, seinen Leichtsinn. Arsinoë ist ihres kühnen Blutes. In ihrem klugen Hirn ist Raum für die gleichen ehrgeizigen Pläne. Sie kann aus Ephesus fliehen, sich Antonius nähern, ihn umstricken. Kleopatra ist zu umsichtig, zu überlegt, zu hellsichtig, ihr Lebenswerk durch eine Nachlässigkeit der Milde zu gefährden. Sicherheit ist die Parole. Die Feindin muss vertilgt werden, und wenn es die Schwester ist. Gerade, weil es die ebenbürtige Schwester ist.

Noch zaudert Antonius. Weiber tötet kein Römer ohne Bedenken.

»Du hast mir jeden Gefallen zugesagt«, lächelt Kleopatra. Lächelt, wie nie eine Frau diesem Manne zugelächelt hat, voller Verheißung, Entblößung, nackter Hingabe. Fulvia kann nicht lächeln, Cytheris und ihresgleichen sind zu ungebildet, zu sehr Dirne, so verhalten hingegeben zu lächeln. Das Blut siedet ihm zu Kopfe. Plötzlich spürt er den Wein, den er getrunken hat, in den Adern.

»Nun?«, fordert sie, buhlt nur mit den Augen, hält den Leib fürsorglich spröde von ihm fern.

»Meinetwegen«, gibt er nach. Was liegt ihm im Grunde an dem Leben einer ägyptischen Prinzessin!

»Gib den Befehl. Gleich!« Sicherheit ist die Parole.

»Du hast es eilig«, spottet er und blickt sich um. An der Schildpatttür des Saales steht ein römischer Posten, einer der zehn Mann, die Lucilius bei seiner ersten Fahrt an Bord mitgenommen und dort zurückgelassen hat. Er winkt ihn heran. Gibt ihm den Befehl. Der Feldwebel

grüßt stramm militärisch. Kein Zug in seinem Lederge-
sicht zuckt. Blutbefehle sind etwas Alltägliches. Er geht.

Ein Leben ist zwischen Käse und Nachtisch verwirkt.
Als bedanke sie sich für ein nichtiges Geschenk, sagt
Kleopatra:

»Nett von dir, Marcus.« Ihr Gesicht ist wieder schön
und anmutig. Flott nimmt sie nach dieser kleinen Unter-
brechung ihre Erzählung auf.

»Das war die große Frage –«

»Was?«

»Wie ich zu Cäsar in den Palast eindringen konnte.«

»Ach, richtig!« Er findet sich zurecht, tut einen kräftigen Zug aus dem Pokale und legt sich in behagliche
Lauschstellung.

»Ich kam auf eine Idee. Bin ja nicht groß –« Sie lacht.

Er mustert ihren Körper. »Nein, groß nicht – von Leibe
nicht – aber hier!« Er stößt den Finger gegen ihre Stirn.
»Und dein Körper –« er beugt sich dicht zu ihrer zierlichen Ohrmuschel – »klein ist er, aber ein Meer von
Freuden verheißt er.«

Sie versengt ihn aufreizend aus lüsternen Augenschlitzen und fährt fort. »Apollodorus wickelte mich in einen
Teppich, den wir im Boote mitgebracht hatten, nahm
mich auf die Schulter und ging mit mir auf den Palast
zu. Ihn kannte keiner. Ich hatte ihn erst in Pelusium in
meinen Dienst genommen. Am Tore hielt man ihn an. Er
sagt: ›Cäsar hat den Teppich‹ – er war sehr kostbar, natürlich, – ›in einem Basar gekauft und befohlen, ihn noch
heute zu liefern. Ihm persönlich!‹ Die Wache lässt ihn

durch. Apollodorus gelangt in Cäsars Gemach. Er arbeitet noch. Er hat ja immer bis spät in die Nacht hinein gearbeitet. Blickt erstaunt auf. Schon bin ich aus der Hülle.«

»Ausgezeichnet!«, jubelt Antonius. Das gefällt ihm. Das ist Blut von seinem Blute. »Und dann?« drängt er vorwärts. Das Abenteuer steht im Zenit.

»Dann«, sagt sie langsam, »dann blieb ich die Nacht bei ihm.«

Er richtet sich überrascht auf. »Gleich die erste Nacht?!«

Sie versteht.

»Ja.«

»Hm«, macht er. Seine Augen umpacken sie. So eine Frau ist sie also. Wundervoll. Er hasst die langen Präliminarien.

»Ja«, wiederholt sie. »Wenn zwei sich finden und begehren, haben sie alle die Jahre und Stunden bis zu diesem begnadeten Finden unwiederbringlich verloren und verscherzt. Warum dann noch mehr kostbare Zeit vergeuden?«

Sein Gesicht ist töricht überrascht, allmählich wird es listig und breit.

»Es ist schwül hier«, sagt die Königin und erhebt sich.

Alle springen empor. »Lasst euch nicht stören«, ruft sie gnädig. »Wir gehen nur ein Weilchen an Deck, frische Luft atmen.«

Von dem Festsaale führt ein Kabinengang zu ihrem Schlafgemach. Antonius taumelt hinter ihr her, trunken vor Kraft und Verlangen und Stolz. Das hat er nicht erwartet, heute noch nicht. Er muss doch ein ganz verfluchter Kerl sein!

XI.

So kommt dieser Mann, der vor Lebenssaft berstet, in die lebensblühendste Stadt seiner Welt. Er ist schon vor zwölf Jahren in militärischer Mission in Alexandrien gewesen. Doch jetzt grüßt ihn das marmorne Weltwunder des Leuchtturms Pharus als öffentlichen Geliebten der Fürstin dieser Residenz und dieses Landes.

Die Alexandriner gönnen ihrer kleinen Königin ihr Glück und ihre intimen Freuden. Das Konglomerat der Völker, das diese Stadt beherbergt, dieses Gebräu aus Rassen des Orients und Okzidents ist nicht heikel noch prüde. Diese Pariser des Altertums werfen sich nicht zu Tugendrichtern ihrer schönen Regentin auf. Leben und leben lassen ist die Devise dieser üppigen, freudigen Stadt unter einem ewig strahlenden, freudevollen Himmel.

Hier lähmt den Daseinstaumel nicht die trockene, drückende Hitze des Niltales. Das Land der Pharaonen liegt ganz nah, doch klimatisch und seelisch meilenfern dieser internationalen Alexandersiedlung am kühlenden Meere. Diese Millionenstadt jubiliert in das Leben hinein mit ihren bunten Palästen, Tempeln, Staatsgebäuden, Kolonnaden, breiten Plätzen, zauberhaften Gärten, farbenfrohen Anlagen, breiten Straßen voller eleganter Läden. Die Lust am Dasein Altägyptens hat sich hier mit lebensbejahendem Griechentume verschwistert, ist weihrauchdurchduftet von den Geheimnissen und Kulten, durchschwelt von den Lastern des nahen Orients, zu dem Alexandrien die Pforte öffnet.

Ein Gemisch aller Nationen, das Getümmel einer Welthafenstadt wogt durch die Gassen. Matrosen aller seefahrenden Küstenvölker des Mittelmeeres torkeln betrunken durch die düstern Hafenviertel, Araber schreiten majestätisch im weißen Burnus durch die Parkanlagen. Frauen aus Ost und West, Griechinnen, Ägypterinnen, Phönizierinnen, Jüdinnen, Levantinerinnen, Römerinnen, Syrierinnen gehen und fahren durch die Straßen, stauen sich vor den Auslagen der großen Kaufhäuser zu bunten, staunenden Inseln im regen Verkehre. Ein behagliches, behäbiges, dabei geschäftiges Gewimmel ist überall. Das Leben spielt sich unter dem lindwarmen Sonnenhimmel ab. Handel und Wandel, Geldwechsler, Barbiere, Schreiber. Geschrei balgender Knaben und der klagende Sang der Kameltreiber reichbeladener Karawanen steigt in die reine, dünne Luft. Garküchen entsenden ihre zweifelhaften Dünste siedenden, pruzelnden Öls, der Geruch scharf gewürzter Speisen qualmt über den eng bevölkerten Vierteln. Auf Holzkohlenfeuer schmort, brät, brodelt es. Hammelfleisch, Fische jeder Art, die rote ägyptische Schote, Reis, Gemüse, Früchte jeder Farbe und jedes Duftes locken. Alle Sprachen des Mittelmeeres klingen auf. Der breite mazedonische Akzent, das flüssige Jonisch, Ägyptisch, Lateinisch und die gutturalen Laute des Orients.

Leben ist hier, heißes, intensivstes, daseinschlürfendes Leben der Weltstadt des Altertums. Was ist dagegen Rom! Alexandrien ist die Metropole des Handels, der

Wissenschaft, des Luxus, der Sinnenfreude, Durchgang vom Westen zum Osten, Knotenpunkt der Erde.

Die lebenssprühendste Stadt empfängt mit liebenswürdigem Gewähren den robustesten Lebensgenießer seiner Zeit. Die Königsstadt mit ihren Palästen am Meer ist zum Liebesnest geworden. Schon ist Antonius Sklave Kleopatras und seiner Sinne. Sie heuchelt sich selbst vor, sie handele aus Politik, um ihres gewaltigen Planes willen. Sie verachtet im Letzten diesen materiellen, ungeistigen Mann. Doch sie spielt sich selbst eine Komödie vor. Sie ist nur die geistig Überlegene in diesem Bunde. Körperlich ist sie ihm erlegen wie er ihr.

Es ist eine rasende, unersättliche Gier auf beiden Seiten. Jahrelang hat sie gehungert, das Weib in sich abgetötet, ist nur Königin, Sorgerin, Planerin, Wächterin auf hoher Warte gewesen. Jetzt hat sie ihr Ziel erreicht. Mehr kann sie im Augenblick nicht gewinnen. Der Mann, mit dem vereint sie das Schicksal Roms und der Erde ist, atmet ihren Atem, lebt von ihrem Willen, sehnt sich nach Macht mit ihrer Sehnsucht. Es ist Winter, milder afrikanischer Winter, schönste Jahreszeit in Alexandrien. Doch der Winter wehrt einem Kriege im rauen Partherlande. Bis zum Frühling schweigt jeder Vorwärtsdrang. In Griechenland stellen Marc Antons Legaten die neue Armee auf. Mehr kann im Augenblick nicht geschehen.

Sie feiert Ferien vom Ich, von ihrer Herrschsucht, ihrem stürmenden Ehrgeiz. Die Spannung in ihrem Geiste lässt endlich einmal nach. Endlich kann sie einmal Weib sein, nichts als verliebtes, entkettetes Weib. Sie ist nichts als das Weib des Antonius. Sie stürzt sich mit allen Sinnen in ihre Feiertage. Ein Orkan ist über sie hingewütet. Ihre schlafende Sinnlichkeit ist verlangend erwacht. Sie glaubt, jetzt erst sei ihr Körper erweckt worden. Die vergeistigte Leidenschaft Cäsars ist vergessen und versunken. Dieser liebestolle Hüne hat sie in seinen Boxerarmen fast zerbrochen. Ah, es tut gut, endlich einmal zermalmende Kraft über sich zu fühlen. Weib, vergehendes Weib zu sein, weiter nichts. Alles weltumspannende Planen ruht. Es lebt nur die Liebe.

Sie fühlt Erniedrigung. Und lügt ihrem Stolze vor, sie treibe mit ihrem Körper hohe Politik. In Wahrheit lechzt sie nach der Erschöpfung, der wollüstigen Erschlaffung der Glieder und Nerven, nach diesem Rausche des Blutes, der Geist und Hirn wohlig umdämmert und umnachtet. So ungleich ihre Körper sind, sie ziehen sich an mit einer unerklärlichen geheimen magnetischen Gewalt. Nie hat seine Berserkerlust geschwelgt wie bei dieser kleinen, raffinierten, an Künsten, Überraschungen, aufpeitschenden Listen unerschöpflichen Frau, die alle ihre Klugheit und Verschlagenheit hineingießt in ihren Taumel. In aller Sättigung hungert er nach ihr. Schon im verröchelnden Genusse fiebert er in neuer Begierde. Sie ist nicht Opfer, nicht Seele, nur Weib, nur Geschlecht, nur Verlangen und Erfüllen.

Und doch verzaubert sie ihn ohne Wollen und Absicht. Er wird kein Cäsar in ihren Armen. Nein. Das nicht. Aber seine grobe Hemmungslosigkeit wird veredelt. Seine Raffgier schweigt. Das wild um sich zischende Lebensfeuer dieses überheizten Mannes wird zur hochaufsprühenden Liebesflamme, die nur für diese eine vergötterte Frau loht und leuchtet.

Sie wachsen immer enger zusammen. Es ist ein ewiges Locken und Gewähren. Sein kindlicher Lebensübermut, seine kecke Abenteuerlust strömt auf sie über. Sie wird kindlich, fröhlich, übermütig, keck, wie sie nie gewesen ist. Oder wie sie im Grunde immer gewesen ist. Doch Sorgen ihres Amtes, der Sporn ihres Ehrgeizes haben sie aus Jugend und harmloser Heiterkeit herausgehetzt. Jetzt sind Ferien vom Königtume, vom Weltkaiserreiche. Sie blüht an der urwüchsigen Lebensforsche des Geliebten empor. Rasende Liebesleute sind sie in trunkenen Flitterwochen und tolle, ausgelassene Kinder.

Der Tag gehört der Jagd, dem Fischfang, Segelpartien, Lustfahrten nach Kanobus. Dieser Vorort, zweiundzwanzig Kilometer von Alexandrien, ist ein beliebter Ausflugsort der Jeunesse dorée. Lauschige Luxushotels steigen aus dem Wasser. Bis in die tiefe Nacht ertönt Lachen und Flötenspiel; beleuchtete, umkränzte Nachen gleiten über flüsternde Kanäle. Es ist eine Stätte der Liebe, der Tänze, des Flirts, der Zügellosigkeit.

Oder sie treiben jungenhaften Schabernack. Zur Nacht schleichen sie aus dem Palaste. Kleopatra als Bäuerin, Antonius als Matrose verkleidet. Durch die Prachtstraßen mit ihrem nie verebbenden Nachtverkehre huschen sie hurtig dahin. Von vielen erkannt. Der Riese mit der kleinen zarten Frau am Arme fällt auf. Man dreht sich nach ihnen um, mokiert sich gutmütig, begreift in eigener Ungebundenheit fremde Laune.

Sie verlieren sich in den engen Gassen des Hafenviertels. Harun al Raschid-Neugier treibt sie dahin. Sie wollen dem heißesten, ungekünsteltsten Volksleben ans Herz. Sie vollführen groben Unfug und ruhestörenden

Lärm. Klopfen an verschlafene Häuser wie Gassenjungen auf dem Schulwege. Oben öffnet sich ein Fenster. Eine aufgescheuchte alte Frau steckt den Kopf mit schlafwirren Haarsträhnen heraus.

»Nachricht von deinem Enkel«, ruft die lachenerstickte silberne Stimme hinauf.

»Von meinem Enkel in Trapezunt?!« Ein staunender Jubelschrei von oben. Die selig Überraschte verschwindet aus dem Fensterkreuz, humpelt polternd die schmale Holzstiege herab. Zwei Rangen jagen, Hand in Hand, davon um die Ecke. Als sich die Tür öffnet, ist die Gasse leer. Die Alte starrt benommen, staunt. Geht langsam sinnend ins Haus zurück. Und glaubt an Vorzeichen und mystische Erscheinung.

Die Missetäter sind längst in einem Bierhause verschwunden. Hier kennt man sie nicht mehr. Tanz ist im Gange. Rhythmische Reigen. Sie mischen sich unter die Tanzenden, sind fröhlich mit den harmlos Fröhlichen. Sie sieht, wie die Mädchen sehnsüchtig nach ihrem Schatze blicken. Er ist schön und so stark! In schwarzen Augen stehen Visionen seiner Kraft. Der Matrosenanzug zeigt die breite, haarige Brust, verrät die Muskeln seiner Arme und Schenkel. Sie drängt sich an ihn, stolz im Alleinbesitz. Keine andere Frau hat Raum in seiner Hörigkeit.

Männer schauen nach ihrer bizarren atemberaubenden Schönheit. Er sieht es und presst sie an sich. Stolz und beseligt im Gefühle seiner Alleinherrschaft über diese zierlichen Glieder und den schwelgerischen Leib.

Sie toben weiter. Eine wüste Matrosenkneipe. Seefahrer aus aller Welt des Mittelmeeres, des Pontus, Dirnen aller Rassen und Farben des Ostens und Westens.

Sie sitzen und lauschen und fühlen sich eins mit diesem naiven Mannesbegehren und Frauengewähren.

»Liebes«, sagt er plötzlich, »du hast etwas von den Weibern dort.«

»Ehrt mich«, lacht sie.

»Nein, so mein' ich es nicht. Ich meine der Rasse nach. Bist du reinblütige Mazedonierin?«

Sie schüttelt den Kopf. Es ist der Kopf eines glücklichen unbeschwerten Weibkindes. »Vom Vater her stamme ich in gerader Linie von dem Unterfeldherrn Alexanders, Ptolemäus, ab. Aber meine Mutter war eine Ägypterin. Eine Nachkommin der Pharaonen. Durch sie hänge ich eng zusammen mit dem Lande des Nils.«

Sie sagt es voll Stolz. Er nickt. »Du hast etwas Glühendes in deiner Liebe, das nur Orientalinnen haben.« Ein Strom von Sehnsucht rauscht ihm ins Herz. Er reißt sie in die Arme, versengt ihre Lippen mit seiner aufflackernden Glut. In dieser Spelunke braucht er sich keinen Zwang anzutun. Die Hände der Matrosen sind kühner.

Ein Trupp hochgewachsener Kreter setzt sich lärmend an ihren Tisch. Weiber schwirren heran, bevölkern ihre Knie.

»Wo kommt dein Schiff her?« wendet sich einer plauderlustig an den Kollegen Marcus.

Da ist Antonius in seinem Elemente. Das Volk lockt ihn an. Ist Saft von seinem Safte. Er ist nicht durch Zufall der

Abgott seiner Soldaten. Nie fühlt er sich wohler als an ihren Lagerfeuern. Einer von ihnen ist er dann, Gemeiner unter den Gemeinen. Er ist der geborene Schnurrenerzähler. Oft hat er seinen Legionären eine lange Nachtwache verkürzt.

»Ich komme von Thasus. Mein Schiff liegt unten im Hafen.«

»Aha! Und wo hast du die feurige Kleine da aufgefischt?«

»Die?« Er sieht Kleopatra schalkhaft an. »Dja, das ist eine seltsame Geschichte.« In den Winkeln seiner schönen Augen lacht der Kobold. Sie kennt längst seine frechen Jahrmarktsgeschichten. Verliebt blickt sie auf ihn. Er ist schöner, sauberer geworden, dünkt sie, äußerlich und innerlich. Er ist schon ein Teil von ihr, wie er in Rom ein Stück von Fulvias Raffgier war. Seltsam, wie wachsgleich beeinflussbar dieser Mannskoloss ist!

Antonius ist unterdessen schon weit auf das Lügenmeer seiner Fantasie hinausgesegelt. Er spricht bombastisch nach alter Weise.

»Die da – ja, siehst du, Freundchen, das war die Frau von meinem Kapitän.«

»Die ist doch keine Frau.«

»Doch. Hat mit elf geheiratet.«

»Mit elf! Hat's aber nötig gehabt!«

»Ja, die is so.«

Kleopatra sitzt unschuldsvoll lächelnd dabei.

»Ein Teufel sag' ich dir.«

»Wer – die?« Der Kreter blickt sie neugierig forschend an.

»Nein, der Alte. Ein Hundsfott. Geprügelt hat er sie, dass die Fetzen nur so flogen.«

Kleopatra nickt schmerzlich. Macht stumme begleitende Pantomime zu dem lustigen Spiel.

»Arme Kleine.« Dem Matrosen wird das Herz weich. Ein vielversprechender Betthase, die!

»Gegen uns Mannschaft war er ebenso. Na – was soll ich dir sagen? – auf der Höhe von Dingsda – Anaphe wurd's uns zu bunt. Da ging's los. Er hatte einen von uns niedergeschlagen. Meuterei, kann ich dir sagen, wie sie nicht alle Tage vorkommt. Der Maat hielt zu ihm, Hackefleisch haben wir aus ihnen gemacht. Die Fische haben vor Vergnügen getanzt, wie die Fetzen über Bord kamen, getanzt, deutlich haben wir's oben gesehen.«

Der Kreter sieht den Erzähler töricht stutzend an. »Mach keinen Quatsch«, lacht er dann los und haut Antonius den Ellbogen in die Seite.

»Weiter!«, fordert einer der andern Matrosen am Tische. Alle, auch die Mädchen, hören gespannt zu. Er spricht griechisch. Das verstehen zur Not alle.

»Jetzt war die Kleine da allein an Bord. Erst schlugen wir ihr vor, einen von uns zu wählen. Aber –«

»Wie habt ihr denn nu das Schiff navigiert?«, fragt ein Gründlicher vom Tischende her.

»Stille doch.« »Lass doch das dämliche Schiff!« »Von der da wollen wir hören.« Es sind fast nur Frauenstimmen, die den pedantischen Forscher zur Ruhe weisen.

»Aber sie wollte nicht. Die Wahl fiel ihr wohl auch schwer. Lauter Kerle wie ich waren wir an Bord.« Er hebt den Arm, beugt den Biceps, reckt den herkulischen Brustkasten heraus.

Die Mädchen nicken, begreifen. Kleopatra schaut züchtig in den Schoß, gespannt, neugierig, wie er sich diesmal herauswinden wird.

»Nu, denn haben wir eben um sie gewürfelt.«

Bewegung unter den Lauschern.

»Und da hast – du –?« Der Kreter zeigt auf Antonius.

»Ich? Mitnichten. Ein anderer hat sie gewonnen.«

»Und?!!« Jetzt hat er alle eingefangen.

»Den wollte *sie* nicht. Er machte Federlesens, behauptete, gewonnen ist gewonnen –«

»Hatte recht!«

»Wir haben ihn über Bord geschmissen.«

Die Mädel kreischen auf. Die Männer murren. Spiel ist Spiel. Man muss fair sein.

»Und da hast du sie genommen?«

»Ausgeschlossen. Wie könnt' ich! Wir knobelten noch mal.«

»Aha. Und da hast du –?«

»Keine Spur. Aber auch den zweiten wollte sie nicht.«

Die Frauen blicken entrüstet auf diese wählerische Person. Sie sitzt lammfromm mit keusch gesenkten Augen. Sieht gar nicht so heikel aus.

»Und?«

»Auch er behauptete, Gewinn ist Gewinn. Wurde grob
–«

»Mit Recht.«

»Da haben wir ihn über die Planke marschieren lassen.«

»Ins Wasser?«

»Dja. Da war nur Wasser rundum.«

»Ihr seid mir eine feine Aasbande«, knurrt ein schwarzer Kerl vom Nebentisch. Antonius spricht nicht leise.
Seine Fanfarenstimme erfüllt den kleinen, niedrigen,
knoblauchduftenden Raum.

»Erzähl' weiter!« drängt ein Mädchen aus Smyrna.

»Na, dann wollten sie nicht mehr würfeln. Schien ihnen
zu unsicher. Einer schlug vor, sie sollte uns allen gehören. Der Reihe nach. Aber erstens war über die Reihen-
folge keine Einigkeit zu erzielen und sie wollte auch
nicht. Sie ist sehr einseitig in der Liebe.«

Alle horchen sensationsbefangen. Kleopatra schaut auf
die Tischplatte nieder. Ein Fantast dieser unrömische
Mann! Ein verunglückter Dichter der Gasse.

»Mensch, nu sag' endlich, wie du sie bekommen hast!«,
fordert ärgerlich über das Hinhalten der Kreter.

Wenn er das nur wüsste, denkt Kleopatra belustigt und
bemüht sich, ihre lebhaften, zuckenden Mundwinkel zu
beherrschen.

»Ganz einfach«, brüllt Antonius los, »sie hat auf mich
gezeigt und gesagt: »Den will ich haben!«

Eine Enttäuschung. Die Pointe ist flau. »Och«, trauern
die Mädchen. Der Kreter sagt laut: »Ach so!« Doch der

Schwarze am Nebentisch gibt der Fabel neuen Auftrieb mit der skeptischen Frage: »Das haben die andern so mir nichts, dir nichts hingenommen?«

»Mitnichten.« Antonius fängt den Köder auf.

Das Schiff ist wieder von der Sandbank abgetrieben und flott.

»Mensch, lass dir die Würmer doch nicht einzeln aus der Nase ziehen!«, brummt der Kreter.

»Wenn ihr's denn wissen wollt, sie machten alle gemeinsame Sache gegen mich.«

»Und?!« Südliche Lebhaftigkeit spornt den unsicheren Erzähler vorwärts.

»Ich habe sie erledigt«, sagt Antonius großartig.

»Alle?!« »Wie viele?« Die Mädchen wollen es genau wissen.

»Vierzehn Stück!« überspielt der Erzähler seine Fabel.

»Du lügst!«, schnaubt der Schwarze, ein riesenhafter Nubier. Und andere fallen ein: »Lasst euch von dem Prahlhans doch keinen Bären aufbinden!« Unwillen purrt auf. Da springt Antonius empor. Er ist in seinem Erzählerstolz beleidigt. In diesem Augenblick glaubt er felsenfest an sein Märchen.

»Wer wagt es, mich einen Lügner zu heißen?!«, wettert er in den stickigen Raum.

Sekundenlang ist Stille. Der Athletenkörper des Fragers flößt Respekt ein. Dann grunzt der Nubier: »Ich!«, und erhebt sich schwer und nachdrücklich.

Freude filtert durch die Kneipe. Ein Wettkampf. Die Kämpen treten an. Kleopatra sieht mit leidenschaftlichen

Augen zu. Jede Kraftentfaltung reizt sie. Sie fürchtet nicht für den Geliebten. Sie, oh, sie kennt seine unwiderstehliche Kraft.

Dem Nubier ergeht es übel, obwohl er ein geübter Faustkämpfer ist. Doch Antonius hat mehr Training. Oft hat er mit seinen Soldaten gerungen und geboxt. Uh! Schreien die Mädchen und wenden sich ab. Der Hieb saß. Blut bricht dem Neger aus Mund und Nase.

Da bemerkt Kleopatra, wie der Kreter an ihrem Tische am Gürtel nestelt, sein Messer zieht. Er will der glückliche Dritte sein in diesem Kampfe der Zwei. Das Weib erbeuten. Sein Messer dem Besitzer dieser aufreizenden Kleinen ins Genick schleudern, ihn beerben. Er hebt heimlich den Arm – alle blicken auf die Kämpfenden – er wähnt sich unbeobachtet – im Gewirr wird er sie greifen – mit ihr fliehen – dieses Häufchen Glück kann man leicht entführen – da brüllt er auf –, Kleopatras Dolch hat ihm die Armsehne durchfetzt. Wie ein Blitz ist sie über den Tisch vorgezuckt.

Weibergekreisch – Tumult. Der Kreter starrt entsetzt, ungläubig auf den schwerverletzten Arm – blutet wie ein abgestochenes Schwein – die Frauen deuten auf sie –, plötzlich bersten sie vor neidischer Eifersucht, dass die da Mittelpunkt des Abends war. »Sie hat gestochen – hab's deutlich gesehen.« Wut gegen die beiden, ihn und sie, brüllt auf. In Sekunden ist eine wüste Matrosenkeilerei im Gange. Alle gegen die beiden. Der Wirt verkriecht sich hinter der Theke. Er kennt das! Jeden Abend geht's los unter diesem Auswurf aus allen Hafenspelunken der Erde.

Antonius haut kampfbesessen dazwischen. Entreißt Kleopatra den Megärenhänden der Weiber. Hat sie unter dem Arm, wie einst Apollodorus in dem Teppich. Er bricht sich mit der Linken Bahn. Sie sticht blindlings um sich. Der Kämpfer aus manchem blutigen Schlachtengetümmel ist in ihm erwacht, Cäsars Tapferster der Tapferen ist dieser Matrosenhorde gewachsen. Schon ist er an der Tür. Da saust etwas von hinten gegen seinen Kopf. Ein schwerer irdener Krug zerschellt an seinem harten Schädel. Er bricht nieder.

Wie eine Spiralfeder schnellt Kleopatra empor, steht über ihm, eine gereizte, wütende Bremse. Sticht, sticht. Keiner traut sich heran. Schon taumelt er wieder auf – klappert mit den Lidern – packt sie am Arm – stößt sie vor sich her – ein zweiter Krug haut ihn in den Rücken, wirft ihn nach vorn – –

Sie sind draußen auf der Gasse. Rennen. Man folgt ihnen nicht. Er schüttelt sich wie ein großer Hund.

»Heil, Kleines?«, fragt er ängstlich.

Sie nickt. »Und du?«

Er reckt sich. »Bisschen wüst im Kopf.«

»Werde dich massieren!« Sie lachen übermütig.

Laufen heim, aufgepulvert, glühend, stürzen sich aufs Lager, neu sich gegeben. Unbewusst, aus unklaren Instinkten heraus, wagen sie Nacht um Nacht ihr Leben, sich stets neu zu erringen, neu zu finden, neu zu gewinnen, neu einander geschenkt zu sein. Lust zu pressen aus Blut und Gefahr.

XII.

So vergehen die Nächte und die Tage. Sie fahren den Nil hinauf, hinein in das wahre Ägypten, das nicht Alexandrien ist. Die Größe der Vergangenheit des Niltals ist ihm gleichgültig. Das Land ist seinem Römerhochmut, trotz allem, nichtige Fremde. Doch er liebt den Wassersport.

So führt sie ihn unmerklich ein in ihr Land, flößt ihm heimlich Verstehen und Liebe ein zu ihrem Königstume, das Mittelpunkt und tragende Säule des Weltreichs werden soll.

Bald segeln sie im kleinen Boote allein, bald rauschen sie fürstlich dahin auf der königlichen Dahabijeh. Doch allein ist es am schönsten. Da liegen sie hingestreckt im Kahne und lassen sich von den sanften Wellen tragen, dringen ein in das dichte Dickicht der Bohnengebüsche, geborgen, verborgen in der grünen, raunenden, atmenden Kammer ihrer Liebe.

Oder sie gleiten weiter stromauf, fort von der mondänen Weltstadt, in das Tal des Nils und die Zeiten der Pharaonen. Alles ist hier unverändert, wie es vor Tausenden von Jahren war. Der monotone Gesang der Schiffer dringt zu dem blumenüberdachten Hausboot herüber. Ja, Amuni – ja, Amuni – o Amon – o Amon – betet der Fischer. Zeitlos ewig.

Sie sehen das Leben in den Dörfern des Nils, wie die Vorfahren der Königin es sahen von ihren flinken Jachten. Die braunen Lehmhütten unter den Dattelpalmen – Frauen, die das Korn auf der Handmühle mahlen – im Schatten schabt der Dorfbarbier Männern und Kindern die Köpfe kahl –, alles wie auf den bunten Bildern der Denkmäler, Tempel, Totenkammern aus grauer Vorzeit.

Dort sitzen Frauen und weben – da zieht unter frohen Klängen ein Hochzeitszug – alle Bilder auf den Wänden der Tempel, Totenhäuser werden zu warmbesonntem, fröhlich heiterem Leben der Gegenwart. Und auf dem Strome gleiten still die Schiffe mit dem gebogenen Maste und den dreieckigen Segeln der Ahnen.

Auf den Feldern zu beiden Seiten des Flusses ruht die Zeit. Von Ewigkeit zu Ewigkeit schreitet dort der Landmann in dem bewässerten Acker hinter dem primitiven Urväterpfluge. Die Sakije, das Schöpfrad, die Schraubenpumpe arbeitet, ächzt und klappert wie vor sechstausend Jahren. Gegen den blauen Himmel zeichnen sich die Menschen ab, die Esel, die Kamele, die den Pfad am Ufer dahintrotten. Gelber Staub wirbelt auf unter ihren Füßen und Hufen. Dort dreschen Ochsen das Korn. Ein Mann steht dabei, riesenhaft gegen den Horizont, und singt in unzeitlicher Melodie die Worte, die nie altern:

»Drescht, ihr Ochsen, für euch, drescht aus für
euch.
Drescht das Stroh zu eurem Futter und das Korn
für euern Herrn.
Seid nicht faul, denn heute ist es kühl.«

Generationen haben durch diesen Singsang die Ochsen ermuntert.

Ein schlankes Mädchen schlendert am Ufer hin. Wie ein Vogel steigt ihre helle Stimme in die dünne klare

Luft des ägyptischen Winters. Sie blickt auf die Dahabijeh hinaus, doch sie stört nicht ihr Lied. Dicht beieinan-
der stehen Kleopatra und Antonius und lauschen der
holden, ewigen Stimme dieses Landes.

»Für mich bist du wie ein Garten,
In den ich Blumen gepflanzt habe und süß duf-
tende Kräuter.
Und ich habe einen Kanal hineingegraben,
Dass du deine Hand hineintauchen kannst,
Wenn der Nordwind kühl weht.
Der Ort, an dem wir wandeln, ist voller Wunder,
Weil wir zusammen wandeln,
Deine Hand in meiner Hand,
Der Sinn gedankenvoll,
Das Herz voll Freude.
Deine Stimme ist mir ein betörender Rausch,
Und dennoch hängt mein Leben daran,
Dass ich sie höre.
Dein Anblick ist mir köstlicher
Als Speise und Trank.«

Jahrtausende junger Liebe finden in diesen uralten
ewigen Mädchenlauten unvergängliche schlichte Worte.
Die Liebenden drüben auf dem stolzen Königsschiff verranken ergriffen, getroffen, mitfühlend die Finger ihrer
Hände ineinander.

Dieses Einfache, Urmenschliche, von Kampf und Leid
und Ehrgeiz Unberührte begreift Antonius. Ihm unbewusst strömt der Odem dieses Landes in sein Empfinden ein. Kleopatra belebt die Landschaft mit den alten
Göttern, deren Tempel am Ufer prangen.

»Unsere Göttin ist Hathor, die Herrin des Frohsinns, der Lebensfreude, Schutzherrin des Vergnügens ist sie, des Tanzes, der Schönheit und Liebe.«

»Wie Venus?«

»Ja, Hathor fährt mit uns!«

Sie kommen nach Memphis, der alten Königsstadt. Sie will ihm die Seele des Landes einhauchen. Er muss es ganz kennen und lieben und in seinem Blute rauschen fühlen. Er soll es achten und schützen wie seine eigene Heimat. Ferienarbeit zwischen den großen Aufgaben.

Dort steht der alte Tempel des Apis, des heiligen Stieres, das Gleichnis des Osiris. Weiß ist der Bulle an der Stirn, weiße Flecken zieren das glänzende Schwarz des Körpers. Das Tier bedeutet dem Römer nichts. Aber auf dem Vorplatz des Tempels feiert man Stierkämpfe. Aufgestachelt werden die Bestien gegeneinander gehetzt. Das ist Erregung! Das ist fast wie in der Arena zu Rom.

Und hier ragen die Pyramiden empor. Und tief im Wüstensande begraben ruht die Sphinx. Vier Jahrtausende starrt sie schon aus ihren unerforschlichen Augen die Menschheit an. Wie viele Jahrtausende werden noch zu ihrem Geheimnis pilgern?

Es ist Abend. Blau umglommen liegt das Ungeheuer in der sinkenden Nacht der Wüste. Lange betrachtet Antonius den Steinkoloss. Dann sagt er in einer dieser ungewollten Erleuchtungen, die ihn weihen und aus der Masse herausheben und so vieles Banale an ihm vergessen und übersehen lassen:

»Sie hat etwas von dir, kleine Königin.«

Sie schweigt lange, ehe sie erwidert: »Vielleicht.« Und plötzlich, unzusammenhängend, nach einer Pause, in die der Sand im Abendwinde rieselt:

»Meine Ahnen von meiner Mutter her, die Pharaonen, haben bis nach Asien hinein geherrscht. Tutankhamon führte seine Heere bis nach Indien.«

Er versteht. An dieser heiligen Stätte altägyptischer Macht und Herrlichkeit, in dieser Majestät der ägyptischen Nacht mahnt sie, trotz aller Ferien, erinnert sie an das Große, das der Frühling bringen soll.

Sie hebt den Arm in dem losen dünnen Mantel und zeigt hinüber zu der dritten, kleineren, schönsten Pyramide. Ihr Arm ist weiß umflossen vom Mondlicht. Ihre Stimme klingt in dieser Urweltstille rätselvoller und reiner als je. Ist Musik des Weltraumes, der sie umhüllt unabsehbar hinaus in die Libysche Wüste.

»Dort – ist das Grabmal der schönen Rhodopis. Als sie einst badete und ihre Kleider am Ufer lagen, raubte ein Adler einen ihrer Schuhe, trug ihn hierher nach Memphis und ließ ihn gerade über dem Pharao fallen, der im Freien saß und Recht sprach. Der Schuh fiel ihm in den Schoß. Von der Kleinheit und dem Ebenmaß des Schuhs berührt und erregt von dem sonderbaren Zufall, ließ er im ganzen Lande die Trägerin des Schuhes suchen. In der Stadt Naukrates fand man die einzige, der er passte. Es war Rhodopis. Sie wurde nach Memphis gebracht und heiratete den Pharao. Nach ihrem Tode erbaute er ihr dort das Grabmal seiner Liebe.«

Ihre Stimme singt ihm die Ursage des Märchens vom Aschenbrödel. Er lauscht gespannt. Er liebt Anekdoten.

Und dann trägt der rasche Wagen sie durch die lange Akazienallee zum Nil zurück – zur Dahabijeh – zu der Kabine ihrer Liebe und Leidenschaft.

Gegen die Bordwand der Kajüte rauscht der ewige Strom.

XIII.

Die Welt hat aufgehört. Zeitlos, wie das Land und das Leben im Niltal, gehen die Honigmonde dahin.

In Rom herrscht Grimm und Empörung. Eine Wiederholung der Schmach Cäsars! Wieder einer der mächtigsten Römer, der erste Mann des Reiches, in den Netzen dieser Hexe Kleopatra!

Doch die Heimat ist diesem Manne versunken. Nur Kleopatra und die Wonnen ihres kleinen rasenden Körpers leben. Kuriere Fulvias, der Freunde treffen ein. Werden nicht vorgelassen, ihm auch meistens verheimlicht. Was schert ihn Fulvia! Er ist glückselig, ihr und ihrer Bevormundung entronnen und fern zu sein. Mag Fulvia vor Entrüstung bersten! Er gönnt ihr die ohnmächtige Wut von ganzem Herzen.

Und Rom? Und Octavian? Und Streit und Hass und Machtgier? Er hat Kleopatra. Was braucht er mehr? Er schickt die Boten und Kuriere, wenn er von ihrer Anwesenheit erfährt, ungehört heim nach Rom. Er hat Ferien von der Welt und der Politik. Sein Leichtsinn schiebt, wie stets, alles Peinliche, Lästige, Widerwärtige weit von sich. Er ist auf Urlaub. Ihm blühen Feiertage der Leidenschaft. Rom und die Erde soll ohne ihn fertig werden.

Doch der Frühling naht, naht trotz allem Bangen. Er bringt Knospen, Ahnung von späterer Reife – und Schmerz. Die Tat ruft. Kleopatra erwacht. Das Märchen vom Dornröschen, von der rosenumhegten Königin, ist ausgeträumt. Der gigantische Plan scheucht Antonius auf mit schmetternden Fanfaren. Kleopatra treibt ihn hinaus. Sie möchte ihn begleiten nach Syrien, nach Athen, zu den letzten Rüstungen zum Perserkriege. Doch der Leibarzt widerrät. Sie trägt die Frucht dieser leidenschaftlichen Tage und Nächte. Olympos schüttelt den gelehrten Kopf.

»Doppelt gesegnet, Herrin, bist du. Isis und Osiris beherbergt dein heiliger Schoß.« Zwillinge. Sie muss zurückbleiben. Es ist ein schwerer Schlag für sie. Sie wollte dabei sein, schüren, raten, vorwärts stoßen. Jetzt hetzt sie mit verdoppelter Hast zum Aufbruch. Er soll ihre fortschreitende Entstellung nicht sehen. Nicht die Vision ihres aufgequollenen Leibes als Letztes mit fortnehmen. Rasch hinweg, ehe die schwere Frucht ihrer Liebe ihre kleine Figur zur Unförmlichkeit verstümmelt!

Sie wird ihm entbunden, entlastet, entgegeneilen, wenn er als Sieger heimkehrt aus Indien. Der Abschied schmerzt wie körperliches Losreißen voll Wundheit und Blut. Ihre Körper sind in eins zusammengeschmolzen. Er erliegt der Trennung fast. Sie ist die Heroische. Sie findet das Lächeln unter Tränen, das ihm den Sieg verheißt.

Es kommt der Morgen, an dem sie am Fenster ihres Schlafgemaches steht, dieses Raumes, der so viel Lust und verkrampfte Verkettung der Glieder gesehen, so oft selbstverlorenes Stöhnen und Jauchzen und Röcheln ihrer Ekstasen vernommen hat, steht und winkt. Ein böser

Tag, an dem sie hinauswinkt auf das blassblaue Frühlingsmeer, auf dem ein Schiff mit weißen Segeln immer kleiner und kleiner wird, bis es sich auflöst in den silbrigen Dunst des Horizontes.

In Syrien bricht die Welt wieder über Antonius herein. Ein Entzauberter erwacht zu den rauen Wirklichkeiten des Lebens. Es poltert über ihm zusammen. Er ahnt plötzlich, er weiß es, dass Kleopatra ihm jede böse Nachricht, jede Hiobspost, jedes Ungemach ferngehalten hat. Die Welt kracht auf ihn nieder. Er jagt nach Athen zur Armee. In der Dämmerstunde wirft seine Trireme Anker auf der Reede von Phaleron. Violette Abendschatten flimmern auf den Wassern und auf den weichen Linien der attischen Höhen.

Marc Anton steht an der Reling und blickt hinüber zu dem Lande, das er einst – vor einem Jahre war es erst! – endlos weit liegt die Zeit zurück – an der Spitze trunkener Schauspielerscharen sinnlos durchtobt hat. Er begreift kaum noch den Wüstling von damals. Es ist ein anderer Mann, der hier an der Reling der Trireme steht. Ein Mann, der trächtigste Weltpolitik im Hirn trägt. Ein Mann, dem ein gigantischer Königsplan im Herzen pocht. Ein Mann, der Ruhm und Ehre gewinnen will, eine ferne, kleine Frau damit zu krönen, die sein Kind, vielleicht seine Kinder, unter ihrem Herzen trägt.

Am Kai wird der Imperator mit militärischen Ehren empfangen. Die Hörner jubeln. Die Ehrenkohorte klirrt. Da sind die Herren des Stabes, der Chef Lucilius, der Legat Quintus Ovinius, der Witzbold Plancus. Stürmisch, heiter, frivol ist ihre Begrüßung. Antonius drückt ihnen stumm die Hände.

Zu Roß! Über die staubige, in der fallenden Nacht weißblaue Landstraße geht es hin – auf die Stadt zu. Ein Zug Kavallerie voran – ein Zug hinter den Führern. Die Herren plaudern durcheinander, fangen die lockeren Worte auf wie Bälle, schleudern sie spielerisch witzelnd dem Nächsten zu.

»Wir fürchteten schon, die ägyptische Sonne hätte dir das Mark aus den Knochen gedörrt, wie einst dem göttlichen Cäsar«, ruft Lucilius durch das Geklapper der Hufe auf der steinigen Straße.

Antonius schweigt. Blickt gerade vor sich hin zwischen den Ohren des Hengstes. Sein Körper steigt und fällt rhythmisch mit der trabenden Bewegung des Tieres. Sie sehen alle, er ist anders geworden. Sieht gut aus, gesund und braun und kernig, wie ehedem. Doch schlanker ist er, gestählter, geraffter. Aber nicht nur äußerlich ist er verändert. Sie fühlen es aufdringlich, störend, beunruhigend, können sich jedoch nicht erklären, worin diese Wandlung liegt. Sie wissen nicht, dass er Kleopatra im Herzen trägt.

»Über deine kleinsten Liebesaffären mit den niedrigsten Dirnen hast du uns faustdicke Märchen aufgetischt«, beklagt sich Ovinius, »über dieses größte und königlichste Abenteuer schweigst du wie ein Grab.«

Die andern nicken Zustimmung. Sie sind arg enttäuscht. Einen langen Winter hindurch ist er fort gewesen, im sagenhaften Ägypten, im brünstigtollen Alexandrien. Wunderdinge haben sie von ihm erwartet. Fabeln, Renommistereien, schwüle Geschichten ohne Ende. Und nun schweigt er, spricht kein Wort, gibt keinen Laut von sich!

Sie ahnen nicht, dass ihm das Herz gespannt ist, vom Schmerze der Sehnsucht nach ihr, die sein Kind in ihrem geliebten kleinen Leibe birgt.

Da feixt Plancus: »Diese ägyptische Circe hat das größte Wunder vollbracht. Sie hat unseren Marcus nicht, wie die andern Männer, in ein Schwein, sondern in einen stummen Fisch verwandelt.«

Über das Getrappel der Hufe schallt das Lachen der Gefährten. Da reißt Antonius sein Pferd dicht an Plancus heran und presst das Bein des Spötters ein zwischen den beiden Pferdeleibern, dass er laut aufschreit.

»Von wem sprichst du?« keucht er ihm drohend zu.

»Von Kleopatra«, ächzt er stöhnend vor Schmerz, Staunen und Betroffenheit und sucht mit seinem Pferde nach links auszuweichen, wo Ovinius ihm den Weg versperrt.

»Ich bitte mir etwas mehr Achtung aus vor der Königin von Ägypten!« stößt der Imperator zwischen knirschenden Zähnen hervor. Dann trabt er finster geradeaus. Sein Gesicht ist eine eherne Maske des Zornes, der Verschlossenheit und Unnahbarkeit.

Die Augen der Herren des Stabes suchen sich heimlich und verstohlen in dem Dunkel der Landstraße. Was hat der Mensch? Der hat sich ja herrlich gewandelt! Beißt auf einmal den grimmigen Vorgesetzten heraus! Das kann ja hübsch werden!

Sie kommen in die Stadt. Die Pferdehufe läuten wider von den Steinplatten der Straßen. Mit Jubelgeschrei grüßen die Massen, die den Rand der Gassen säumen, den Römer, der im vorigen Jahre ihre Stadt in eine wilde Bacchusorgie verwandelt hat. Buntbewegte Tage stehen bevor. Schwüle Feste. Man hat die großzügige Verschwendungssucht, die erfindungsreiche Ausgelassenheit und besessene Tollheit des »Neuen Dionysos« nicht vergessen.

Antonius nickt würdevoll zurück, ohne Lächeln, ohne die übermütige Narretei, die sie an ihm kennen. Was hat er? Auch hier murmelt stutzendes Erstaunen auf. Auch die munteren Herren seines Gefolges, die noch ebenso vergnügt zum Hafen geritten sind, scheinen völlig verwandelt.

Wie angedonnert hocken sie auf ihren Gäulen.

Vor der Kommandantur hält der Zug.

Antonius sitzt ab. Seine Begleiter folgen befangen seinem Vorbild. Ein üppiges Festbankett ist in den Prachtsälen des alten Hauses vorbereitet. Keiner wagt, es zu melden.

»Morgen früh, punkt neun, erwarte ich alle Unterführer zum Bericht und zur Befehlsentgegennahme«, ruft Antonius knapp und dienstlich. Damit grüßt er kurz und geht die Freitreppe hinauf.

Die Herren stecken die Köpfe zusammen.

Ganz früh am folgenden Tage sitzt Antonius am Schreibtisch des Arbeitszimmers, das man für den Oberbefehlshaber eingerichtet hat. Vor ihm liegen Pläne, Karten. Er überdenkt, überwägt, überprüft zum hundertsten Male Cäsars Kriegsplan. Arbeitet mit einem Ernste und einer Vertiefung, wie er nie zuvor gearbeitet hat.

Der Sieg über die Parther soll die Morgengabe werden für die kleine, berückende, beglückende Frau, die jetzt in dem erinnerungsschweren Schlafzimmer im weißen Schloss zu Alexandrien schläft. Schläft sie oder wacht sie voller Sehnsucht und denkt an ihn? Vielleicht denkt sie just an die Nacht, in der sie beide in Kanobus – – Halt, nicht abschweifen! Hm – ja, hier in Zeugma wird eine Etappenstation eingerichtet. Und hier in – –

Da lärmt es in die Stille des Morgens vor der Tür des Arbeitszimmers. Eine grelle, scharfe Frauenstimme – der Bass der Wachen – kurzer Tumult dringt durch die schweren, dichten Vorhänge. Die Tür wird aufgerissen – die Vorhänge teilen sich – auf der Schwelle steht – Fulvia.

Die allzu wohlbekannte, spitze, hochmütige Stimme hat Antonius vom Sessel emporgehoben. Jetzt steht er, beide Pranken auf die Tischplatte gestützt, halb über das Pult vorgebeugt, und stiert auf die Tür. Er glaubt, er will an eine Erscheinung glauben.

Doch die Erscheinung ist sehr lebendig, lebt ungestüm, wie sein Weib immer gelebt hat. Sie tritt rasch herein, den Zorn über die Kühnheit der Wache, die sich vermessen hat, ihr den Eintritt zum Imperator zu verwehren, noch auf den dünnen Lippen, und schlägt die Tür hinter sich in den Rahmen.

Wortlos, Blick in Blick verfesselt, stehen die Gatten. Durch Staunen und Bestürzung hindurch sieht er auf die

Frau und vergleicht unbewusst, ungewollt. Der Vergleich drängt sich ihm auf. Er ist vernichtend für Fulvia.

Sie ist noch hagerer, noch dünner, noch knochiger geworden, ist von Not und Kummer abgezehrt. Die Nase ragt wie ein Eckpfeiler aus dem bleichen, fleckigen Gesicht. Ihr Gewand ist verschmutzt, die Haare – grau sind sie geworden, ein unsauberes, streifiges Grau – sind verwildert und zerzaust von Kampf und Flucht und Seefahrt.

Heute Morgen, vor einer Stunde, ist sie aus Brindisi eingetroffen. Ungewaschen, ungekämmt, ungepflegt ist sie hergejagt. Was schert sie ihr Äußeres! Auf solchen nichtigen Firlefanz hat sie nie geachtet. Zorn, Eifersucht, Beleidigung, politischer Jammer und politische verbissene Energie hetzt sie zu dem Triumvirn, der ihr Mann ist und gewagt hat, sie vor Rom, vor Italien, vor der ganzen Welt schimpflich zu demütigen und bloßzustellen.

Langsam richtet Antonius sich von dem Schreibtisch auf zu seiner ragenden Stattlichkeit. Auch Fulvia hat Zeit gehabt, zu sehen und zu prüfen. Sie erkennt, dass er schöner noch ist als ehedem. Gesünder, frischer ist seine Gesichtsfarbe, strahlender, von einer unfasslichen geheimnisvollen inneren Flamme durchglüht sind die Augen, edler und – ja, klüger, geistiger ist die Stirn und der Mund. In Grimm und Schmerz und Staunen sieht sie die Wandlung, sieht sie, dass nichts mehr von dem bombastischen Raffer an ihm geblieben ist.

Während sie in Gram und Kämpfen alt und marode und krank geworden ist, hat er bei dieser ägyptischen

Dirne geprasst und sich gepflegt und wohl sein lassen! Und sich geistig gemausert. Das letzte erkennt sie, aber begreift sie nicht.

Noch immer ist zwischen ihnen kein Wort gefallen. Fulvia reißt sich von der Tür los, kommt mit eckigen Schritten zum Schreibtisch. In den Beinen fühlt sie eine niederziehende Schwere, in den Kniekehlen eine fällende Schwäche. Das dumme Herz, dieses kranke Herz, das die Schmach und die Strapazen dieses letzten grausamen Jahres fast gebrochen haben, ist der Erregung dieser Stunde kaum noch gewachsen.

»Willst du mich nicht begrüßen?«

Ihre bläulichen Lippen bewegen sich, doch die Stimme ist erstickt von Zorn und dem Gedenken alles dessen, was er ihr angetan hat. Sie muss alle Kraft zusammenpressen, die Frage wiederholen, ihr Farbe und Ton zu geben.

»Sei gegrüßt, Fulvia«, sagt er. In den Worten grollt Verwunderung und mühsam beherrschter Verdruss über den jähen Überfall. »Wie kommst du nach Athen?!«

Sie lässt sich hart und entkräftet auf einen Sessel fallen. »Aus Italien komme ich. Als meine Späher mir meldeten, dass du Alexandrien verlassen hattest – –« Die Erinnerung an die Stadt Kleopatras droht ihr die Fassung zu rauben, doch sie zwingt Hass und Erbitterung nieder und fährt fort: »– – schlug ich mich mit dreitausend Reitern nach Brindisi durch und segelte mit gutem Winde hierher.«

Da bricht das Gewitter los. Nicht weil sie ihn durch Spione in Ägypten hat beobachten lassen. Eine alberne

Lappalie! Doch schon in Syrien hat er von ihrer Wahnsinnstat gehört.

Er beugt sich zu der nach Atem ringenden Frau nieder und fährt sie an: »Wie durftest du es wagen, Krieg gegen Octavian zu beginnen! Bist du denn von allen guten Göttern verlassen! Octavian ohne meinen Befehl anzugreifen!«

Die kranke Frau keucht zurück: »Du machst mir noch Vorwürfe?! Du? Dass ich *deine* Pflichten erfüllt habe!«

»Meine Pflichten? Rede nicht solchen Irrsinn! Ohne Zweck und Grund hast du einen blutigen Bürgerkrieg angezettelt!«

Sie stutzt. Wie spricht er mit ihr? So hat er noch nie zu ihr zu sprechen gewagt. Betroffen zischt sie: »Es *war* deine Pflicht, deine Vormachtstellung als Cäsars Nachfolger in Rom und Italien zu erhalten. Deine heilige Pflicht war es. Aber du hattest ja Wichtigeres zu tun. Du musstest ja in Alexandrien Hof halten und deiner sauberen Geliebten den Hof machen. Du hattest ja wichtigere Aufgaben zu erfüllen im Bette dieser Metze – dieser – –«

»Schweig!«, donnert er mit der ganzen Kraft seiner Gigantenlungen.

»Nein«, schreit sie wild entfesselt, »jetzt rede ich. Ein ganzes Jahr habe ich auf diesen Augenblick gewartet. Ein Jahr lang habe ich für diesen Augenblick gelitten. Ein Jahr lang habe ich meine Schande, meine Erniedrigung vor der Welt, meinen Hass auf dieses Weib, meinen Schmerz um dich in mich hineingefressen. Jetzt werde ich reden. Jetzt werde ich mit dir abrechnen. Jetzt werde –«

»Ruhe!« Der Befehl ist so machtvoll und bezwingend, dass er den Strudel der Worte in ihrem Munde dämmt. Sie starrt ihn an, unsicher, blinzelnd. Sie begreift noch nicht, dass dieser Mann da vor ihr nicht mehr der Feigling ist, der sich einst in Rom vor ihrer Herrschsucht und Tyrannei ängstlich geduckt hat. Sie weiß nicht, wie stark Kleopatras Geist und Odem in ihm lebt. Weiß nicht, dass er noch unter dem Zauber der kleinen Königin steht und dass ihr eigener Bann für immer gebrochen ist.

»Wie sprichst du denn mit mir?«, flüstert sie verwirrt und benommen.

Da sagt Antonius ganz ruhig und unwiderstehlich gebietend: »Antworte! Wie durftest du es wagen, ohne meinen Befehl Krieg gegen Octavian zu beginnen?«

Noch einmal versucht sie, die alte Macht über ihn zurückzuerobern. »Du verlangst Rechenschaft!« ächzt sie. »Du! Der mich mit Füßen getreten, mich vor Rom und der ganzen Erde zum Gespött der Gassenjungen gemacht hat. Nachgerufen auf den Straßen haben sie mir, mich verhöhnt und –«

»Schweig!« Er hebt mit einer beherrschenden Geste die Hand. »Ich *fordere* Rechenschaft. Warum hast du eigenmächtig den Krieg gegen Octavian vom Zaune gebrochen?!«

Die Überlegenheit über ihn ist verloren. Sie fühlt es. Begreift diese Wandlung nicht, fühlt sie nur instinktiv. Sie wappnet sich mit dem Trotz und der Wut des Schwachen, des Ohnmächtigen. Sie vergisst alle Klugheit, gibt sich aus der Hand.

»Ich habe Octavian angegriffen«, verrät sie sich, »weil ich glaubte, du würdest Alexandrien verlassen, wenn du hörtest, dass ich für dich mit deinem erbittertsten Gegner kämpfe.«

Da begreift er. »Ach so!« nickt er vor sich hin.

»Ja, deshalb. Aber du Feigling hast mich in *deinem* Kampfe im Stich gelassen! Hast in Lust und Freuden mit dieser feilen Dirne geschwelgt –«

Er unterbricht ihre Schmähflut. »Herrlich hast du Krieg geführt! Das muss man dir lassen. Bis auf die Knochen hast du dich und mich blamiert. Tausende hast du deiner Eifersucht hingeopfert!« Plötzlich brüllt der alte Löwe aus ihm hervor.

Fulvia zuckt verächtlich die Achseln. »Warum bist du nicht mit deiner Armee nach Italien geeilt, als du erfuhrst, dass mein Kampf, der dein Kampf war, schlecht stand? He? Warum bist du mir nicht in Eilmärschen zu Hilfe gekommen, wie ich es erwartet habe? Auf deine rasche Hilfe habe ich meinen Kriegsplan aufgebaut.«

Er hatte nichts von dem Bürgerkriege gewusst. Jede Nachricht von der italischen Katastrophe hatte Kleopatra ihm fürsorglich ferngehalten, in der Furcht und Gewissheit, dass er sich dann sofort von ihr reißen, nach Italien stürmen würde. Sie hatte ihn erst ziehen lassen, als sie Botschaft erhielt, dass Fulvias Heer vernichtet war. Jetzt blieb ihm nur der Zug nach Indien. Und dann, mit dem neu gewonnenen Ruhme, der Marsch gegen Rom.

Antonius hat die listige, hinterlistige Politik Kleopatras längst durchschaut. Doch seine fanatische Liebe hat sofort verziehen. Er ist treu. Er verrät seine kleine Königin nicht.

»Ich gönnte dir die blutige Lehre«, lügt er.

Da bäumt die rassige Römerin sich empört auf. »Gegönnt hast du mir die Niederlage?! Du Tropf!« Sie ist im alten Fahrwasser diesem Simpel gegenüber, der er, aller äußeren Veränderung zum Trotze, für sie doch immer noch ist. »Und hast nicht bedacht, nicht erkannt, dass es *deine* Niederlage war. Die hast du *mir* gegönnt!! Und hast gar nicht gemerkt, dass meine Niederlage die Herrschaft deines größten und einzigen Widersachers für immer befestigt hat? Dass du Italien und damit Rom für immer verlorst, während du dich mit dieser Lustdirne auf dem Pfühle wälztest!«

Da sagt Antonius kühl und gemessen – diese Beherrschtheit ihres Brausekopfs ist Fulvia unheimlicher, gefahrdrohender als sein Wüten: – »Fulvia, ich warne dich zum letzten Male. Lass den Namen – lass die Königin aus dem Spiele. Wenn du sie noch einmal schmähst, rufe ich die Wache.«

Er zeigt auf die Tür.

»Wozu?«

»Dich abzuführen.«

Ihr Mund steht offen und zeigt die weißlich belegte Zunge. Ihre Lippen sind blau. Ihr Herzleiden hat gefährliche Fortschritte gemacht in Kämpfen, Niederlagen, Flucht, Leid und Verzweiflung.

»Abführen?!«, stöhnt sie endlich und sinkt sonderbar klein und hinfällig in dem Sessel zusammen. »Mich willst du von deinem Wachtposten – abführen lassen?!«

Er nickt gleichmütig. Dann fragt er, ohne sonderliche Teilnahme: »Und nun darf ich dich wohl bitten, mir zu verraten, was dich ohne meine Erlaubnis nach Athen geführt hat.«

Sie kann nicht gleich antworten. Das rebellische Herz pocht zum Zerspringen. Der Atem kommt und geht leise pfeifend. Endlich flüstert sie matt: »Als ich hörte, dass du endlich diese –«

»Fulvia!«, warnt er.

Sie schluckt, würgt die neue Beschimpfung hinunter. »Ich wusste, du musstest in diesen Tagen bei dem Heere eintreffen. Da – –« Der Odem versagt.

»Weiter!«, fordert er.

»Du musst mit dem Heere sofort nach Italien übersetzen. Zweihundert Schiffe liegen auf der Reede bereit. Du musst Octavian niederringen.«

»Ich denke nicht daran.«

»Was heißt das?!« Mit letzter Kraft hebt sie sich aus dem Stuhle empor.

»Ich gehe nach Indien.«

»Wohin?!!«

»Nach In–di–en.«

»Was willst du dort?«

»Den Orient niederwerfen.«

Da loht die verlöschende Flamme dieser starken Seele noch einmal auf. Das Gesicht der Frau ist weiß, ohne jeden Blutstropfen. Die Augen brennen flackernd. Nur der Wille lebt noch in dem vergehenden Körper.

»Ich weiß, was du in Indien willst«, raunt sie ihm hohl entgegen. »Es erobern für dieses Weib. Ein orientalischer Fürst willst du werden. Mit ihr, für sie. Die alte Wahnsinnsidee Julius Cäsars ist es, den sie auch verrückt gemacht und in den Tod gehetzt hat. Du – du –«, sie klammert sich an die Lehne des Sessels, die Knie brechen unter ihr – doch sie hält sich mit stählerner Energie aufrecht – »geh nicht nach Indien! Lass dich nicht auch von dieser – – Frau ins Verderben jagen! Italien brennt – Italien ruft nach dir. Rom schreit nach dir!«

»Lass es schreien«, sagt er ungerührt.

»So weit ist es mit dir gekommen!« Sie nickt tragisch vor sich hin. »Verhext hat dich die verfluchte Ägypterin! Dieses Unglück Roms! Dein Römertum hat dir dieser Vampir aus dem Herzen gesogen. Zum Orientalen hat sie dich entmannt. Zum – –«

Er geht zur Tür.

Sie schweigt jäh, sieht ihn aus irrenden Augen an. »Was willst du?«

»Die Wache rufen.«

Da gibt sie den Halt am Sessel auf. Taumelt, schwankt auf ihn zu. Fällt. Krallt die Finger in die Falten seiner Toga, hält sich an ihr aufrecht, zieht ihn fast nieder mit ihrem Gewicht, das sich nur noch an ihm aufrankt. Tonlose bleiche Gespenster von Worten geistern aus ihrem Munde.

»Enttrömert bist du – fremd geworden – Heimat – Stolz – Berufung – Rom – das ewige – heilige Rom willst du – aufgeben – für eine Dirne –«

Die letzten Worte verwehen. Ihre Finger lösen sich aus der Toga. Sie gleitet an seinem Körper entlang zu Boden.

Fulvias Wille ist gebrochen. Sie liegt tot zu Füßen Marc Antons.

XIV.

»Meine geliebte Frau, meine Königin, Du wirst Dich wundern, wenn Du hörst, dass ich heute die Anker lichte und mit Heer und Flotte nach Westen steuere, statt nach Osten. Du wirst im ersten Entsetzen meinen, ich hätte unseren Weltkönigstraum, unsere Pläne, unsere erhabene gemeinsame Zukunft vergessen. O nein, Geliebte. Das hieße Verrat üben an all den Wundern, die Du mir offenbart hast.

Du selbst, meine kleine große Königin, bist ein wenig, ein ganz klein wenig schuld an dieser notwendigen Änderung unserer Absichten. Ich grolle Dir deswegen nicht, nicht einen Augenblick! Du hattest Furcht, die schlimmen Nachrichten aus Rom und Italien könnten mich Dir aus den Armen lösen. Sie hätten es getan. Ich danke Dir, dass Du mich ungetrübt die unnennbaren Wonnen dieser Monate hast auskosten lassen. Es war die freudevollste Zeit, die der Mann, die eindrucksvollste Zeit, die der Mensch in mir durchlebt hat. Für diese Monate allein hätte es sich für mich gelohnt, zu leben.

Doch als ich aus dem Zaubergarten Deiner Liebe heraustrat – merkst Du, geliebte kleine Königsfrau, wie Du und Dein reicher Geist in mir lebt, wie ich nur noch Deine Sprache spreche, wie nichts mehr in mir übrig geblieben ist von dem rohen, ungebildeten Possenreißer, Gassenhelden, der in Tarsus zu Dir auf Dein Venusschiff kam? Ja, als ich nach Syrien und Athen gelangte, erfuhr ich, was sich in diesem Winter und Frühling in Rom und Italien ereignet hatte. Von dem Tode Fulvias wirst Du gehört haben. Ich führe ihren Leichnam mit mir zur ehrenvollen Bestattung in der Heimat. Ich will über sie schweigen. Vergiss, was ich Dir von ihr erzählt habe. De mortuis nil nisi bene. Aber ich kann es nicht verwinden und nicht ertragen, diesen Wucherersprössling über die Meinen und mich triumphieren zu sehen.

Ich bin nicht klug und listenreich wie Du, erlauchtes politisches Genie. Das soll nicht den Schatten eines Vorwurfes enthalten. Im Gegenteil. Ich beuge mich Deiner unbestechlichen weitschauenden Klugheit, heute und immer. Aber ich muss offen sprechen, gradeheraus mit soldatischer Ehrlichkeit, ohne Rückhalt. Ich ertrage es nicht, mein Vaterland der Willkür dieses dreiundzwanzigjährigen Meuchelmörders zu überlassen. Meine Frau hat alle meine Anhänger, Freunde, meinen Bruder Lucius, alle, die an mich glaubten, alle Feinde Octavians, um sich geschart – mit einer – gestehen wir es der Toten zu – heldenhaften Energie. Sie hat selbst in Uniform in den Reihen gefochten und sich dabei die Todeskrankheit geholt. Meine Parteigänger unterlagen diesem Nichtskönner der Strategie, weil sie ohne kundige Führung kämpften. Der alte Dusel dieses ›Feldherrn‹ hat sich wieder einmal bewährt.

In Perugia, das er eroberte, hat dieser Metzger ein Blutgericht unter meinen Freunden und Verwandten gehalten. Dann metzelte er weiter. Im Volk heißt er nur noch der ›Henker‹. Du kennst seine kalte Grausamkeit nicht. Ich bringe es nicht über mich, alle diejenigen, die treu zu mir gehalten, für mich gekämpft und sich geopfert haben, feige im Stich zu lassen und sie der Rache dieses Wolfes preiszugeben. Ich *muss* zu ihrer Rettung nach Italien eilen. Alles andere muss warten. Meine Armee steht bereit, die Flotte liegt auf der Reede. Ich *muss*. Du klügste und gerechteste, edelste und ehrenhafteste aller Frauen wirst dieses Muss verstehen. Ich muss nach Italien, diesen Knaben strafen, ihn vernichten und meine Freunde retten.

Fürchte nicht, dass nun unsere ruhmvollen Zukunftspläne vereitelt oder vergessen sind. Sie sind nur auf kurze Wochen vertagt. Es wird mir mit meiner starken, schlagfertigen Armee ein Kinderspiel sein, diesen Pfuscher im Waffenhandwerk zu erledigen. Dann ziehe ich sofort nach Indien. Es liegt nicht in meiner Absicht, mich jetzt in Rom zum König zu erheben. Nicht ohne Dich an meiner Seite! Ich werde vertrauenswürdigen Freunden die Verwaltung Roms und des Westens übertragen. Und erst, wenn Indien erobert ist, ziehe ich mit Dir als Königin des Orients und des Okzidents im Triumph in Rom ein.

Wie geht es Dir und dem Glückspfande unserer Liebe in Deinem geliebten, kleinen, verwirrenden Körper? Dein Marcus.«

XV.

Im Peristyl seines kleinbürgerlichen Hauses am Forum
Romanum, in der Stiegengasse der Ringschmiede, geht
Octavian auf und nieder. Es ist ein warmer Sommertag.
Tiefblau steht der italische Himmel über dem Garten.
Der Springbrunnen spielt, entsendet sprühende Kühle.
Der junge Mann empfindet sie peinlich, trotz der zwei
wollenen Tuniken, die er übereinander trägt. Trotz der
Leibbinde. Das Gesicht beschattet, obwohl die Sonnen-
strahlen nicht in die Gartenhalle dringen, ein breitrandi-
ger Strohhut.

Auf einem schlichten, fast ärmlichen Sessel – Octavius
Octavian ist bei allem unverhofften Reichtum, der ihm
nach den Räubereien des Antonius noch immer aus Cäsars Nachlass zugefallen war, ein erbärmlicher Knauser
– sitzt im Schatten einer Säule seine Schwester Octavia.
Ihre beseelten, schönen, schwermütigen Augen folgen
der vermummten untersetzten Gestalt mit liebevollen
Blicken.

Auf hohen Absätzen, größer zu erscheinen, klappert
Octavian über die Steinfliesen des Rundgangs. In seinem
hübschen, gradlinigen, von Plustern und Pickeln entstellten Gesicht ist etwas Fahriges, Unsicheres. Er schielt
in Grausamkeit und Tücke. Und redet mit seiner dünnen, knarrenden, hohen Stimme daher, ohne sie anzuse-
hen. Nie blickt er dem Menschen, mit dem er spricht, ins
Auge.

»Morgen ist er in Brindisi. Wir müssen uns entscheiden. Die Stunde verrinnt. Ich kann den Kampf nicht riskieren. Ich habe zwölf Legionen, er neunzehn. Und dann

– unter uns kann ich ehrlich sein –, ich bin kein großer Feldherr.«

»Du hast früher Unglück gehabt«, sänftigt Octavias tiefer metallischer Alt. Diese Stimme klingt, nach den gebrochenen Fistellauten des Bruders, wie der Ton einer uralten chinesischen Bronzeglocke, voll und rein und lauter.

Er macht eine wegwerfende Bewegung mit dem dünnen Arme. »Lass – ich kenne mich. Ich bin kein Kriegsheld. Aber –« er bleibt stehen, hebt nervös den Hut und streicht das gelbliche weiche Haar aus der Stirn – »ein Staatsmann bin ich. Das habe ich von unserem großen Oheim geerbt. Ein großer Staatsmann bin ich.«

»Sicher«, bestätigt sie in zärtlichem Eifer und hebt ihm ihr klassisch edles, makelloses Römerinnengesicht entgegen. Es ist bleich und verhärmt, schmal noch von der Geburt des Kindes, das sie nach dem Tode des Gatten vor zwei Monaten geboren hat. Sie trägt tiefe Trauer.

»Und dann –« Octavian wandert wieder stelzend einher – »ich kann jetzt nicht ins Feld rücken. Meine Leber!«

Er presst die Hand in die Lende und verzieht kläglich das Gesicht.

Octavia weiß, es ist nichts Gefährliches. Sie kennt seit den Kindertagen in Velletri seine eingebildeten Krankheiten. Doch sie kritisiert nicht, sie liebt urteilslos. Hat den um sechs Jahre jüngeren Bruder immer mütterlich verwöhnt und verhätschelt nach dem frühen Tode der Mutter. Ihre gläubige Güte nimmt auch heute seine hypochondrische Klage ernst und wichtig.

»Die Leber, du Ärmster! Hast du den Arzt kommen lassen?«

»Ja. Er versteht nichts, dieser elende Quacksalber. Bei nächster Gelegenheit, wenn es wieder einmal Proskriptionen gibt, werde ich ihn über die Klinge springen lassen«, lächelt er schadenfroh.

»Octavian! Pfui. Schäme dich! Wie kannst du –«

»Lass das. Misch' dich gefälligst nicht in meine politischen Erwägungen«, fährt er ihr mit einem bösen Blick seiner strahlenden falschen Augen über den Mund. Dabei zeigt er seine hässlichen, schadhaften, kleinen Zähne. Wie ein Schakal sieht er aus in diesem gefährlichen Augenblicke.

Octavia sieht es nicht, sie sieht nur den vergötterten Bruder. In rührend bescheidener Frauendemut beugt sie sich seiner höheren Einsicht, nimmt sie diese Blutopfer erschauernd hin als grausige Notwendigkeiten einer unerforschlichen Staatsraison. Ihr Vertrauen zu seiner Weisheit als Staatsmann kennt keine Grenze.

Er stapft wieder auf und nieder und spricht vor sich hin. »So schwer es mir wird, ich muss mich mit ihm aussöhnen.«

»Ja – ja! Friede, Eintracht, Ende des furchtbaren Blutvergießens.« Ein Jubel bricht aus ihrem Herzen.

Dicht vor ihr bleibt Octavian stehen. »Wenn du wüsstest, wie ich diesen Menschen hasse! Wenn ich daran denke, wie er mich empfangen hat, als ich nach Cäsars Tod nach Rom kam! Diese Überheblichkeit, diese Arroganz. Als ob ich –« Er bricht ab. Die Erinnerung ist seiner Gesundheit unzuträglich.

»Es ist doch schon so lange her«, begütigt sie.

»Und wenn es tausend Jahre her wäre«, knirscht er.
Doch sein Zorn, sein Hass zeigt keine sichtbare Erregung, keine Flamme, nur kalte, furchtbare Ruhe. »Nie werde ich ihm das vergessen! Einmal werde ich mich rächen dafür und für seine Diebereien und seinen Widerstand gegen meine Erbschaft. Als ob Cäsars Wille nicht einwandfrei bekundet wäre in seinem Testamente!«

»Das ist er«, erhärtet sie sanft.

»Und da tut dieser Schuft, als ob er mir eine Gnade erweist, dass er mich als Mitregenten – mich, den alleinigen Erben von Cäsars Macht als Mitregenten – –! Lassen wir es! Ein andermal. Jetzt muss ich ihm Lämmerpfötchen entgegenstrecken. Muss.«

»Eintracht ist stets das Beste«, lächelt sie tröstend.

Kein Widerschein ihres milden Lächelns tritt auf seine kalten Züge. Stumm geht er zweimal zwischen den Säulen hin und her. Dann bleibt er abrupt vor der Schwester stehen.

»Du musst mir helfen«, sagt er unvermittelt.

»Ich?!«

»Eine große Aufgabe ist in deine Hand gelegt.«

»Ich verstehe nicht, wie ich – – Doch du weißt, Octavian, was in meinen Kräften steht, gehört dir. Was habe ich nach dem Tode meines Gajus noch außer dir und dem Kinde!«

»Ich habe mir alles genau überlegt. Antonius weiß natürlich genau so gut wie ich, dass alle Chancen auf seiner Seite sind. Worten wird er nicht zugänglich sein, Bitten sind gefährlich. Es gibt nur ein Mittel, ihn gefügig zu machen.«

»Welches, Octavius? Wende es an. Lass es endlich Frieden werden in Italien.«

»Ich will es anwenden. Aber du musst mir helfen.«

Sie glüht auf. Ihr Körper blüht ihm aus dem Sessel entgegen wie ein Kelch, der sich nach langer Dürre dem Regen darbietet. »Sag' – wie?«

»Du musst ihn kirren.«

»Antonius! Ich?« Sie sinkt in den Stuhl zurück. »Wie soll ich –?«

Der Bruder steht vor ihr, bastelt an der wollenen Leibbinde mit nervös unsicheren Fingern. »Es ist mir ein Fingerzeig der Götter«, sagt er mit scheinheiligem Augenaufschlag zum Himmel empor, »dass sie dich und ihn zur rechten Zeit verwitwet haben.«

Octavia streicht in fassungsloser Verwirrung die rohen fichtenen Lehnen des Sessels mit ihren langen schmalen Händen. Sie ist Ebenbild der Mutter, einer Römerin aus altem Geschlechte. Octavian gleicht dem Wucherer, dem Großvater.

»Er ist Frauen gegenüber sehr empfindlich, der eingebildete Herkules. Denk an die vielen – Damen –« fast hätte er Dirnen gesagt –, »die ihn beherrscht haben. Denk an Kleopatra!«

Sie antwortet nicht. Hat sich noch nicht gefunden. Hat alles andere erwartet, als diese Zumutung an ihre Frauenschaft, ihr Witwentum. Doch der Römerin ist Frauenhandel zu jedem Zwecke nichts Fremdes. Das Ungeheuerliche verliert langsam das Bestürzende, Überwältigende, Unmögliche. In Rom haben Frauen seit Urzeiten auf Befehl geheiratet, in höheren und tieferen Interessen des Vaters, der Brüder.

Octavian hat weiter gesprochen. »Er kommt aus Alexandrien – von diesem orientalischen Gesindel. Es wird dir, einer Römerin, einer edlen, schönen Frau, ein Leichtes sein, seinen Sinnen zu schmeicheln, seine Eitelkeit zu betören.«

»Nein – nein!«, ruft sie und stemmt sich auf dem Sitze zurück, »selbst wenn ich auf deinen Wunsch einginge –« er hört aus dem Klang der Worte, dass sie schon gewillt ist, ihm zu gehorchen –, »wie sollte ich mit der Ägypterin wetteifern können!«

Er lacht kurz und schrill. Ein schauriges Lachen, das ins Mark schneidet. »Du? Mit dieser Afrikanerin! Erstens bist du viel schöner.«

»Octavius!« wehrt ihre Bescheidenheit.

»Doch. Ich habe sie gesehen, als ich einmal den Oheim besuchte. Ganz pikant, na ja. Aber schön? Für römische Begriffe? Nein, Liebste. Hab' mich sehr über den Alten gewundert. Muss damals schon arg verkalkt gewesen sein. Kein Vergleich mit dir.«

»Ich kenne sie«, sagt Octavia leise.

»Na also!«, triumphiert er. »Und ihn kennst du doch auch.«

»Nur vom Sehen.«

»Das genügt. Er ist nur Fassade. Hinter diesem prunkvollen Äußeren steckt nichts als prahlerische Hohlheit.

Ein Blender, ein Kulissenheld, den du um den Finger wickeln wirst.«

»Du schilderst mir den Mann, um den ich werben soll, ja sehr verlockend«, gesteht sie mit einem schmerzlich bitteren Lächeln.

Der »große Staatsmann« erkennt, dass er einen Fehler begangen hat. Er verbessert rasch: »Wenn ich nicht glauben würde, Octavia, dass trotz allem ein guter Kern in ihm steckt, würde ich ihn dir nicht zum Manne vorschlagen. Du kennst mich doch. Etwas muss wohl an dem Mann sein, den der große Cäsar zu seinem nächsten Gehilfen und Vertrauten erkoren hat.«

»Gewiss«, pflichtet sie sinnend bei.

Dann, nach einer kleinen Pause, in die aufdringlich laut der Springbrunnen rieselt, hebt sie den Kopf dem Bruder entgegen. Ihr Gesicht ist noch bleicher, die Schatten um die Augen noch dunkler, der Mund zuckt beherrscht. Mit leise bebender Stimme sagt sie:

»Ich halte deinen Plan für undurchführbar. Was habe ich Verlockendes für diesen Mann, der die schönsten Frauen dieser Erde besessen hat?«

Er will hastig unterbrechen. Doch sie streckt die Hand aus mit solch gebietender Würde, dass er verstummt.

»Octavius, du willst mich als Werkzeug deiner Politik benutzen. Ich füge mich. Ich bin bereit, dir zu dienen, obwohl ich Gajus Marcellus noch voller Tränen liebe. Aber unter einer Bedingung.«

Noch niemals hat er die gütige, gefügige Schwester so fest und so bewusst sprechen gehört. Ärgerlich fragt er: »Die ist?«

»Dass ich wirklich dem Frieden diene.«

Mit seiner eisigen Ruhe, durch die seine Erbitterung nur ganz sacht hindurch ätzt, erwidert er: »Das tust du doch!«

Unbeirrt fährt sie fort: »Ich opfere mich nicht für einen Frieden auf Stunden.«

»Das verstehe ich nicht.« Er spricht immer höher, immer schriller.

»Wenn ich – wenn mich Antonius zum Weibe nimmt, dann spiele ich keine Komödie. Dann werde ich versuchen, ihn so treu und ehrlich zu lieben, wie ich Gajus geliebt habe. Dann gehöre ich zu ihm, wie ich zu dir gehöre.«

Ihre Stimme wird immer sicherer, immer mehr findet sie sich.

»Dann gibt es für mich nur *eine* große heilige Lebensaufgabe.«

Er starrt sie feindselig an und knurrt etwas Unverständliches zwischen seinen stockigen Zähnen.

»Dann lebe ich, zwischen den beiden Menschen, denen ich in Liebe gehöre, Eintracht zu säen und zu erhalten. Vergiss nicht, Octavius, dass mich dann jede Fehde zwischen euch zur unseligsten Frau Italiens machen würde. Jeder Sieg, jede Niederlage des einen von euch bedeutet für mich den tiefsten Schmerz und Jammer.«

Er macht nervöse Zeichen der Ungeduld. Doch sie spricht leidenschaftlich fort. »Nein, lass mich ausreden! Wenn ich ihn heirate, opfere ich mich dir und der Wohlfahrt meines verwüsteten Vaterlandes. Aber ich tue es nur, kann es nur tun, wenn du mir schwörst, dass du deinen Hass und Groll gegen Antonius vergessen willst, dass du dich niemals an ihm rächen wirst, – dass es dir Ernst ist um den dauernden Frieden zwischen dir und ihm.«

Er schweigt eine Weile, die Unterlippe zwischen den Zähnen. Dann sagt er abweisend und überheblich: »Das, meine Liebe, sind Dinge, die dich nichts angehen.«

»O doch!« entgegnet sie heftig. »Ich bin immer gefügig und nachgiebig gewesen. Ich will es auch jetzt sein. Aber wenn ich das Andenken meines Mannes beleidige –«

»Unsinn!«

»– Soll es einem erhabenen Zweck gelten.«

»Gilt es doch!«

»Schwöre mir, dass du mit Antonius Frieden halten willst!«

»Und wenn *er* ihn bricht?«

»Das lass meine Sorge sein.«

»Also gut. Ich verspreche es.«

»Nicht so. Nicht so nebensächlich. Schwöre es mir beim Schatten unserer Mutter.«

»Ich schwöre es dir beim Schatten unserer Mutter«, gelobt er feierlich. Seine Augen schillern in geheimer Tücke. Doch Octavia sieht es nicht. Ihre Bruderliebe und das Wohl des Vaterlandes blenden sie.

XVI.

Als die Flotte Marc Antons sich Brindisi nähert, fährt ihr vom italischen Festlande eine Schaluppe entgegen. Die Freunde Octavians, die einzigen treuen, die er besitzt, Maecen, der Spross uralter etrurischer Könige, und Agrippa, der geniale Flottenführer, der den jungen Herrn schon wiederholt in bedrängtester Lage herausgehauen hat, preschen den feindlichen Triremen entgegen.

Zurückhaltend, Verrat witternd, begrüßt sie an Bord des Flaggschiffes Antonius.

»Wir kommen als Friedensboten«, eröffnet der geschmeidige Zivilist die Unterhandlung. »Octavian hat alle Truppen zurückgezogen. Meilenweit steht kein Soldat. Deinen Legionen liegt das Land offen. Octavian will dir seinen guten Willen beweisen.«

»Was ist die Absicht?« murrt Antonius, unberührt von soviel Herzlichkeit.

»Italien den Frieden zu geben.«

»Etwas plötzlich kommt ihm dieser treffliche Einfall.«

»Das Land hat zu viel gelitten. Es kann einen neuen Bürgerkrieg nicht überdauern.«

»Diese Erkenntnis kommt ihm etwas spät.«

»Besser spät als nie«, lächelt Maecen. Agrippa spricht nicht. Er ist ein Mann raschen wirksamen Handelns.

»Octavian ist drüben in Brindisi.« Maecen streckt deutend den Arm aus zur Küste. »Er ist gekommen, dich zu begrüßen und lädt dich ein, in seinem Hause sein Gast zu sein.«

In Marc Antons großen, dunklen Augen glimmt der Argwohn auf. Agrippa sieht es. Er spricht das erste Wort. »Nimm eine Leibwache mit – so stark du willst«, brummt er.

»Das werde ich tun«, ruft Antonius hell, »darauf kannst du dich verlassen.«

Am nächsten Tage zieht Antonius mit fünftausend Mann in Brindisi ein. Vor dem Magistratsgebäude empfängt ihn Maecen. Geleitet ihn und sein Gefolge in die bereiteten Gemächer. Entschuldigt Octavian. Er fühle sich unpässlich und bitte Antonius, ihn in seinem Zimmer aufzusuchen. Allein, Mann zu Mann, wolle er mit ihm verhandeln. Man führt den Imperator in ein prunkvolles Gemach.

Unruhig, voller Trotz, geht Antonius in dem Zimmer auf und nieder. Was plant der Schleicher? Warum ist er nicht zum Empfang erschienen? Welcher neue Verrat spukt in diesem strohgelben jungen Verbrecherschädel?

Da heben sich die Vorhänge. Auf der Schwelle steht Octavia. In weißem Festgewande. Ohne die Zeichen ihrer Trauer. Antonius kennt sie nicht, blickt misstrauisch und überrascht auf die hohe, schlanke, königliche Frau mit den schönen, gütigen Zügen.

»Sei gegrüßt, Marcus Antonius«, sagt ihre wohltuende Stimme. »Ich bin Octavia. Mein Bruder wird sofort erscheinen. Der Arzt ist noch bei ihm. Seine Gesundheit ist nicht zum Besten. Er hat mich beauftragt, dich zu unterhalten.«

Er erwidert ernst ihren Gruß. Die Frau macht auf sein Herz, in dem Kleopatra thront, keinen Eindruck.

Sie setzt sich, deutet auf einen Sessel in ihrer Nähe. Als er Platz genommen hat, noch immer in einer misstrauischen Gespanntheit, beteuert sie: »Ich freue mich über die Gelegenheit, mit dir zu sprechen, Marc Anton.«

»Weshalb?«, fragt er gleichgültig.

Zur Antwort stellt sie eine Gegenfrage: »Weißt du, wie es in Italien aussieht?«

»Ich denke doch«, erwidert er verwundert.

»Du warst lange im Ausland. Inzwischen hat sich hier manches geändert. Italien ist ein Trümmerfeld geworden. Nicht nur in der Zeit, die du fort warst. Doch die Folgen der langen Bürgerkriege werden immer offenbarer.« Sie schweigt.

»Inwiefern?«, fragt er mit geringer Teilnahme.

»Ich will nicht von dem Grauen des Brudermordens sprechen. Du kennst Krieg und Schlacht besser als ich. Nur von den wirtschaftlichen Folgen will ich reden, die dir auf deiner hohen stolzen Warte vielleicht entgehen.«

Sie holt tief Atem und fährt fort:

»In diesen Kriegen der Generäle, die seit Jahren in unserem unseligen Vaterlande toben, sinnt jeder der Führer nur darauf, seine Soldaten zu befriedigen. Die Veteranen werden angesiedelt, um sie für ihre Dienste zu belohnen, die stehenden Heere von den letzten erpressten Pfennigen der Bürger besoldet.«

Er macht eine gelangweilte Bewegung. Das weiß er alles. Das ist ihm nichts Neues.

Doch sie lässt sich nicht entmutigen. Sie hat die hohe Mission übernommen, ihrem Lande den Frieden zu bringen. Sie wird sie mit allem Mut und aller Hingabe durchführen.

»Den Gutsbesitzern, den kleinen Bauern wird ihr Land ohne Recht und Billigkeit, ohne jede Entschädigung entrissen und den Soldaten ausgeliefert. Die Bauern und Gutsbesitzer werden Bettler. Die Bürger erliegen unter dem Steuerdruck, der ihnen das Letzte raubt, die Soldaten zu besolden.«

Sie weiß, dass sie sich wiederholt. Doch sie will ihm diese vernichtenden Tatsachen ins Hirn trommeln. »Die großen Vermögen von einst sind längst dahingeschwunden, von den wechselnden Machthabern konfisziert und an die Soldaten verteilt. Alles lebt, alles schafft nur für die Soldaten – alles nur für die Soldaten, diesen unfruchtbarsten, grausigsten Stand. In Rom ist es wie in den Landstädten. Alles bettelarm. Die ewigen Kriege, die Unsicherheit haben Handel und Wandel erstickt. Plünderungen haben den Rest ehemaligen Wohlstandes vernichtet. Der Reichtum, der Mittelstand haben aufgehört zu sein. Ein Volk von Bettlern, Hungernden, Elenden sind die Römer geworden. Die Handwerker sind zugrunde gegangen, weil keiner mehr für sie Arbeit hatte. Infolge der Kriege sind alle öffentlichen und alle privaten Arbeiten eingestellt worden und liegen geblieben. Der Kaufmannsstand ist verschwunden. Die Kaufkraft ist dahin. Aber nicht nur dem Kleinkaufmann, auch dem großen Handelsherrn haben die ewigen Bürgerkriege den Garaus gemacht. Den Reedern hat man ihre Flotten geraubt, sie zu Kriegszwecken, zu Truppentransporten, als Kriegsschiffe zu verwenden. Jeder Export, jeder Import ist damit abgeschnitten.

»Verzeih, wenn ich dich mit dieser langen Aufzählung langweile. Ich will dir Italien schildern, wie es ist, in seiner unerträglichen Not. Hunger und Elend ist die allgemeine Losung.«

Sie schweigt erschöpft. Aber da er nichts erwidert, fährt sie fort:

»Durch den Niederbruch des Reichtums und des Mittelstandes sind auch alle die zugrunde gegangen, die ihm dienten: die Künstler – wer hat heute Geld für Kunst?! –, die Luxushändler. Und alles, alles zieht nach Rom, nach dieser einen Stadt, in dem fanatischen verängstigten Glauben, dort Hilfe, dort Arbeit, dort Unterstützung zu finden. In Rom drängt sich Italien zusammen, ein zerfetztes, zerlumptes, verhungerndes Volk, das nach Brot und Obdach schreit. Verbrechen wachsen zum Himmel empor. Alle Glücksritter, Banditen, Räuber jagen den Verzweifelten das Allerletzte ab. Das Land wimmelt von Briganten, die, was etwa doch noch übrig geblieben ist, rauben, die morden und sengen in ihrer hungrigen Wut. Ein Volk am Abgrund bewohnt dieses schöne Land, ein Volk im Untergang.«

Ihre Stimme versagt. Ehrlich und groß ist ihr Leid und ihr Mitgefühl.

Er schweigt. Ihre Worte, ihre Schilderung haben ihn gepackt. So hat er das Elend der Heimat nie gesehen.

Bebend spricht ihr Kummer fort. »Und was habt ihr Triumvirn, ihr drei Retter des Vaterlandes, bisher vollbracht? An Tausende von Veteranen habt ihr gestohlenes Land verteilt. Das letzte Scherflein habt ihr den Bürgern erpresst, Sold zu zahlen – und die große Masse des

Volkes verreckt im furchtbarsten Jammer. Das ist Italien. Zum Trümmerhaufen geworden – seit Cäsars Tod.«

Er schweigt noch immer. Er sieht den Adel, den Schmerz, die Leidenschaft dieser schönen Anklägerin. Und vergleicht unbewusst zum ersten Male eine Frau mit Kleopatra. Mit Kleopatra, die ihm bisher zu hoch stand für eine Gleichstellung mit irgendeinem anderen weiblichen Geschöpf.

Unwillkürlich treiben seine Gedanken zu seiner »kleinen Königin«, die auch oft so hingerissen, so hinreißend, so klug zu ihm gesprochen hat. Der Vergleich liegt zu nahe. Aber Kleopatra hat immer nur von Krieg, von Eroberung, von Herrschaft, Sieg und Unterjochung gesprochen. Diese Frau dort klagt von dem Fluche des Krieges, von seinem Weh, seinem Schrecken, seinen grausamen Folgen. Zwei Gegenpole.

Er geht nicht mit dieser Frau, dieser Römerin. Er ist Soldat und Herrscher. Er will noch erobern, noch siegen. Er will noch das große Reich des Ostens und Westens gründen. Noch muss Blut fließen und Elend herrschen. Später – nach dem großen Triumphe – wird die Zeit der Heilung der Wunden kommen.

Doch der Eindruck der Persönlichkeit Octavias auf ihn ist so stark, dass er den Wunsch fühlt, sich zu verteidigen gegen die Anklage, die auch ihn trifft.

»Diesen letzten Bürgerkrieg habe ich nicht gewollt«, bekennt er. »Ich habe nichts von ihm gewusst. Er war Schuld meiner Frau.«

Sie schweigt erhitzt und erschöpft von ihren Worten.

»Die Grausamkeiten von Perugia – Norcia –, diese Schlächtereien von Frauen und Kindern, hat dein Bruder auf dem Gewissen.«

»Auf beiden Seiten ist gefrevelt worden«, gesteht sie schmerzlich zu. »Wir wollen nicht rechten. Wir wollen alles Vergangene vergessen. Aber nun – in Zukunft – soll Friede werden. Mein Bruder ist bereit. Gib auch du Italien endlich das Glück zurück.«

Er blickt misstrauisch auf. Aha, jetzt steuert sie auf das Ziel los. Aus ihr wimmert Octavians Angst vor ihm.

»Du liebst doch dein Vaterland?!«

»Selbstverständlich«, erwidert er lau, denkt an den Orient, seine Königin, ihre Pläne und ist auf der Hut.

»Soll nicht endlich das Blutvergießen, dieses sinnlose gegenseitige Morden ein Ende nehmen?!«

»Von mir aus – gern.«

»Nimm die Hand, die Octavian dir reicht. Er ist zum Bündnis mit dir bereit. Er ersehnt den Frieden für unsere Heimat.«

Da lacht Antonius bitter auf. »Dein Herr Bruder ist so durchtrieben, dass er aus Berechnung sogar mild und friedlich sein kann.«

Er weiß nicht, welche tiefe Menschenkenntnis er mit diesen Worten verrät; auch nicht, dass er die Zukunft dieses Mannes weissagt, den die Geschichte »Augustus«, den Erhabenen, nennen wird.

»Du verkennst ihn«, verteidigt die Schwester ihn warm. »Er muss jetzt oft grausam scheinen. Die Verhältnisse sind stärker als sein Herz und vergewaltigen seine

Güte. Aber lass es Frieden werden, und du wirst sehen, wie alles Gute in ihm sich befreit, das jetzt von harten Notwendigkeiten unterjocht wird.«

Auch sie kündet ahnungsvoll viel Wahres.

»Hm«, macht er zweifelnd.

Da wird sie leidenschaftlich ungestüm: »Reicht euch die Hände, ihr beiden Mächtigsten, zum Glücke und Wohle eures Landes! Denn ihr seid doch für euer Vaterland und die Tausende geboren und nicht sie als Opfer eurer Herrschsucht.«

Und unvermittelt fragt sie, glühend vor Helferwillen: »Kennst du den jungen neuen Dichter Virgil?«

Er schüttelt verblüfft über den jähen Übergang den Kopf. »Ich habe wenig Zeit für Modedichter.«

»In seinen Gesängen klagt die Not der Heimat«, belehrt sie schwärmerisch. »Er wird sicher einmal einer der größten Poeten lateinischer Zunge werden. Soeben ist die erste Ekloge eines Zyklus erschienen, den er ›Hirtengedichte‹ nennt. Wie ein Prophet sieht er in die Zukunft, die du und mein Bruder schaffen könnt und müsst. Darf ich dir eins der Gedichte vortragen?«

Mit einem galanten Lächeln willigt er ein und denkt an die altägyptischen Gedichte und Lieder, die seine kleine Königin ihm gesagt und gesungen hat.

»Zwei Hirten sprechen miteinander. Dem einen ist von den Gewalthabern alles geraubt worden, dem anderen hat ein Gott – du vielleicht –« sie lächelt ihm zu, zum ersten Male lächelt Octavia aus uralten Fraueninstinkten

heraus dem Manne verlockend, verführerisch zu – »sein
Gut zurückgegeben.

Der Beraubte sagt:

>Du ruhst, mein Freund, hier unter dieser Buche
gründunklem Blätterdache, und du übst ein Wal-
desliedchen auf der Hirtenflöte. Sieh mich an! Bin
ein Flüchtling. Meine Heimat und ihre trauten
Fluren musste ich verlassen. Du sitzst behaglich
unter diesem Baume und träumst von deiner
schönen Amaryllis, dass hell die grünen Wälder
widerhallen.<

Der andere erwidert:

>Ein Gott erschuf mir diesen tiefen Frieden, Ge-
segnet sei er mir für alle Zeit! Denn seine Gnade,
seine   Güte   nur
lässt meine Rinder grasen, wo sie wollen,
lässt mich beglückt auf meiner Hirtenflöte
froh spielen, was der Mund nur spielen will.<

Der erste spricht voll Schmerz und Erinnerung:

>Du hochbeglückter Mann, du kannst die Kühle
am lieben heimatlichen Bach genießen und der
Quelle leisen Laut. Hier schwärmen um den nach-
barlichen Zaun zur Blütezeit der Bienen dichte
Scharen und wiegen summend dich in Träume
ein. Dort von dem steilen Felsen klingt zurück des
Winzers Sang, und sanft umflattert ihn die wilde
Taube, deine Freundin, die ihr Nest hoch auf der

Ulme Höhe dort verbirgt, und gibt ihm heiter gur-
rend das Geleit.‹

Der Glückliche:

›Sei du mein Gast für diese Nacht. Ich biete dir
grüne Blätter gern zur Lagerstatt, zum Abend rei-
fes Obst und süße Frucht edler Kastanien und fri-
schen Käs. Schon steigt des Rauches Säule von
den Dächern der fernen Häuser, und die Berge
werfen schon lange Schatten in das Tal hinab.‹«

Sie spricht wie eine Seherin. Die Friedensvision blüht
aus ihrer Begeisterung.

Antonius starrt auf die Frau, eine der schönsten, die er
gesehen hat. Die Heimatlaute rühren seltsam an sein
Gemüt. Sein empfängliches Herz pocht im Rhythmus
der Verse. Er hört kaum den Inhalt. Er sieht nur die
Frau, lauscht nur dem Klange ihrer reinen, sanften
Stimme, die wie ein Ruf der Heimat ist.

Eine erste leise Untreue schwelt in ihm auf. Ein erstes
Verlangen nach einem Weibe, seit er Alexandrien verlassen hat. Er fühlt betörend die Ausstrahlung dieser Römerin, ihrer Sinne. Etwas wie Heimweh überwallt ihn –
unbewusst noch, kaum geahnt – etwas wie nahe Zuge-
hörigkeit – Rassengemeinschaft. – Etwas wie wesenlose
Feindschaft gegen die Ferne, die Fremde.

»Schön ist das«, sagt er, als sie geendet hat und die
Laute noch in dem weiten Raume nachhallen. Doch er
meint sie.

»Lass diese Sehnsucht des Dichters Wahrheit und Er-
lebnis aller werden!«

Ihre großen, heißen Römeraugen flehen ihn beschwörend an.

Da tritt katzenhaft leise, wie ein Verräter, Octavian durch die Vorhänge.

XVII.

Am Horizont taucht ein weißes Segel empor. Es wächst rasch heran. Ein günstiger Wind treibt es auf Alexandrien zu. Die Peitsche entreißt den Rudersklaven im Bauche des Fahrzeuges die letzte Kraft.

Auf dem Verdecke geht ein ragender Mann auf und nieder, ruhelos, von innerer Qual getrieben. Er hetzt zur angespanntesten Eile und wünscht zu gleicher Zeit, dass diese Unglücksfahrt nie ihr Ende finde. Es ist Rhodon, der Chef der Geheimpolizei in Alexandrien, Kleopatra treu ergeben. Mit einem Heer seiner Beamten hat sie ihn nach Italien entsandt, Antonius dort zu beschützen – und zu beobachten. Sobald sie erfahren hatte, dass er nach Westen ging, statt nach Osten, war Unruhe in ihr erwacht und Sorge und Angst und Argwohn. Über jeden seiner Schritte forderte sie Nachricht.

Ein Netz von Spionen hat Rhodon um den Geliebten seiner Königin gesponnen. Bote auf Bote ist auf raschen, kleinen Seglern, die in unbedeutenden Häfen Italiens harrten, nach Osten gegangen. Doch die Nachricht, die er jetzt auf seiner Zunge trägt, kann nur er selbst überbringen. Er weiß, sie bedingt neue geheimste Instruktion.

Es ist eine bitterböse Nachricht. Sein treues Herz schwillt vor Weh, ihr Überbringer zu sein. Sein Leben würde er für seine Königin hingeben, diese Kunde zur Lüge zu stempeln.

Schon ist das Schiff im Hafen, im großen, allgemeinen, nicht in dem kleinen, den nur die Königsschiffe und Regierungssegler benutzen dürfen. Rhodon will jedes Aufsehen vermeiden. Dann jagt er mit schnellen Rossen zum Bruchion.

Über dem Teile der weiten Schlossbauten, in dem der Hofstaat, das Gefolge wohnt, liegt es wie Trauer und Ausgestorbenheit. Die Zeiten der schwelgerischen Feste, der prunkvoll östlichen Üppigkeit sind vorüber. Im letzten Winter ist es dort noch oft hoch und laut hergegangen, an den Abenden, in den Nächten, in denen Kleopatra und Antonius nicht allein in Unfug, Übermut und Liebe schwelgten. Da hallten die Prachtsäle des alten Ptolemäerpalastes wider vom Lärm und Getümmel exotischer Gelage. Da thronte an der Seite der Königin der Römer in fantastischer Pharaonentracht, ein orientalischer Fürst unter orientalischen Hofleuten.

Doch seit Monaten ist alle Fröhlichkeit im Palaste erloschen. Kleopatra verlässt nie ihre Gärten, ihre Gemächer. Sie sieht nur ihre Minister, ihre höchsten Verwaltungsbeamten. Sie hält ihr kleines Reich in musterhafter Verwaltung fest in der Hand. Sie meidet jede Geselligkeit. Ihr Sinn ist umflort. Und ihr Körper ist missgestaltet unter der Last der Zwillinge, die er trägt. Untrüglich haben die Ärzte Olympos und Dioscorides die doppelten Herztöne festgestellt.

Durch die Hallen der Hofbeamten vom Dienst, durch die zwischen den Mauern des Palastes eingehegten blühenden Gärten, durch den Saal der Eunuchen, die Stuben der Wachen eilt Rhodon. Keiner hält ihn auf. Er hat die geheime Losung auf den Lippen. Posten auf Posten lässt ihn hurtig passieren.

Er dringt vor in die privaten Gemächer der Königin. Gelangt in den Vorsaal ihrer Wohnräume, gleitet hin über den kostbar schimmernden Mosaikboden, der einen Teich mit Fischen darstellt, täuschend ähnlich in Farbe und Leben. Es ist, als wandle man über Wasser. Die Decke des Raumes ist ein tiefblauer, gewölbter Himmel, an dem ein Zug Kraniche dahinfliegt. Ein Kunstwerk, das fast schon Natur geworden ist.

Rhodon kommt in das Vorzimmer des Schlafgemaches. Hier tritt Eiras, die Ägypterin, ihm entgegen.

»Ich muss die Herrin sprechen, sofort. Melde ihr Rhodon. Die Königin kennt den Namen.«

»Sie fühlt sich nicht wohl«, wehrt die Dienerin.

»Ich *muss* sie sprechen.«

Eiras blickt forschend dem großen, fremden Manne ins Gesicht.

»Schlimme Botschaft?«, fragt sie besorgt.

»Ich habe zu schweigen«, weicht er aus.

»Mit böser Nachricht darf ich dich nicht vorlassen, ohne Erlaubnis des Leibarztes Olympos.«

»Mach keine Schwierigkeiten!« murrt Rhodon. »Meine Meldung duldet keinen Aufschub. Ich bin nicht wie der Wind hergeeilt, um mich hier am Ziele von einer Dienerin aufhalten zu lassen. Gib die Tür frei!«

Die kleine, heftige Ägypterin steht vor der Tür des Schlafzimmers, zückt einen Dolch. »Hol' den Arzt«, sagt sie beherzt.

Da öffnet sich hinter ihr die Tür. Charmion, die Griechin, tritt heraus. Sie hebt warnend die Hand.

»Stille!« gebietet sie leise. »Die Herrin schläft.«

»Wecke sie«, befiehlt der Chef der Geheimpolizei.

»Unmöglich.«

»Er bringt schlechte Nachricht«, belehrt Eiras rasch.

Da ruft Rhodon listig und laut: »Melde mich, Rhodon, sofort der Königin.«

Empört fallen die Mädchen über ihn her. Halten ihm den Mund zu, suchen ihn hinauszudrängen aus dem Vorzimmer. Doch seine Schlauheit hat schon gewirkt. Die bronzene Klinke der Tür geht nieder. Kleopatra steht in dünnem, lang herabfallendem Tüllgewande auf der Schwelle.

In ihrer hellen Stimme lebt Zorn. »Was ist das? – Ah – Rhodon! Komm herein!«

Sie geht ins Zimmer zurück mit dem schweren zurückgestemmten Schritt der Hochschwangeren. Geht über die kostbaren Teppiche, mit denen der Boden ausgelegt ist, zu dem breiten niedrigen Bette in der Mitte des Zimmers. Die seidenen schweren Decken tragen den Abdruck ihres Körpers.

Es ist dämmrig im Raume. Bleich schimmern die goldenen und silbernen Toilettengeräte auf den kleinen Tischchen, die Alabastergefäße, die Porzellanschalen aus dem Dunkel.

Sie setzt sich auf das Bett, winkt den Boten heran.

»Da du selbst kommst, muss es eine wichtige Nachricht sein.«

»Sehr wichtig, Herrin.«

»Sag' sie!«

»Sie ist sehr – schmerzlich.«

»Sag' sie!«

Sie stützt beide Handflächen hinter sich auf das Lager, als suche sie vorsorgend Halt und Widerstand. Ihr entstellter Leib tritt unförmlich gewölbt hervor. Die Augen brennen gespenstisch in dem gedunsenen weißen Gesicht.

Die Lippen des jungen Polizeioffiziers zucken.

»Es ist die schlimmste Botschaft, Herrin, die ein Mensch dir bringen kann«, bereitet er den Boden für das Ungeheuerliche, das er berichten muss.

Da gellt es aus ihr hervor in grauenvoller Erinnerung an die Iden des März: »Antonius ist tot!!«

»Schlimmer, Herrin, schlimmer!«

Sie beugt sich zu ihm vor, flüstert: »Sprich! Gib mir keine Rätsel auf!«

»Antonius hat – – geheiratet.« Rhodon hat ganz leise gesprochen. Doch es ist, als halle eine lautlose Stille Donnerworten nach.

Kleopatra sitzt noch immer zu ihm vorgebeugt, ihre grünen Augen flimmern feucht. Sie gibt keinen Laut von sich. Sie starrt nur. Dann beginnen die Lider, zu blinken.

Rhodon fährt fort, er muss es ihr sagen, es ist sein grausames Amt: »Er hat Octavia, die Schwester Octavians, geheiratet.«

Da öffnet sie den Mund – das Weib in der Königin will schreien, entfesselt, unbeherrscht, furchtbar. Doch die Zunge, der Gaumen, der Schlund sind plötzlich ausgetrocknet und verbrannt. Nur ein verdorrtes Stöhnen bricht aus ihrem Halse.

Dann sinkt sie langsam, ganz langsam und weich vorn über, schlüge zu Boden, wenn Rhodon nicht zugesprungen wäre. Er fängt sie auf, legt sie auf das Bett, ruft um Hilfe.

Als die Ärzte herbeieilen, zerreißen die Wehen schon ihren kleinen Leib. In dieser Nacht ihres schwärzesten Ungemachs bringt Kleopatra in einer Frühgeburt die Zwillinge zur Welt, die Kinder des Mannes, der in Rom eine andere zum Weibe genommen hat.

Sie weigert sich, die Kinder des Verräters zu sehen. Sie stößt sie aus ihrer Nähe, ihrem Leben. Sie liegt in ihrem verdunkelten Zimmer mit geschlossenen Augen. Findet keinen Schlaf, trotz der Entkräftung und Erschöpfung und der Qualen der schweren Geburt. Doch sie sieht durch die geschlossenen Lider hindurch. Sieht Antonius, sieht ihn buhlen mit der anderen, die sie nicht kennt. O, sie weiß, wie er ist in Flamme und Leidenschaft.

Hinter der hohen Stirn mit den Geniebuckeln rasen die Gedanken. Noch kennt sie keine Einzelheiten seines Verrates. Was braucht sie kleine nichtige Einzelheiten in dieser riesenhaften Untat! Er hat geheiratet! Wenige Wochen, nachdem er von ihr Abschied genommen hat. Undenkbar! Unausdenkbar! Aber eine klotzige Tatsache, die nicht aus der Welt und Wirklichkeit zu tilgen ist. Durch keine Verzweiflung, durch keinen Fluch. Sie wälzt diese schwere, marmorfeste Tatsache in ihrem müden, wehen Hirn, ohne sie mit ihrem Verstehen umklammern zu können.

Hat er sie denn nicht geliebt? Sie durchlebt noch einmal in der Erinnerung, die schöner ist, als die Wirklichkeit war, weil Weh und Schmerz alles heiligt, jede Stunde, die sie mit ihm gelebt hat seit der Begegnung in Tarsus. Jede Nacht, jede Liebkosung, jede Ekstase wird wieder lebendig. Er hat sie geliebt. So kann kein Mann schauspielern, trügen! Antonius sicher nicht. Dazu ist er nicht raffiniert, nicht durchtrieben, nicht intelligent genug. Er *hat* sie geliebt. Und wenige Wochen später hat er eine andere, die Schwester seines Todfeindes, geheiratet!

Es dauert lange, bis ihr wundes Gehirn es fasst. Alles erfasst. Den Betrug und die tiefe Demütigung und den Verrat an ihren gemeinsamen großen weltpolitischen Plänen.

Als dieses Begreifen zum ersten Male in ihr aufflackert, hochsteigt wie eine blutrote Rakete, verfällt sie in heftiges Fieber. Die Ärzte, Alexandrien, das Land bangen um ihr Leben. In allen Tempeln flehen Bittgebete empor zu Amon-Ra, dem Herrn alles Seins. In wirren Fieberfantasien schreit Kleopatra ihre Verzweiflung über den furchtbaren zweiten Zusammenbruch ihrer Weltkönigspläne zerrissen, unverständlich hinaus.

Das Fieber fällt. Ihre kräftige Natur ringt sich aus den Fängen des Todes. Matt und hilflos liegt sie auf dem breiten Purpurlager, klein, fahl, ein vernichtetes Weib, eine entthronte Herrin der Erde. Zum zweiten Male ist sie kurz vor der Erfüllung vom Gipfel ihrer Hoffnung niedergestürzt. Einmal hat irre Gewalttat an dem Manne, der sie zur Königin des Ostens und Westens erheben wollte, sie herabgeschleudert aus den Höhen ihrer Erwartung. Jetzt ist sie vor der nahen Verwirklichung ihrer Pläne verraten worden durch den verruchten Schurkenstreich des Mannes, der ihr Werkzeug war, ihr Geist, ihr Odem, auf dessen strotzender Körperkraft sie ihr Weltreich erbauen wollte. Wieder ist der ehrgeizige Traum ihres Lebens ausgeträumt, ist in nichts zerronnen, zerstäubt in Betrug, in Narretei, in Demütigung und Erniedrigung.

Sie liegt mit geschlossenen, zitternden Lidern, hört auf kein Trostwort ihrer treuen Dienerinnen, nimmt mechanisch Nahrung, lebt mechanisch fort. Und fühlt in jedem bebenden Nerv, dass sie tiefer, abgrundtiefer gefallen ist, als nach Cäsars Tod, in entehrendere Schmach und Ohnmacht. Diesmal hat sie das tückische Schicksal hier getroffen, in Alexandrien, an ihrem Königssitze, in ihrer ganzen Machtfülle, nicht wie damals, als hilflose Fremde in der feindlichen Ferne.

Sie will mehr wissen, alles. Rhodon lebt im Palast, harrt diensteifrig ihres Befehls. Er weiß, sie wird ihn rufen.

Gelblichweiß ist ihr Gesicht, die Wangen sind eingesunken, die Augen erloschen, schwarze Ränder umrunden sie bis tief in die Backen hinein. Ein wächsernes Totengesicht blickt zu ihm auf. Im Zimmer riecht es schwer nach Krankheit und Medikamenten.

Sie sind allein. Ärzte und Dienerinnen hat sie mit einer schwachen, noch immer schattenhaft herrischen Bewegung der Finger hinausgescheucht.

»Erzähl'.« Nur die Lippen formen tonlos das Gebot.

Der Polizeichef spricht ganz leise, schonend im Tone. Im Inhalt kann er nicht schonen. Jedes Wort ist ein scharfgeschliffener Dolch, den er in die kleine Brust unter dem seidendünnen Hemd stoßen muss.

»Von der Begegnung in Brindisi weißt du, Herrin?«

Sie nickt, nur mit den kummerschwarzen Lidern.

Ja, von dieser Begegnung weiß sie. Sie ist ihr sofort gemeldet worden. In einer selbstsicheren Verblendung hat sie dieser Zusammenkunft mit der Schwester des Wuchererenkels, über den Antonius sich so oft lustig gemacht, den er immer wieder mit beißendem Hohne verspottet hat, keine Bedeutung beigemessen, im kühnen Bewusstsein seiner Liebe und seiner Hörigkeit.

»Antonius begleitete Octavian und seine Schwester nach Rom. Wir ließen ihn nicht aus den Augen. Hatten unsere Leute unter der Dienerschaft im Hause der Octavia, des Antonius.«

Kleopatra sieht den Erzähler an, ohne Wort, ohne Zeichen des Lebens. Nur die Pupillen sind sehr weit und sehr tief, wie schwarze Abgründe.

»In Rom folgte Fest auf Fest, Gelage auf Gelage. Bei einem der Gastmähler waren die jungen Dichter Virgil und Horaz zugegen – trugen Gedichte vor.«

»Weiter.«

»Antonius und Octavia lagen stets auf dem gleichen Pfühle.«

Sie schließt die Augen. Sie brennen. Aber sie hat keine Tränen, den Brand zu löschen. Sie denkt an das Lager beim Nachtgelage von Tarsus.

»Eines Abends gingen sie zusammen hinauf auf das Kapitol. Ich folgte ihnen, als Bettler verkleidet. Auf dem Gipfel des Hügels, der breiten Plattform, blieben sie stehen. Unter ihnen lag das Häusergewirr Roms mit ersten Lichtern. Ich schlich mich näher, belauschte ihr Gespräch.«

Kleopatras Augen öffnen sich. Eine jähe erwartungsvolle Flamme glüht in ihnen.

»Octavia sprach: ›Dort zu unseren Füßen liegt unser Rom, die Herrscherin der Erde. Mein Marcus, willst du wirklich, wie sie sagen, eine zweite, eine andere Stadt zum Mittelpunkt der Welt erheben?! Willst du zum Verräter an deiner Vaterstadt werden, an ihrer Vergangenheit, an ihrer historischen Berufung!‹ Sie sprach gut und schön, Herrin. Ihre Stimme hatte etwas Beschwörendes in der linden Abendstille. Sie sprach auch von Alexandrien.«

»Was?«

»Willst du eine fremde orientalische Stadt zur Herrin der Welt erhöhen? Denk' an unsere Vorfahren, an unsere Ehre, an unsere Kultur. Denk' an Rom!«

»Sprach sie auch von – mir?«

»Nein, Herrin.«

Nach einer kleinen Pause fragt sie: »Was antwortete er?«

»Wenig. Er schwieg, in sich versunken. Doch ich fühlte – es war deutlich fühlbar, wie er ihren Worten unterlag. Und plötzlich – aber, Herrin, du bist noch matt.«

»Sag' es!«

»Er riss sie an sich und stammelte: »Du bist mir Rom und Vaterland!« Eng umschlungen schritten sie durch die Allee der Pinien und Zypressen hinab zur Stadt.«

Sie liegt regungslos. Ihre atmende Brust bewegt sich kaum unter dem Nachtgewand.

Zwei Tage später befiehlt sie Rhodon abermals an ihr Lager. Ihre Augen sind rot umrandet und unstet. Sie hat noch immer nicht geschlafen, nicht einmal aus Erschöpfung. Doch sie treibt nicht mehr haltlos und steuerlos dahin wie ein Wrack im Orkan. Ihr Wille hat wieder Ziel und Richtung. Sie sitzt im Bett aufrecht, noch auf Kissen im Rücken gestützt. Doch sie sitzt. Nicht mehr ein geschlagenes Weib empfängt den Chef der Geheimpolizei, Energie und eine Königin harrt seiner. Sie ist aus dem zweiten Niederbruch ihres Lebens erstanden mit der alten unverwüstlichen Kraft ihres Intellekts.

In ihr gären arge Pläne. Doch zuerst fragt das Weib in ihr: »Wie ist Octavia – wie sieht sie aus? Die Wahrheit!«

»Sie ist schön, Herrin, über jeden Geschmack und jede Einzelmeinung hinaus«, erwidert der tapfere ehrliche Mann.

»Wie?« Sie sucht ihren Grimm zu meistern.

»Dunkel, römisch, gerade Züge. Aber an Geist dir weit unterlegen«, sänftigt der Wahrheitsfanatiker. »Nicht genial wie du, Herrin, keine große, kühne Frau. Sie ist in Rom bewundert ob ihrer Sanftmut, ihrer Güte, ihrer Opferfähigkeit. Sie dient dem Bruder, den sie über alles liebt.«

»Genug!« stößt Kleopatra heftig hervor. Ihr Gesicht hat sich belebt. Aus engen bösen Schlitzen züngeln die grünen Augen.

»Bring Sklaven her, zum Tode verurteilte Missetäter. Beschaff heimlich, unmerklich und rasch wirkende Gifte. Wir werden sie ausprobieren.«

»Ja, Herrin.«

»Hast du mich – verstanden?«

»Nicht ganz, Herrin. Gilt das Gift ihm oder ihr?«

»Ihr.«

Ihn muss sie schonen. Er trägt ihren Königstraum. Sie weiß, er wird zu ihr zurückkehren, wenn diese Frau, die ihm Rom verkörpert, nicht mehr atmet.

XVIII.

Die Anschläge misslingen, trotz aller Vorsicht, Umsicht und verschlagenen Ausdauer Rhodons. Kleopatra kämpft mit einem Menschen, der ihr an Arglist und Tücke gewachsen ist. Nicht Antonius, nicht Octavia ahnen, dass Octavian über der Schwester wacht. Er ist es, der sie durch seine Kreaturen behütet, aus Neigung zu ihr und weil er sie braucht als Betäubungsmittel gegen den Widersacher und Schwager.

Der Friede ist geschlossen. Italien erholt sich von den Wunden der Bürgerkriege. Zwischen den Schwägern steht eine trügerische, erzwungene, kühle, vorsichtige Freundschaft. Antonius bleibt in Rom, eingesponnen in die warmblütige Liebe und Güte seines Weibes.

Sie erfüllt nicht eine Pflicht, die ihr aufgezwungen ist. Sie liebt Antonius mit der behütenden Kraft und Demut ihres liebebedürftigen, Liebe vergeudenden Herzens. Alles, was sie tut, tut der ganze Mensch in ihr.

Antonius lebt in den Tag hinein, wie er in Alexandrien gelebt hat, mit Ämtern und Würden überhäuft – jetzt wird er noch Oberpriester –, doch in Wahrheit nur der Liebe und dem Müßiggang hingegeben.

Er denkt oft an Kleopatra und ihre Pläne, oft, mit einem Gefühl der Pein, des Unbehagens und der Schuld. Er weht mit neubelebter, großartiger Genießergeste das quälende Gedenken beiseite.

Eine Episode, eine Frauengeschichte, wie viele andere, die vergangen sind, redet er sich ein, ist zu Ende. Er habe diese Bagatelle der Erotik zu wichtig genommen. Und der Plan, Ost und West der Erde unter ihrem und seinem Zepter zu vereinigen! Ein abstruser, abenteuerlicher Gedanke. Ein Albdruck, den er abgeschüttelt hat. Octavia, die schöne, anmutig gelassene, hat ganz recht. Wozu immer von Neuem Krieg führen, Unheil verbreiten!? Man muss doch endlich einmal die Welt und die Menschen zur Ruhe kommen lassen. So recht hat sie!

Diese reizende kleine Person – hm, reizend war sie, alles, was recht ist! – Im Bett erregender, aufpeitschender als Octavia, die eine gewisse weihevolle Schwere hat noch in der leidenschaftlichen Hingabe. – Dja – aber diese kleine, sicherlich bestrickende Person da in Alexandrien hatte ihn – geradezu behext hatte sie ihn, sein Römertum eingeschläfert. Gegen Rom die Waffen erheben! Rom übertölpeln! Eine Wahnidee. Zum Glück ist er noch rechtzeitig erwacht. Zum Glück hat Octavia ihn noch rechtzeitig aus diesem Hexenspuk gelöst. Ein Prachtweib. Hierher gehört er. Rom hat er zu schützen. Rom als beherrschenden Mittelpunkt der Erde bis zum letzten Blutstropfen zu befestigen und zu verteidigen. Keine dämmerhaften Pläne eines orientalischen Kaiserreiches! In Rom liegt die Kraft, die Macht und die Zukunft der Welt. Gottlob, er ist nicht alt und morsch und verbraucht wie Cäsar, den sie betölpelt und in Tod und Verderben gestürzt hat!

Octavia, diese herrliche, echte, wahre Römerin, hat ihn aus den Netzen dieser orientalischen Zauberin und Abenteuerin befreit, Octavia, sein schönes, edles, sanftes Weib. Wie gut ist es, nach der immer keifenden, alles besser wissenden, stets mäkelnden Fulvia und der ewig ruhelosen, überlegenen, vorwärts drängenden Kleopatra nun endlich eine Frau zu besitzen, die zu einem aufsieht, einen bewundert, demütig den Herrn und Gebieter in einem anerkennt und verehrt.

Noch steht er völlig unter Octavias Zauber der Milde und Güte, wie er einst Fulvia, dann Kleopatra hörig gewesen ist. Immer der Anwesenden, Gegenwärtigen ist er Untertan. Lange Monate hindurch lullt ihn Octavias Lindheit ein.

Doch dann, dann kommt die Stunde, die zu Tagen des Überdrusses und der Langweile wird. Diese stete Windstille geht ihm auf die Nerven. Die Segel seines Lebensschiffes hängen schlaff herab in dieser Flaute unveränderlicher Zärtlichkeit, Hoheit, Nachgiebigkeit, ergebener, scheuer Sinnlichkeit.

Mit diesem tastenden Gefühl der Schalheit bohrt sich die Erinnerung an die Frau in sein Gemüt, die wechselvoll war wie das Meer unter jedem Wandel des Lichts, der Witterung, unter jedem Windhauch. An die Frau, die seinen Tag zu einem bunten Kaleidoskop der Lebensfreude verherrlicht hat.

Vergleiche kommen, werden immer häufiger, Vergleiche der Sehnsucht, die immer zugunsten der Fernen, der von erlittenem Unrecht Verklärten entscheiden.

Marc Anton wagt noch nicht das Letzte. Er sucht sich zu betäuben, die raunenden, lockenden Stimmen in seiner Brust zu übertönen mit lauten Vergnügungen. Er verfällt dem Leben, das er einst in Rom geführt hat. Ruft Cytheris, die Schauspielerin, zurück, die er zuerst schroff und nachdrücklich abgeschüttelt hat, als sie sich gleich nach seiner Ankunft in Rom liebefreudig meldete. Wieder zieht er mit der »Bande« in tollen Ausschweifungen durch die Umgebung der Stadt.

Sanft, Gründe und Erklärungen der Nachsicht zur Hand, erduldet Octavia die Beleidigung und Vernachlässigung. Ihre Schönheit, ihre Gestalt hat gelitten. Sie trägt ein Kind. Doch Octavian verteidigt die Schwester. Macht dem Schwager heftige Vorwürfe.

Antonius sieht den jungen Mann von einigen Zwanzig, der ihm, dem reifen Vierziger, Vorhaltungen zu machen wagt, verwundert und verächtlich an. In seinem Blick ist viel von dem Hochmut und Spott, mit dem er damals den Jüngling aus der Provinz in Rom empfangen hat, als er sich als Cäsars Erbe bei ihm meldete, in jener Stunde der Demütigung, die Octavian ihm nie vergessen wird.

»Kehre vor deiner werten Tür«, rät Antonius dem Schwager.

»Was meinst du?«, fragt Octavian harmlos, erstickt von zorniger Erinnerung.

»Ganz Rom spricht von deiner Zügellosigkeit, Verehrtester.«

Octavian wird noch käsiger, als er sonst ist.

»Scribonia, meine Frau, ist nicht deine Schwester«, verteidigt er sich schlecht.

»Mein Lieber«, sagt Antonius gelassen, »ein junger, verheirateter Herr, der sich Hals über Kopf in eine andere verheiratete Frau verliebt, sie ihrem Manne abjagt und zur Scheidung treibt, obwohl sie im sechsten Monat schwanger ist, und sie gegen alle Vorschriften der Gesetze heiratet, sollte mit moralischen Anwürfen sehr vorsichtig sein. Deine Affäre mit Livia stinkt zum Himmel.«

Damit lässt er ihn stehen.

Die Scheinfreundschaft zwischen den Schwägersleuten ist bei der ersten Belastung zusammengebrochen. Octavia steht plötzlich zwischen Bruder und Mann. Sie sieht voll Angst die alte Feindschaft heraufdrohen. Vermittelt, beschwört beide. »Bisher war ich die glücklichste Frau in Rom. Macht mich nicht zur unglücklichsten!« Sie fühlt, wie Antonius ihr entgleitet, spürt in dem Bruder den neu aufglimmenden Hass.

Eines Tages ist Antonius auf und davon. Durchgegangen ist er, wie er in früheren Tagen sich heimlich mit Cytheris von Fulvia fortgestohlen hat auf Stunden, auf Tage. So brennt er jetzt durch, entläuft er Octavia. Doch allein. Doch für immer.

Kleopatra ist glorreich in ihm auferstanden. Nichts kann ihn halten, nicht Güte, nicht treue Zärtlichkeit, nicht Pflicht noch Gewissen. Kleopatra in ihm ruft und lockt. Die Sehnsucht nach ihr hat unter der jähen Sinnlichkeit, unter dem Verlangen nach der edlen Schönheit Octavias, unter nationalistisch-patriotischen Einflüssen und Erregungen begraben gelegen. Jetzt, nachdem diese Gefühle durch Gewöhnung und Alltag verblasst sind, ist das Verlangen nach ihr wie eine Fontäne durch die Verschüttung hindurchgebrochen.

Ein wildes, ungezügeltes, ganz junges Begehren nach Kleopatras köstlicher Pikanterie, die so ganz anders ist als Octavias klassische Schönheit, nach ihrer Kühnheit, ihrer politischen Genialität, ihren weitschauenden, weittragenden Gedanken, ihrem Charm, ihrer keuchenden Wildheit, ihrer beseelten Heiterkeit und Possierlichkeit, alles bestechende, lockende Gegensätze zu Octavias ausgeglichener Sanftmut und gefälliger Holdheit, reißen ihn fort.

Sein fantastischer Abenteurersinn entführt ihn zu der großen Abenteuerin des Ostens. Dieser unrömischste Römer seiner Zeit entweicht von der von Römertum durchglühten Römerin zu der großen Feindin Roms.

Von Athen aus schreibt er ihr. Sie weiß längst, dass er dort ist, erharrt schon seine Eilboten. Er bittet sie, nach Antiochia in Syrien zu kommen. Von dort will er nun zu dem großen Partherzuge aufbrechen. Er knüpft unmittelbar dort an, wo er aufgehört hat, als liege zwischen damals und heute nichts als eine belanglose kleine Pause.

Er rüstet den Zug nach Indien. Doch vorher will er sie sehen und fühlen und atmen. Den leidenschaftlichsten und demütigsten Brief seines Lebens sendet er nach Alexandrien.

Kleopatra kommt, kommt sofort, trotz allem, was er an ihr gefrevelt hat. Kommt, um ihres großen ehrgeizigen Planes willen. Sie fährt den Orontes hinauf, von Seleucia an der Syrer Küste. Er eilt ihr zu Wasser entgegen, bootet auf dem Flusse zu ihr über.

Wieder ist es eine Begegnung an Bord ihres Schiffes. Alle ihre wichtigen, entscheidenden Begegnungen haben an Deck ihrer Schiffe gespielt. Doch diesmal kommt sie nicht auf goldener Venusgaleasse. Auf einem ihrer flinken kleinen Kreuzer jagt sie den Orontes hinauf. Es ist, als solle dieses allzu sachliche Kriegsschiff die Beziehungen kennzeichnen, die sie jetzt noch mit Antonius verknüpfen: Krieg und Politik.

Er ahnt ihre Stimmung nicht. Er ist zum Bersten voll von Liebe und Verlangen. Glaubt, sie müsse ähnlich empfinden nach so langer Zeit des Entbehrens. Ein feiner Psychologe ist Marc Anton nie gewesen.

In der Wohnkabine des Kreuzers erwartet sie den ungestümen Heimkehrer. Sie ist allein. Erhebt sich nicht, als er hereinstürmt, ein saftvoller Herkules auf heftiger Minnefahrt. Ihr Blick ist starr, gläsern, zwingt ihn nieder auf die Knie.

Er hat gemeint, er habe durch seine reuevolle Rückkunft, durch die Preisgabe Octavias alles gesühnt, alles gut und vergessen gemacht. Vor diesem unbeweglichen Blick der geliebten grünen Augen sinkt er in die Knie.

»Verzeih, Kleopatra«, er tastet nach den Händen, die tot in ihrem Schoße liegen, sie sind eiskalt – sie überlässt sie ihm, sie bleiben unter dem Druck seiner brunstheißen Pranken starr und leblos wie ihre Augen. Er sieht flehend, unsicher, erstaunt zu ihr empor, die steif gereckt gegen die Lehne des hohen Sessels sitzt. Kein Laut ist von den fest verschlossenen Lippen gefallen.

»Ich weiß nicht, wie es geschehen ist. Als wäre ich im Rausche gewesen – wirklich so ist es –, ich schwöre dir, ich habe keine Ahnung mehr, wie es geschehen konnte.«

Er spricht die Wahrheit. Schon längst begreift er diese hastige Ehe nicht mehr, wusste schon wenige Wochen nach dem ersten Erwachen aus dem Taumel der ewig begehrlichen Sinne und dem patriotischen Impulse nicht mehr, weshalb er Octavia geheiratet hatte.

Er blickt fanatisch zu der kleinen starren Frau empor. Äußerlich scheint sie ihm unverändert. Nein, nein, doch nicht. Schöner ist sie noch geworden, verführerischer, begehrenswerter. Ganz anders ist sie als die Römerin, die ihn lau und langweilig und unbedeutend dünkt neben dieser elementaren Weiblichkeit, deren Vibrieren er selbst durch diese umpanzerte Starre auf sich überströmen fühlt.

Sonst sieht er keine Veränderung. Er sieht nur einen strafenden Trotz. Doch er sieht nicht tief. Eine Fremde sitzt vor ihm. Es ist nicht mehr die Frau, die er in Alexandrien verlassen hat. Sie ist eine andere geworden. Eine harte, herbe, verbitterte Frau, leidgehärtet, schmerzgestählt, enttäuschungsgereift. Ein versteinertes Weib, das nichts mehr ist, als Mensch gewordene Politik.

Früher hat sie diesen großen, ungebärdigen, fantastischen, wilden Jungen lieb gehabt. Er hat ihr physisch gut getan. Das ist vorbei. Jetzt verkörpert er ihr nur ihren weltpolitischen Plan. Sie liebt ihn nicht mehr, auch nicht mit den erregbaren Sinnen. Sie hasst ihn ob der Schmach, die er ihr vor der gaffenden Welt angetan hat. Wohl triumphiert sie in dieser Stunde. Er hat Octavia, Rom für sie hingegeben. Doch es ist zu spät. Er hat zu viel in ihr zertreten.

»Wir wollen darüber nicht sprechen«, sagt eine bleiche Stimme, »nie.«

»Zürnst du mir noch?!« Er kann es nicht fassen. Er ist doch gekommen, das Herz voller Liebe und Leidenschaft.

Zögernd antwortet sie: – »Nein.«

»Doch – ich fühle es. Du bist mir noch böse.«

»Nein.« Sie lächelt. Er ahnt nicht, was dieses erste Lächeln sie kostet.

Da springt er empor. Sie ist wieder gut! Fällt mit Küssen, aufgestapelter, aufgeblähter Kraft über sie her. Es ist ihm, als hätte er sie nie besessen. Neu ist sie ihm geschenkt, neu und nie berührt. Sie duldet den Sturm, lässt ihn mit geschlossenen Augen und verschlossenen Sinnen über ihren Leib hinwettern. Sie spielt die verzweifelte Komödie der Leidenschaft für das große heilige Reich des Ostens und des Westens, spielt sie, damit ihr Leben nicht zu Spott und Hohn und einem mörderischen Fiasko werde. Er trägt ihren Weltplan, er allein kann ihn zur Wirklichkeit gestalten. Eine liebes-tote Frau hält der berückte Mann in den beseligten Armen.

Auch seine Liebe hat sich gewandelt. Durch Schuld ist sie gereift und gewachsen, zum beherrschenden Gefühl seines Daseins geworden. Es ist die erste, große, wahre Liebe seines Lebens. Ungeheuer, gewaltig wie alles Echte an ihm.

Mit Jubel begrüßt er die Zwillinge, seine Kinder, die sie wohlbedacht nach Antiochia mitgebracht hat. Bisher haben sie fern jedem Muttergefühle gelebt. Jetzt bedarf sie ihrer, ihn fester an sich zu ketten. Sie sind ihm angebetete Heiligtümer, weil ihr geweihter Leib sie getragen, ihre sakralen Schmerzen sie geboren haben. Er gibt ihnen, die noch unbenannt sind in ihrer verhassten Existenz, bedeutungsvolle prophetische Namen. Den Knaben heißt er Alexander-Helios, das Mädchen Kleopatra- Selene, weil sie einst herrschen sollen über die Welt und aufgehen, wie Sonne und Mond, weithin strahlend über die Erde.

Jetzt rüstet er eifervoll den Partherzug. Kleopatra zweifelt nicht an seinem Erfolge. Doch sie hat gelernt, dem Träger ihres Weltplanes und ihrer Zukunft zu misstrauen. Sie hat gelernt, aus der Gegenwart zu schöpfen, was zu schöpfen ist. Sie fordert. Sie verlangt Entschädigung für den Verrat und ihre Leiden.

Sie selbst hat die Erinnerung an seine unbedachte Ehe verbannt. Doch sie beschwört sie herauf, zückt sie immer wieder, wie ein Schwert, mit dem sie den Schuldbeladenen bedroht. Arglistig hält sie in ihm das Schuldbewusstsein gärend wach. Armsünderhaft erfüllt er ihr jeden Wunsch.

Er zahlt übereifrig sühnend das verlangte Schmerzensgeld. Sie fordert viel. Er gibt mehr. Sie begehrt, dass Ägypten wieder Großmacht werde, *die* Großmacht neben Rom am Mittelländischen Meere. Er schenkt ihr alles, was ihr Land jemals, in seiner ruhmvollsten Epoche und Expansion unter den mächtigsten Pharaonen besessen hat. Phönizien, das fruchtbare Tal zwischen Libanon und Antilibanon, Kreta, die schönsten waldbedeckten Gegenden von Zilizien, den Teil von Judäa, der berühmt ist durch seine kostbaren Balsamstauden, und den ganzen Strich Arabiens, der sich zum Mittelmeere neigt.

Er entreißt diese Kostbarkeiten kurzer Hand mit alter Rafferfaust einheimischen Fürsten, die er töten oder vertreiben lässt, oder dem Leibe des römischen Reiches.

Mit Entsetzen vernimmt man dieses Piratenstück in Rom. Alles blickt auf den einzigen Mann, der diesen Totengräber der römischen Vormacht strafen kann, diesen entrömerten Imperator, der Ägypten zur Rivalin, zur führenden Macht des Ostens am römischen Mittelmeere erhoben hat.

Doch Octavian stellt sich tot. Langsam und bedächtig und ängstlich zögert er noch, trotz dieser Räubertat an Roms Größe, trotz der Beleidigung und Kränkung, die der Hochverräter seiner Schwester und ihm angetan hat.

Seine Pläne reifen langsam. Nur in Dingen der Erotik und seiner Sinne ist er ein Mann impulsiven Handelns. Er erwartet seine Zeit. Noch ist sie nicht gekommen.

Doch schon dämmert der Tag des letzten Entscheidungskampfes herauf zwischen ihm, der die alte Herrschaft Roms, den Westen, verkörpert, und dem Manne, der Kleopatra, das Symbol des anstürmenden Ostens, in Hirn und Herzen trägt.

Aber noch ist die Herrin Groß-Ägyptens nicht befriedigt. Mehr noch kann der Augenblick hergeben. Sie fordert Antonius zum Manne. Sie ist nicht gesonnen, neue Fährnisse seiner Geilheit und Charakterschwäche zu riskieren. Ihr Verlangen bedeutet die öffentliche Scheidung von Octavia, die ihm in diesen Tagen eine Tochter geboren hat.

Antonius wagt Widerstand. Er hat die Frau, die ihm nur Gutes erwiesen hat, schon zu schwer gekränkt. Eine Regung letzten Anstandes hält ihn zurück. Er vertröstet Kleopatra. Nach dem Partherzuge, vor dem Triumphe und dem Einzug in Rom mit ihr als Königin der Welt, wird er Octavia den Scheidebrief senden und Kleopatra ehelichen. Er weicht aus, bedeutet, dass er, durch diese letzte Brüskierung Octavias und ihres Bruders, ihr hohes Ziel gefährde. Jetzt belebe Octavia noch Hoffnung auf seine Wiederkehr. Jetzt halte sie noch Octavian von Gewalttat zurück. Doch wenn er ihr die letzte Hoffnung auf Wiedervereinigung raube – – Er könne unmöglich, mit Octavian als offenem Feind im Rücken, gegen die Parther ziehen.

Kleopatra muss sich fügen. Ihre politische Einsicht gibt ihm recht. Sie kennt die Psyche Roms nicht, wie er, weiß nicht, dass keiner wagen wird, einem Manne, der gegen den Erbfeind, die Parther, zieht, in den Rücken zu fallen. Sie vertagt ihre persönlichen Wünsche und treibt mit aller Verbissenheit ihrer nimmermüden Energie zum Aufbruch.

Durch Sieg und Triumph über die Perser soll der Weg frei werden zum Weltkönigtume, von dem sie schon in ihren jungen Tagen geschwärmt und geträumt hat mit dem einzigen wahren Geliebten ihrer Seele, dem großen Gajus Julius Cäsar.

XIX.

Das größte römische Heer, das je im nahen Orient gestanden hat, zieht Antonius zusammen. Noch ist er Triumvir, noch unterstehen seinem Kommando die östlichen Provinzen des Reiches mit ihren Garnisonen. Er befiehlt sie an den Oberlauf des Euphrat.

Zeugma ist der Truppensammelplatz. Kleopatra begleitet Antonius dorthin, wohnt der Parade über die Armee bei, die das Perserreich und Indien erobern wird. Sechzigtausend Mann römische Infanterie, zehntausend Mann römische Kavallerie, dreißigtausend Mann Hilfstruppen, Reiterei und Fußvolk, von denen der verbündete König von Armenien, Artavasdes, die Mehrheit stellt.

Mit alter Erfahrung und Umsicht trifft Antonius die Vorbereitungen, befeuert von Liebe, beseelt von dem demütigen Wunsche, der geliebten Frau endlich die Erde zu Füßen zu legen. Ohne Bombasterei, ohne große Worte und Prahlerei sorgt er für Verpflegung, Nachschub, gewaltiges Belagerungsgerät. Nur einmal sagt er kindlich vertrauend: »Unter Cäsar habe ich in Spanien manches geleistet, bei Philippi habe ich gesiegt – trotz der Belastung mit Octavians Unfähigkeit. Ich werde auch diesmal siegen.«

Sie zweifelt nicht. Nach der Niederwerfung der Parther will sie ihn in Indien treffen. Mit ihrer Flotte dort den Sieger begrüßen.

Ein Beben erschüttert den Osten, als dieses Riesenheer sich in Bewegung setzt. Bis in das tiefste Indien hinein greift die Panik. Ein zweiter Alexanderzug! Der größte lebende römische Feldherr, der Schüler Cäsars, Marc Anton, der noch nie geschlagen worden ist, rückt zum Angriff auf den Orient aus. Die gesamte Welt lauscht auf. Rom jubelt. Die Schmach, die ihm Antonius soeben durch die Machterhöhung Kleopatras angetan hat, ist vergessen.

Octavian zittert. Er weiß, dass seine Stunde geschlagen hat, wenn Antonius von diesem gigantischen Unternehmen siegreich heimkehrt nach Bestrafung der Parther, der gefährlichsten Feinde Roms, der einzigen, die, trotz aller Versuche, nie bezwungen worden sind. Doch jetzt sind ihm die Hände gebunden. Jeder Partherzug ist in Rom die populärste Tat.

In Zeugma trennen sich Kleopatra und Antonius. Erst beim Abschied wird sie weich und weiblich. »Glück und Erfolg, mein Imperator«, flüstert sie an seinem Munde, »du weißt, was für uns von deinen Waffen abhängt!«

Sie blickt ihm in die Augen, in die Seele, wie sie ihn einst angesehen hat, als sie den großen Königsgedanken in ihn säte.

»Alles ist für dich«, stammelt er hingerissen wie damals. »Du bist bei mir, draußen, überall. Darum werde ich siegen.«

Er will schnell siegen, rasch zu ihr zurückkehren. Jede Stunde fern von ihr ist seiner heißhungrigen Leidenschaft eine unerträgliche Qual. Nie hat er ein Weib so schmerzlich gefoltert entbehrt. Er lebt nur noch in ihr, durch sie. Ohne sie ist er nichts, eine haltlose leere odemlose Hülle. Solange er ihre Nähe genoss, war er umsichtig und überlegt. Jetzt geht er in Überstürzung vor, um bald wieder bei ihr zu sein. Nur siegen, nur den Krieg rasch abtun, nur ihr nicht lange fernsein! Die Hast und Ungeduld seines rasenden Verlangens betäubt den Feldherrn, die Glut seiner kopflosen Sehnsucht erhitzt jede kühle Vernunft.

In Eilmärschen zieht er durch den nördlichen Teil Mesopotamiens, durch Armenien. Phraata, die Hauptstadt der Parther, ist das Ziel. Eintausendfünfhundert Kilometer liegt es fern, Gebirge, unwirtliche Gegend gilt es, zu durchmessen. Es geht Antonius zu langsam. Die Wege sind schwierig, von Straßen ist nicht die Rede. Die schweren Belagerungsmaschinen, darunter ein Sturmbock von achtzig Fuß Länge, behindern den Vormarsch. Kurz entschlossen lässt er alles Gerät zurück. Nur vorwärts, vorwärts – nach Indien! Dort harrt seiner dann die kleine Königin!

Zwei Legionen und die Hilfstruppen des Armenierkönigs Artavasdes lässt er zum Schutz der Maschinen zurück. Mit dem Gros rückt er vor, dem Siege und seiner Liebe entgegen. In Gewaltmärschen gelangt er mit der erschöpften Armee vor Phraata.

Mit dem Fall dieser Feste ist der Krieg gegen die Parther entschieden. Dann liegt das wehrlose Indien offen vor ihm da. In Phraata ist die Familie des Königs und die Hauptarmee.

Er umzingelt die Stadt. Doch diese Zyklopenmauern rennt keine Hast und keine Liebesleidenschaft nieder. Zu ihrer Bezwingung bedarf es der letzten technischen Vollkommenheiten, der besten Schleudergeschütze, Katapulte, Sturmböcke. Vergeblich berennt er heldenmütig die Bollwerke. Umsonst führt er, auf einem rasch aufgeworfenen Damm, persönlich die Truppen zum Sturm. Er erreicht nichts, als grausame Verluste.

Inzwischen hat der Partherkönig Phraates mit einer zweiten Armee die zwei römischen Legionen und die Hilfstruppen, die zum Schutz der Maschinen zurückgeblieben sind, angegriffen. Der Armenier Artavasdes begeht sofort Verrat, geht zu den Parthern über. Die Legionen werden von der Übermacht bis auf den letzten Mann niedergemetzelt, das kostbare Kriegsgerät wird zerstückelt.

Eine schwere, verblüffende Niederlage der römischen Macht im Osten. Indien atmet auf. Die Welt stutzt. Antonius ist also nicht unbezwinglich! Kleopatra in Alexandrien ergrimmt. Sie geht wieder mit einem Kinde des Antonius schwanger.

Sie verzagt nicht. Noch ist nichts Entscheidendes geschehen. Die Hauptarmee unter Antonius steht intakt vor Phraata. Bald wird es fallen. Dann ist Sieg und Heil!

Doch Phraata fällt nicht. Es hält sich, unerschüttert von den blutigen römischen Stürmen. Und schon naht ein neuer Feind von außen. Der Hunger. Antonius hat in der Eile seines Vorrückens jede Notwendigkeit verabsäumt. Keine Verbindungslinien befestigt, keine Etappe eingerichtet. Die Rationen werden knapp, Nachschub gibt es nicht. Und schon zieht Phraates mit seiner siegreichen Armee gegen die Belagerer heran.

Da sucht Antonius die Entscheidung in offener Feldschlacht. Lässt ein Belagerungskorps zurück und wendet sich gegen Phraates. Durch List zwingt er ihn zum Kampf. Tut, als rücke er aus. Zieht an dem Heere des Königs vorüber. Die Parther zaudern. Sollen sie wirklich ohne weiteren Kampf siegen?

Da plötzlich schwenkt die römische Kavallerie gegen sie ein. Im Nu ist sie an den parthischen Reihen, haut auf sie ein. Vergeblich ist alle parteiische gefährliche Bogenkunst. Der Feind ist plötzlich zu nah heran, die Pfeile sind nicht mehr zu brauchen. Alles flieht in wirrem Entsetzen.

Unerbittlich setzt Antonius ihnen nach. Fünfzig Stadien verfolgt die Infanterie, dreimal so weit die Reiterei den fliehenden Feind.

Sieg! Sieg – und Kleopatra! Jubelt Marc Antons Herz.

Doch als man sich wieder sammelt und Tote und Verwundete des Feindes zählt, packt den Imperator bleiche Verzweiflung. Achtzig Tote, etliche Hundert Verwundete, dreißig Gefangene sind das Ergebnis des glorreichen Tages! Mutlosigkeit befällt alle. Antonius umkrallt erstes Ahnen der unentrinnbaren Niederlage.

Er geht nach Phraata zurück. Stürmt eroberungsbesessen von Neuem. Der Proviant geht aus. Die Soldaten murren. Die Verluste sind entsetzlich, der Magen knurrt, und jeder Legionär weiß, ohne Belagerungsmaschinen ist alles Blutvergießen vergeblich. Sie meutern. Antonius, bisher ihr vergötterter Liebling, lässt in der Raserei der Not den zehnten Mann niederstechen. Kein probates Mittel, die Stimmung im Heere zu bessern.

Immer wieder stürmt er seinen Truppen voran gegen die trotzigen Mauern der Stadt. Alles steht für ihn auf dem Spiele: Ehre, Liebe, Ruf, Zukunft, der große heilige Königsgedanke der Welt. Soll alles hier vor diesen Wällen verbluten?! Keinen Schritt gelangt er vorwärts. Schon rückt Phraates von Neuem heran.

Und jetzt naht der frühe Winter dieser hohen Gebirgsgegend. Das ist das Ende!

Antonius sucht nur noch das Gesicht zu wahren. Knüpft Verhandlungen mit Phraates an, sucht ihn unter ehrenvollen Bedingungen zum Frieden zu bewegen. Nur den Rücken frei haben! Nur weiterziehen können nach Indien, wo Kleopatra ihn erwarten wird!

Phraates lehnt zynisch jede Verhandlung ab.

Jetzt ist das grause Spiel zu Ende. Verloren. Antonius bricht die Belagerung ab. Zieht zurück nach Westen, nach Mesopotamien, nach Syrien, zum Meere. Es wird ein Rückzug, wie ihn nur Einer noch einmal erlebt hat. Napoleon 1812.

Über vereiste Gebirgspfade, in dichtem Schneegestöber, von Hunger zermürbt, vom Feinde, der jeden Weg und Steg kennt, in Scharmützeln, Überfällen, Hinterhalten Tag und Nacht bedrängt und verfolgt, schleppt sich die »größte Armee des Ostens« dem Meere zu. Nur Trümmer gelangen zurück, elende, zerfetzte, zerfrorene, gespenstische Reste.

Ein einsamer, verlorener, geschlagener, verfemter Mann kommt in dem Dorf Leuke Kome, nördlich der Stadt Sydon an. Antonius meidet aus Scham den großen Ort. Er verkriecht sich in dem einsamen Dorfe am Meer. Er weiß, sein Geschick hat sich vor Phraata erfüllt. Nie wird er im Triumphe die geliebte Frau als Königin in Rom einführen. Die Gelegenheit ist verpasst, der große Plan zerschellt.

Er sitzt am Meere, zerbrochen, und denkt an Selbstmord. Doch die Liebe in ihm ist stärker als die Schande und Schmach. Er weiß, er muss leben, leben und seine kleine, grausam enttäuschte Königin schützen. Wenn er nicht mehr ist, wird Rom, wird Octavian sofort über sie herfallen, Rom und die Schwester an ihr zu rächen. Nichts ist heute am Tiber, nach dem Misslingen des Partherzuges, volkstümlicher, nichts wird den Schleicher ruhmvoller zum Nationalhelden krönen, als die Vernichtung der Frau, die einst die Damen Roms empört, die Cäsar in den Tod getrieben, die sich auf Kosten des Reiches eine Großmachtstellung am Mittelmeere – Roms Meer – hat schenken lassen. Ein Jubelschrei würde diesen Krieg begrüßen, der höchste Triumph, die letzte Erhöhung dem Sieger Octavian zufallen.

Nein, niemals! Lieber dieses verfehlte, zerborstene Leben weiterschleppen, lieber die blutige Demütigung tragen, nach so vielen hochstürmenden Hoffnungen als Besiegter vor Kleopatra zu treten. Er darf nicht in den leichten, gefälligen Tod fliehen, er muss ausharren, das Geliebteste auf dieser Welt zu schützen und zu verteidigen gegen Rom und Octavian.

Es ist ein armseliger Beschützer und Verteidiger, der in Leuke Kome auf die blauen Wasser des Meeres hinausstarrt. Er bricht von den Strapazen des Feldzuges, den Erschöpfungen, Nöten, Erregungen schlaff zusammen. Er hat nur einen Gedanken: Kleopatra. Er, der Retter, fühlt sich ohnmächtig und hilflos wie ein Kind. Er weiß, es genügt, dass er lebt, um Rom und den Enkel des Wucherers in Schach zu halten. Trotz seiner Niederlage ist er noch eine gefährliche Drohung. Aber, wie soll er von hier fortkommen nach Alexandrien? Er sendet einen Boten, einen letzten Getreuen, der zu ihm stößt, nach Ägypten. Fleht die Königin an, zu kommen, mit Kleidern, mit Geld, mit Schiffen. Ruft nach ihr, wie ein verirrtes Kind nach der Mutter schreit.

Kleopatra zögert. Sie ist zerschmettert. Sie hat längst die Unheilspost erhalten. Hiobsbotschaften reisen schnell. Sie weiß, der große Plan ihres Lebens ist an den Mauern von Phraata zersprungen. Sie wütet in Zorn und Verachtung gegen den Mann, der ihr das angetan hat. Sie wütet gegen sich ob der Dummheit, dass sie alles auf diesen Toren, diesen unfähigen, groben Stümper gesetzt hat. Sie antwortet nicht, kommt nicht. Grübelt, sucht neue Wege zu dem Ziele, das sie nicht aufgeben kann, solange noch ihr Atem geht. Ihr ganzes Sein und Denken und Wollen ist in diesem Königstraum ihrer Jugend verrankt und versponnen. Nie mehr kann sie davon loskommen. Sie lässt den Flehenden in Leuke Kome verzweifeln.

Doch eine Andere lässt ihn nicht in seinem Unglück verkommen. Octavia trotzt allem, der Schande, dem Bruder, der Kränkung. *Sie* eilt aus Rom herbei. Hat alles, was sie an Geld und Gut zusammenscharren kann, bei sich, will ihm helfen, ihn trösten, bei ihm sein in seinem Unglück. Alles, was er an ihr gesündigt hat, ist vergessen. Nur ihre Liebe zu ihm lebt und handelt.

Kleopatra hört es. Und erwacht. Nein, das soll nicht geschehen! Zu der Niederlage noch die Schmach, dass die Römerin ihr den Mann nimmt. Diesmal für immer. Ihr Frauenstolz und Ehrgeiz kann diesen zweiten Raub des Geliebten nicht hinnehmen. Sie hat den kürzeren Weg nach Leuke Kome. Ihre Flotte liegt schlagfertig bereit – zur Fahrt – ach, zur Fahrt nach Indien.

Es ist ein Wettrennen der beiden Frauen nach dem kleinen »Weißen Dorf« an der syrischen Küste.

Kleopatra gewinnt es. In gut gespielter Gnade begrüßt sie den Besiegten. Tröstet, tut, als sei ein geringes Unheil geschehen. Flößt dem Gebeugten neuen Mut ein, gibt die Zukunft nicht preis. Will ihn mit allem Zauber und aller Kunst ihres Wesens halten gegen die andere. Entlockt ihm ein Schreiben, das sie durch Eilboten Octavia entgegenschickt.

In Athen erreicht sie dieser Brief, der ein herrischer, schonungsloser Befehl zur Umkehr ist. Fassungslos, verstört, von Scham zerrissen, kehrt die beleidigte, ver scheuchte, verschmähte gütige Helferin nach Rom zurück. Voll Spott und Hohn empfängt sie der Bruder. Doch die Schmach der Schwester, die bloßgestellt ist vor der Sensationsgier Roms und der Welt, wühlt in seinem Gemüte und lauert auf Rache – Rache.

Antonius ist nur noch eine Marionette in Kleopatras Hand. Sie plant von Neuem. Sie beugt sich keinem Schicksal, lässt sich auch vom schwersten Unglück nicht niederwerfen. Mit der Eroberung Indiens und seiner sagenhaften Schätze, mit dem Triumph und der Krönung in Rom ist es vorläufig vorbei. Das sieht sie ein. Den Königsgedanken aufgeben, verzichten auf den Lebensplan kann und will sie nicht.

Doch sie ist älter geworden – so alt! Denkt sie bisweilen. Sie hat Beschränkung und Verzicht gelernt. Sie greift nach dem Nächsten, Erreichbaren. Wenn kein Triumph in Rom, dann Triumph in Alexandrien. Rom, dem Osten, der Welt zeigen und beweisen, dass man noch lebt, noch unerschüttert aufrecht steht, nicht klein beigibt, noch lange nicht, trotz der Niederlage, von der Rom in Zorn und Schmerz, die übrige Erde in geheimer und offener Schadenfreude widerdröhnt. Vor dem Westen mit der Macht und der Pracht des Ostreichs paradieren, bis endlich doch die Zeit beider Reiche anbricht!

Triumph in Alexandrien!

»Triumph?«, fragt betroffen der niedergebrochene Mann.

»Ja.«

»Über wen Triumph? Über was Triumph?« stammelt er ohne Begreifen.

»Über die Armenier«, entgegnet sie bündig.

»Die Armenier?!«

»Haben sie dich nicht in der bittersten Not verraten? Ist ihr König Artavasdes nicht mitten im Kampfe zu den Parthern übergegangen? Hast du nicht durch ihren Abfall all dein Kriegsgerät und damit den Krieg verloren? Soll dieser Schimpf ungerächt bleiben? Strafe sie, vernichte sie. Es ist ein Kinderspiel. Zieh' Truppen zusammen. Mein Heer, meine Flotte steht dir zur Verfügung. Blende die Welt. Feiere über diese Verräter einen Triumph, wie er nie gefeiert worden ist.«

Er will unterbrechen. Sie winkt ihn zum Schweigen. Fährt seherhaft fort:

»Streu der Welt Sand in die Augen. Sie sieht immer nur das Blendwerk, denkt nie an die Gründe. Sieht nur die Gegenwart, vergisst sehr rasch das Vergangene. Raff dich auf. Handele.« Übertragung der nebenstehenden Urkunden

Geschrieben in Alexandreia am 23. Oktober 5. v. Chr.

Der Freigelassene Quintus Caecilius Kastor hatte von seinem Patron Quintus Caecilius Oinogenes den Auftrag erhalten, dem alexandrinischen Bürger Himeros 5 Sklaven als Geschenk zu überbringen. Beim Schiffstransport waren diese Sklaven irrtümlich auf den Namen des Kastor eingetragen worden; 4 davon lieferte Kastor dem Himeros, gemäß dem Auftrage, kostenlos aus; für den fünften dagegen ließ er sich von Himeros 1200 Silberdrachmen bezahlen. Als sich die Sache aufklärte, musste er den Betrag erstatten; in der vorliegenden Urkunde bescheinigt Himeros dem Kastor, dass er keine Ansprüche mehr an ihn habe.

Geschrieben in Alexandreia zur Zeit des Octavian.

Ehevertrag zwischen der alexandrinischen Bürgerin Isidora und dem alexandrinischen Bürger Dionysios. Der Ehemann bestätigt den Empfang der Mitgift, nämlich Frauenkleidung im Werte von 100 Silberdrachmen, goldene Ohrringe und 60 Silberdrachmen bar. Er verpflichtet sich, seine Ehefrau zu nähren und zu kleiden, gut zu behandeln und keine andre Frau ins Haus zu bringen, im Falle der Übertretung 150% der Mitgift zu erstatten. Die Ehefrau dagegen soll das Haus ihres Mannes ohne seine Zustimmung nicht verlassen und mit keinem anderen Manne verkehren, sonst verliert sie die Mitgift.

Es ist ein Befehl.

Er sinnt, grübelt, der Kopf, der nie leicht war, ist ihm zentnerschwer. Doch er sagt zu allem ja. Er ist nur noch ein Werkzeug in ihrer energischen kleinen Faust. Eine große, ungeschlachte Riesenpuppe. Er kann die Niederlage seines Heeres und seines Stolzes nicht verwinden. Sie nagt an seinem Lebensmark. Etwas in ihm, das Schönste, ist zersprungen: sein naiver, kindlicher Glaube an sich.

Immer wieder meint er, in ihren grünen Augen den kalten Schimmer der Verachtung zu sehen. Immer wiederholt er die Worte, mit denen er in Leuke Kome, tief geneigt die Stirn, vor sie getreten ist:

»Ich habe dich zu sehr geliebt. Mich so sehr nach dir gesehnt. Hatte nur den einen Gedanken: wieder bei dir zu sein. Durch meine allzu große Liebe beging ich Fehler auf Fehler.«

Sie hat kein Wort erwidert. Aber immer liest er von ihrem beredten Munde die nie gesprochene Schmähung: »Du heilloser Narr!«

Er bricht gegen die Armenier auf. Es ist kein Krieg, es ist ein Raubzug gegen ein ohnmächtiges Land. Artavasdes wird gefangen, das Land verwüstet, kein Tempel, kein Heiligtum verschont.

Und dann feiert Antonius seinen Triumph in Alexandrien.

<h2 style="text-align:center">XX.</h2>

Etwas Ungeheueres, nie Gewesenes ist dieser Triumph. Nie zuvor hat einer anderen Stadt als Rom die Ehre und das Recht zugestanden, Triumphe über unterworfene Völkerschaften zu feiern. Rom ist die Herrin der Erde, ihm allein ist alles Untertan.

Antonius – und vor allem Kleopatra – wissen, dass sie mit dieser vermessenen Siegesfeier in Alexandrien Rom tödlich beleidigen, dass sie die Stadt am Tiber damit entthronen, ihr den Rang und die Würde der Metropole der Erde rauben. Ihre Tat bedeutet Absetzung Roms, die Erklärung Alexandriens zur Hauptstadt der Welt. Ihre Tat bedeutet Krieg.

Das Gepränge, das die kühnen Revolutionäre zur Schau stellen, ist der welthistorischen Bedeutung des Geschehens ebenbürtig.

Es ist ein sonniger, klarer, warmer Tag. Von der See weht die erfrischende alexandrinische Brise. Den Zug eröffnen römische Legionen. Dann folgt Antonius im purpurnen Triumphatorenmantel, auf goldenem Wagen von vier arabischen Schimmelhengsten gezogen. Ihre bebenden, feuchten Nüstern sind blutigrot. Dicht vor seiner Karosse schreiten gebeugt unter Ketten und Schmach der Armenierkönig Artavasdes, sein Weib, seine Söhne. Dann naht die lange Prozession der Gefangenen. Hinter ihnen klirren die Wagen mit den geraubten Kostbarkeiten, den goldenen Götterbildern der entweihten Tempel, allem Reichtum des ausgeplünderten Landes. Wieder römische Infanterie, ägyptische Truppen, östliche Kontingente.

Das leicht empfängliche Mischvolk Alexandriens staunt und tobt und feiert. Nie hat es dergleichen in seinen Gassen geschaut. Durch die breite Prachtstraße der Stadt ergießt sich der Zug. Geschrei, Winken, Rufe, Stolz umbrandet ihn. Jeder Grieche, jeder Ägypter, jedes Halbblut fühlt, jeder erkennt die Ehrung und Erhöhung seiner Vaterstadt. Immer haben sie Rom beneidet und verachtet. Was ist das ungesunde, alte, rückständige, winklige Rom gegen ihre gesunde, vorwärtsstürmende moderne Stadt! Nun hat Alexandrien, weithin sichtbar, den ersten Platz erobert unter allen Städten der Erde.

Am Grabmal des Gründers, am Sema Alexander des Großen, schreitet der Zug vorüber, an den weißen Kolonnaden des Gymnasiums, die zu summenden Bienenkörben voll brodelnden, staunenden Menschenschwärmen geworden sind, an den ragenden Säulenhallen des Museums hin zum Serapeum.

Hier harrt Kleopatra des Triumphators von ihren Gnaden. Der Hof, die Geistlichkeit, der Adel ihres Reiches umsteht sie prunkend und würdevoll. Auf silberbeschlagener Plattform erhebt sich ein Thron aus eitlem Golde. Starr sitzt sie in der buntschillernden heiligen Tracht der Isis. Sinnverwirrend farbenreich ist das Gewand, weil der Göttin Macht und Hoheit alles umfasst. Licht ist sie und Finsternis, Tag und Nacht, Feuer und Wasser, Leben und Tod, der Anfang und der Untergang. Alles Wirken und Sein der Göttin ist in ihrem kostbaren Kleide symbolisiert.

Am Serapeum hält der Zug. Antonius verlässt den Wagen. Und wie er bei einem Triumphe in Rom im Tempel Jupiters an der Via Sacra das Dankopfer dargebracht hätte, bringt er hier dem Obersten der Götter, Serapis, das Weihgeschenk dar.

Zu dem goldenen Throne der Königin führt Antonius jetzt die gefangene Königsfamilie. Kleopatra gebührt in seinem Herzen der Triumph, sie will er vor aller Welt ehren und verherrlichen. Zu ihren Füßen will er alle Pracht und allen Glanz dieses großen Tages niederlegen. Vor ihr soll der gefangene König, der Verräter, sein Weib, seine Söhne sich in den Staub neigen, vor ihr sollen sie auf die Knie fallen, ihr reuevoll huldigen.

Doch das Festprogramm wird zerfetzt von dem Mute dieser Königsmenschen. Artavasdes, ein großer Dichter seiner Zeit und Sprache, verweigert den sklavischen Gruß. Auch seinem Weibe, seinen Söhnen vermag keine Drohung die stolzen Nacken zu beugen.

Das Volk murrt, Antonius tobt berserkerhaft, das alte Ungestüm braust noch einmal in ihm empor bei dieser öffentlichen Beleidigung seiner geliebten kleinen Königin.

Kleopatra rettet die fatale Lage. Sie lächelt. Laut sagt sie: »Führt sie hinweg. Die Königin ehrt diesen Königsstolz.«

Das Volk jubelt ihr gerührt zu. Den Gefangenen wird heute kein Haar gekrümmt. Heute! Erst später rächt Kleopatra die Kränkung durch geheimen Meuchelmord, Artavasdes wird vom Henker erwürgt.

Doch heute herrscht nur Jubel. Ganz Alexandrien wird öffentlich gespeist. Die Stadt ist eine riesige Galatafel. Am Abend rufen Herolde hoch zu Roß zum Höhepunkt des Festes. Zu der weiten Spiel- und Turnrasenfläche des Gymnasiums strömt die neugierig-heitere Menge. Ein Schauspiel bietet sich ihnen hier, wie es noch kein Volk der Erde gesehen hat.

Auch hier ist eine silberne Estrade aufgeschlagen. Auf ihr stehen sechs goldene Throne, zwei große, vier kleinere, die auf sechs Könige harren. Sechs Könige werden sich dem Volke von Alexandrien zeigen.

Alles harrt voll Verwunderung und Spannung. Sechs Throne? Sechs Könige?!

Da erscheinen sie. Tusch! Jubelgeschrei wettert gegen die Mauern des Gymnasiums. Jetzt begreifen alle. Ja, sechs Könige! Voran schreiten unter den Klängen der Militärkapellen Kleopatra und Antonius. Sie trägt die Tracht der Pharaonen mit der hohen, blauen Mütze und der Uräusschlange. Antonius ist in römischer Galauniform. Hinter ihnen folgen die vier Kinder der Königin. Drei von ihnen stammen aus Marc Antons Blut.

Das Volk wird taumelig vor Freude, brüllt jauchzend seiner Königsfamilie zu.

Cäsarion, jetzt ein schöner, schlanker Knabe, verblüffendes Ebenbild seines großen Vaters Julius Cäsar, trägt den römischen goldenen Panzer. Alexander- Helios, der Knirps, schreitet kindlich stolz daher in medischer Kleidung, der hohen Tiara, dem Kopfputz der alten persischen Könige, und der Kitaris. Neben ihm trippelt die kleine Zwillingsschwester Kleopatra-Selene. Sie führt Ptolemäus, das jüngste Kind der Königin und ihres Geliebten, an der Hand. Das Knäblein kann kaum gehen, stolpert auf seinen versuchenden unsicheren Beinchen dahin. Dieses Würmchen stolziert einher in einer winzigen Chlamys, dem Mantel der Mazedonier und dem Kausias, dem Schmuck der indischen Herrscher, um den eine Krone gewunden ist. Ein fantastischer Maskenzug, der aber voll wohlverstandener Symbolik ist und sehr tiefer Bedeutung.

Die sechs Könige setzen sich auf die Throne. Der Sturm der Begeisterung verebbt. Die Militärmusik bricht ab. Antonius erhebt sich. Ein Abglanz der Schönheit und Kraft von ehedem verklärt ihn heute. Die Frauen brechen in helle spontane Laute der Bewunderung aus. Kleopatra lächelt kaum merklich, zynisch und wissend und verächtlich. Sie weiß, was hinter dieser Prachtfassade steckt. Eine Puppe, ihre Puppe.

Endlich kann der Imperator sprechen. Seine Kommandostimme schallt laut über den Platz und die Menschen hin:

»Volk von Alexandrien! Ich erkläre hiermit eure geliebte Königin zur ›Königin der Könige‹.« Jauchzen. »Ich bestätige ferner hiermit feierlich die Schenkungen, die ich eurer Königin gemacht habe und erkläre sie zur Königin von Ägypten, Cypern, Afrika und Kölesyrien.« Endloser Jubel.

Dann wendet Antonius sich gegen Cäsarion.

»Volk von Alexandrien, hier seht ihr den einzigen und echten Sohn des göttlichen Gajus Julius Cäsar.« Ein Orkan tobt zu den goldenen Thronen empor, dass der kleine Ptolemäus vor Angst zu weinen beginnt. Ein Blick aus den zündenden Augen der Mutter erstickt die Tränen.

»Ihm allein gebührt alle Macht Roms als Erbe seines erhabenen Vaters. Ich erkläre hier vor aller Welt feierlich, es hat ein Testament Cäsars bestanden, das ich selbst mit meinen eigenen Augen gesehen habe – ich beschwöre es vor den Göttern –, in dem Cäsarion zum Alleinerben Cäsars eingesetzt war.«

Eine Stille des Entsetzens. Dieses kluge, politisch geschulte Volk Alexandriens begreift, dass der schöne große Mann dort eine Kriegserklärung gegen Rom schmettert. Octavians einzige Rechtfertigung ist Cäsars Testament. Auf ihm ruht seine Stellung und seine Macht. Ohne dieses Testament ist er der Sohn eines kleinen zweifelhaften Provinzbankiers.

Dann gellt es aus hunderttausend Kehlen zum Himmel empor. Der Sohn ihrer großen kleinen Königin ist der Herr von Rom! Ist Gebieter des römischen Imperiums!

Dieser Knabe Cäsarion, den sie alle kennen, der unter ihnen aufgewachsen ist, ist Herr der Erde!

Sie jubeln ihm zu, heil Cäsarion, heil Cäsar! Sie fragen nicht, was aus diesem Heilstestamente geworden ist. Kleopatra weiß es jetzt. Antonius hat es ihr hörig verraten.

Alexander-Helios ernennt er zum König von Armenien, Medien, dem Lande der Parther, das demnächst erobert werden würde. Ptolemäus wird König von Phönizien und Syrien.

Jede kühne Monarchenernennung wird von einer Orgie des Beifalls aufgefangen, prasselt in Sturzwellen der Zustimmung gegen die Mauern des Gymnasiums. Die beschenkten Kinder küssen die Eltern. Das Volk fällt auf die Knie vor dieser mächtigen Familie von Königen.

Das Reich des Ostens ist begründet. Alles, was je Ägypten, was je Alexander der Große beherrscht hat, gehört nun Kleopatra und ihrem Nachwuchs. Manches an diesem Reiche ist nur Ziel und Fantasie. Die Kinder sind zu Herrschern von Ländern erhoben, die noch nicht, noch lange nicht, unterworfen sind. Eins von ihnen hat soeben Antonius blutig heimgesandt. Was tut das ? Wer denkt daran? Der gewaltige Eindruck im Osten bleibt. Und Rom? Rom ist der Fehdehandschuh hingeworfen. Octavians Macht und Stellung ist in seiner Grundlage und Existenzberechtigung angegriffen und erschüttert vor aller Welt. Jetzt muss er sich zum Kampfe stellen oder abtreten.

Kleopatra *will* den Kampf. Will die Entscheidung. Cäsarion ist kein Land des Ostens zugesprochen worden.

Er ist der Herr von Rom. Sie hat durch Marc Antons Mund den Anspruch ihres Sohnes auf Cäsars Reich vor den Ohren der Erde angemeldet. Endlich! Endlich! Worum man sie damals in Rom betrogen hat, das soll nun Recht werden durch Waffen und Gewalt. Die neue Lage erfordert neue Schritte. Der alte Plan ist tot durch die Niederlage im Lande der Parther. Es lebe der offene Krieg um das Recht Cäsars und ihres Sohnes!

Sie hofft auf Sieg. Ihre Flotte ist gerüstet, der römischen überlegen. Orientalische Herrscher, von der Schau geblendet, sind begeistert, hilfsfreudig bereit, für eine Standesgenossin, die Mächtigste unter ihnen, einzutreten gegen die alte Bedrückerin der Erde, gegen die Welteroberin Rom. Noch stehen in den Provinzen Griechenland, Kleinasien, die Antonius beherrscht, Legionen genug. Neue kann er ausheben. Und auf ihrer Seite kämpft das Recht, das Recht Cäsars und seines Sohnes.

Kleopatra drängt zum Entscheidungskampf. Sie begreift jetzt nicht mehr, dass sie ihn nicht von Anbeginn an Marc Antons Seite gewagt hat. Sie vergisst, dass er damals noch zu sehr Römer war, offen die Waffen für sie, die Fremde, die Ägypterin, gegen das Vaterland zu erheben. Vergisst, dass er erst völlig ihr Werkzeug werden musste, ehe er als Werkzeug gegen Rom zu gebrauchen war.

Jetzt ist er soweit. Jetzt hat er ihr den alten Betrug bekannt, ihr gefällig zu sein, ihr eine vernichtende Waffe gegen Octavian in die Hand zu drücken. Sie verachtet ihn und verzeiht. Jetzt kann sie den letzten Kampf wagen um ihren Königstraum von Ost *und* West.

XXI.

Der Kampf bricht los. Octavian, der lang wägende Zauderer, wird von den Ereignissen, die Kleopatra lenkt und Antonius ausführt, fortgerissen. Er kann nicht länger zögern und schwanken. Sturm rast in Rom. Die Anmaßung und Frechheit in Alexandrien ist nicht mehr zu ertragen. Roms Nationalstolz ist getroffen und brüllt nach Rache und Strafe. Octavian muss losschlagen, wenn er nicht als Feigling, der Roms Ansehen und Prestige in den Kot treten lässt, vom Volksunwillen fortgeweht werden will. Wenn er nicht in den Verdacht stürzen will, Dieb zu sein an Cäsarions verbrieftem Recht.

Er schlägt los. Erklärt den Krieg. Kleopatras größte Stunde hat geschlagen. Nicht zu Antonius hat sie Vertrauen, zu sich allein und zu ihrer Klugheit. Antonius ist mehr als je zuvor Schaufigur in ihrer Hand. Er hat keinen eigenen Willen mehr. Lässt sich von ihrer Begeisterung, ihrer Größe, ihrem Siegerwillen, ihrem Elan dahintragen.

Doch an einem Tage wirft er die Bedrücktheit der Niederlage und die Willensschlaffheit seiner Liebe von sich. Eines Tages ersteht in ihm ein matter Abglanz des jungen Antonius aus den römischen Tagen. An jenem hellen Freudentage, an dem die Freunde aus Rom, mächtige Freunde, angesehene Senatoren und die beiden Konsuln dieses Jahres, in Ephesus eintreffen. Die Freunde der Jugend lassen ihn in diesem letzten Strauß nicht im Stich.

Noch ist ihnen seine Kraftgestalt, sein saftiger Humor, die Vergötterung seiner Truppen unvergessen. Heimlich stehlen sie sich aus Octavians Machtbereich, eilen zu Antonius nach Ephesus ins Lager, grimmige Hasser des »Henkers« in Rom.

Ihr Führer ist der Konsul Gnäus Domitius Ahenobarbus, ein Grandseigneur wie Antonius, Spross eines der vornehmsten Geschlechter Roms. An seiner Seite fährt Antonius vom Hafen am Caystrus durch die engen Straßen der alten großen Handelsstadt. Eine Zärtlichkeit zittert in Marc Anton, eine dankbare Freude erweckt die Nähe des Jugendfreundes, ein Gefühl der Geborgenheit und Sicherheit. Rom ist bei ihm in diesem starken echten Römer mit den scharfen kantigen Römerzügen.

Antonius zeigt mit einer vagen Geste hinaus in die Straße, die von Soldaten aller östlichen Nationen wimmelt. Dazwischen klirrt hart der Schritt römischer Abteilungen.

»Alle sind sie auf meinen Ruf gekommen«, sagt er mit leisem kindlichen Stolze.

Domitius nickt kurz. Seine klugen, stahlharten Augen prüfen das Soldatengewühl. In dem Nicken ist Abwehr. Er will in seiner Beobachtung nicht gestört sein. Nur ab und zu streift sein Blick den Freund, der alt geworden ist, älter als seine Jahre. Sein Haar ist grau, fast weiß. Die Züge schwammig.

Dann schaut er wieder in den Strom der Straße. Aus Asien und Afrika sind die Könige und Fürsten der Größten unter ihnen zur Hilfe gegen Rom herbeigeeilt. Der Herrscher Mauretaniens, Bocchus, der Fürst Ziliziens, die Könige von Paphlagonien, von Comagene, die trazischen Autokraten Sadalas und Rhömetalces, der König von Galatien.

Die Truppen aller dieser Dynasten drängen sich in den engen Gassen, dazwischen die Marinesoldaten und Matrosen Ägyptens, alle Idiome Asiens und Afrikas schwirren auf. Eine Völkerwanderung zu dieser Küstenstadt Kleinasiens hat eingesetzt. Auf den zahlreichen Palästen und den öffentlichen Gebäuden wehen die Flaggen, glänzen die Hoheitszeichen aller orientalischen Regierungen.

Aufmerksam lauscht und sieht der Römer. Hinter ihm folgen in prächtigen Karossen seine Gefährten aus Rom.

Im alten Königsschlosse selbst, in dem Kleopatra und Antonius wohnen, ist ihnen Quartier bereitet.

»Wir wollen sofort unsere nächsten Schritte beraten«, schlägt Domitius Ahenobarbus vor.

Antonius stimmt bereitwillig zu.

»Um zehn Uhr Kriegsrat«, lautet die Parole für die römischen Gäste.

Im großen Audienzsaale des Palastes haben die Herrn sich eingefunden und harren ihres alten Freundes Antonius. Da werden die Flügeltüren von dem Eunuchen Potheinus aufgerissen, mit seiner Weiberstimme kräht er in den Saal: »Kleopatra, die Königin der Könige! Der Imperator Marcus Antonius.«

Die Römer blicken sich verdutzt an. Sie haben gewusst, es auch an den vielen Hundert ägyptischen Kriegsschiffen im Hafen erkannt, dass Kleopatra mit Antonius im Bunde ist, wie die anderen Könige und Fürsten des Orients. Doch dass sie persönlich in Ephesus weilt, ist ihnen neu und überraschend. Dass sie aber in diesem römischen Kriegsrat erscheint, ist ihrem Stolze unerträglich. Für sie ist sie, aller Freundschaft und Kameradschaft zu Antonius zum Trotze, die »Ägypterin«, die Fremde, die Geliebte Cäsars, die große Dirne des Ostens. Weiter nichts. Und dann – was hat ein Weib im römischen Kriegsrat zu schaffen?!

Unklar, nebelhaft spuken diese abwehrenden Gedanken durch jeden der hochragenden Römerköpfe. Doch den Senatoren bleibt keine Zeit zur Beratung, zur Verständigung. Der zeremoniellen Ankündigung folgen die Angemeldeten. Im ägyptischen Königsgewande tritt Kleopatra ein. Hinter ihr schreitet, irgendwie klein und nichtig, irgendwie nur Gefolgsmann, eine Kränkung für jeden Römer, Antonius.

Jetzt erst fällt den Senatoren auf, dass an der Spitze des Beratungstisches ein Thronsessel steht. Sie haben ihn bisher kaum beachtet, für den Sitz des Präsidenten des Konsiliums gehalten. Auf ihn geht Kleopatra rasch zu, mit sicheren Schritten, trotz ihrer Kleinheit hoheitsvoll und gebietend in jeder Bewegung. Sie nimmt Platz, eine Königin, die Audienz erteilt. Die Türen des Saales werden geschlossen.

Einige der römischen Herren haben sich unwillkürlich vor der Majestät ihrer Erscheinung verneigt. Nicht Domitius Ahenobarbus, nicht die anderen Aufrechten. Steif und feindlich haben sie diesen pompösen Einzug der Ägypterin verfolgt. Jetzt steht Antonius an ihrer Seite. Und plötzlich, unbegreiflich, ist er Römer vor diesen

Römern, fühlt und empfindet er, versteht er fast die Feindschaft der Freunde gegen die geliebte Frau.

Mit einer Stimme, die jede Zuversicht verloren hat, die leise vibriert, ruft er: »Die Königin Kleopatra entbietet euch ihren Gruß. Kommt herbei, ihr Freunde, dass ich euch der Königin vorstelle.«

Keiner rührt sich. Trotzig, mit verschlossenen Gesichtern, stehen sie da. Kleopatra lässt ihre grünen Augen über die stumme, feindselige Gruppe gleiten. Nichts bewegt sich in ihrem Antlitz. Ist sie überrascht? Hat sie eine freudige Begrüßung der Freunde ihres Freundes erwartet? Oder hat sie in ihrer untrüglichen Witterung die Gegnerschaft geahnt, will sie ihren Platz unter ihnen ertrotzen?

Antonius verliert die Fassung. Hilflos ruft er: »Komm doch her, Domitius, und begrüße die Königin!«

Von dem Platz aus; an dem er steht, sagt Ahenobarbus, ohne sich zu verneigen, mürrisch und schroff: »Sei gegrüßt – Kleopatra.« Er verweigert ihr, absichtlich, markant den Titel »Königin«.

Die anderen folgen seinem Beispiel. Jeder grüßt sie nur mit dem Namen. Antonius ist ratlos vor Bestürzung über die Beleidigung. Kleopatra bewahrt die königliche Haltung. Verneigt sich artig auf dem Throne gegen jeden, der ihren Namen nennt und sie ungezogen begrüßt. Dann sagt sie lächelnd, als merke sie nichts: »Nehmt Platz, meine Freunde. Lasst uns gleich in die Beratung eintreten.«

Alle blicken auf den Erlauchtesten von ihnen, den Konsul Domitius. Er zögert. Dann zieht er laut polternd einen Stuhl heran und setzt sich. Die andern tun das Gleiche. Oben an der Spitze des Tisches, zur Seite Kleopatras, nimmt Antonius Platz. Seine Bewegungen sind nervös und fahrig.

Rasch nimmt Kleopatra das Wort, reißt sofort die Führung der Verhandlung an sich. Sie ist nicht gewillt, die Leitung der Operationen, die bisher in ihrer Hand lag, abzugeben.

»Meine Freunde«, beginnt sie mit ihrer zwitschernden Stimme, der die langen Jahre nichts von ihrer Süße geraubt haben, »ich will euch zuerst berichten, welche Hilfsmittel und Truppen uns zu Gebote stehen. Da sind zunächst die neunzehn römischen Legionen. Unsere Flotte verfügt einschließlich der Transportfahrzeuge über achthundert Schiffe, davon zweihundert ägyptische Kreuzer. Ferner besitzt das Heer einen Kriegsschatz von zwanzigtausend Talenten [2] aus den ägyptischen Schatzkammern. Auch hat der ägyptische Staat die gesamte Verpflegung des Heeres übernommen und garantiert.«

Sie will diese arroganten Herren gründlich darüber belehren, wer sie ist und was ihr Land für diesen Krieg leistet. »Ferner haben wir – –«

Da ruft der Konsul Gnäus Domitius dazwischen: »Was bedeutet dies alles, Marcus Antonius? Sind wir hier zu einem Kriegsrat der Senatoren versammelt oder um uns die Prahlereien einer orientalischen Dame anzuhören?«

Kleopatra erbleicht. Das gewollte, gefällige Lächeln, mit dem sie diese feindlichen Männer gewinnen will, ge-

---

² Etwa 80 Millionen Goldmark.

friert. Um den Tisch der Senatoren knistert Beifall und Schadenfreude. Domitius hat ihnen allen aus der Seele gesprochen. Sie fühlen sich beleidigt und gedemütigt unter dem dreist angemaßten Vorsitz einer Frau, dieser übel beleumundeten, in Rom verhassten Frau.

Antonius stiert geistlos drein. Er ist aus allen Himmeln seines Glückes gestürzt. Er hat heute eine Freude erlebt, wie nicht mehr seit Jahren. Die alten Freunde haben sich um ihn geschart. Und was tun sie –?! Erst verweigern sie seiner Königin ihren Titel. Und nun fallen sie gar, gleich nach ihrer heißersehnten Ankunft, mit Schimpf her über sie, die nur ihr Bestes will. Warum beleidigen sie so grob und unflätig das Feinste und Edelste, das diese Erde trägt?

Er begreift es nicht. Ist ins Mark getroffen. Springt aber instinktiv, mit der Unfehlbarkeit der Liebe, für sie ein.

»Domitius«, flüstert er schreckgelähmt, »wie darfst du es wagen, Kleopatra zu schmähen! Sie ist die mächtigste Herrscherin des Ostens und die wertvollste Bundesgenossin unseres Kampfes!«

Gajus Sosius, der zweite Konsul dieses Jahres, ein umgänglicher, feister, gemütlicher Mann, sucht zu vermitteln. »Wir erkennen willig und dankbar den Wert der Hilfe an, den Kleopatra unserer Sache leistet. Aber auch die übrigen Fürsten, die Hilfstruppen herbeigeführt haben, sind wichtig. Dann wäre es nur recht und billig, dass auch sie an unserem Kriegsrate teilnehmen.«

Einige stimmen zu. Rufe werden laut: Man hole sie herbei! Doch Domitius spricht eisig, alle übertönend in das Stimmengewirr: »Ich weigere mich, unter dem Vorsitz eines Weibes zu beraten.«

Jawohl! Unerhört! Unmöglich! Schallt es wider aus dem Kreise der Senatoren. Auch Sosius, der Vermittler, stimmt jetzt zu. Alle wehren sich gegen diese Schmach.

Antonius fühlt die Stimmung der anderen wie eine Erinnerung aus jungen Tagen. Auch er hätte als Cäsars Legat nicht mit einem Weibe zusammen Kriegsrat gehalten. Was gilt eine Frau in Rom! Und eine fremdländische! Ihr Vorsitz im Rate ist ihnen ein Schlag ins Gesicht. Er weiß es plötzlich. In seinen Adern rumort und pulst das lange unterdrückte Römerblut.

Doch er liebt diese Frau kritiklos. Er kann nicht ertragen, dass man ihr wehtut. Er will und muss sie schützen. Sie schweigt und blickt auf ihn. Er sieht sie nicht an. Er schämt sich schmerzlich der Freunde, die sie so empörend behandeln. Doch er fühlt ihren fordernden Blick auf sich brennen.

»Freunde«, ruft er verzweifelt, »wisst ihr nicht, dass die Königin von Ägypten in diesem Kampfe eine andere Rolle spielt als die anderen Fürsten? Es ist ihr und Cäsars Sohn – –«

Da schreit einer beißend dazwischen: »Ihre vielen wechselvollen, privaten Beziehungen interessieren uns hier nicht!«

Die Senatoren nicken Zustimmung.

Jetzt flammt Antonius auf: »Schämt euch, eine wehrlose Frau zu beleidigen!«

»Die Frau ist nicht wehrlos!« höhnt ein anderer.

Nun erhebt sich Kleopatra. Völlig beherrscht sagt sie: »Marc Anton, ich kann mich des Eindrucks nicht erwehren, dass diese Herrn nicht wissen, mit und vor wem sie sprechen. Bitte, kläre sie auf.«

Damit geht sie. Die Römer bleiben auf ihren Sitzen. Keiner rührt sich zum Gruße. Auch sie grüßt nicht. Geht erhaben und gelassen zur Tür. Von dem Aufruhr und der Angst in ihrem Herzen loht kein Flackern in ihre Züge. Keiner ahnt, was in ihr vorgeht. Dass sie fürchtet, jetzt, im letzten Augenblick, könne alles zusammenbrechen, das Hoffen und Planen eines langen Lebens; sie könne beiseite gestoßen werden, jetzt, da die Erfüllung am Horizonte flammt.

Sie weiß, wie leicht verführbar, leitbar Antonius ist. Ihre Schenkel sind schwach vor Furcht und Not. Doch keiner merkt es. Hoch aufgerichtet, ohne Schwanken geht sie zur Tür. Antonius eilt ihr nach, will sänftigen, beschwichtigen, trösten. Doch sie weist ihn mit den Augen von sich. Er allein sieht das angstvolle Bangen in den geweiteten Pupillen. Ihre Verstörtheit schneidet ihm ins Herz.

»Dort ist dein Platz«, flüstert sie ihm zu, zeigt mit dem Blick in den Saal und geht.

Verloren steht er an der Tür, schwankt, ob er Kleopatra nach dieser unerhörten Beleidigung gehen lassen darf, ob er ihr nicht folgen, sich zu ihr bekennen, die Freunde verlassen, ihnen den Rücken kehren muss, bis sie die Schmach, die sie der armen hohen Frau angetan haben, sühnen durch Abbitte, Entschuldigung, Unterwerfung.

Da legt eine starke Hand sich ihm schwer auf die Schulter. Die Stimme des Domitius Ahenobarbus raunt dicht an seinem Ohr: »Lass sie gehen, Marcus. Wir haben mit dir zu sprechen.«

Die Sitzung ist aufgeflogen. Alle umdrängen ihn, Worte, Mahnungen, Beschwörungen schwirren auf, prasseln nieder auf sein verwirrtes Haupt. Der Konsul Domitius ergreift das Wort. Alle verstummen ehrfürchtig. Er ist der anerkannte Führer.

»Schäm' dich, alter wackerer Marcus«, sagt er sanft und eindringlich vorwurfsvoll. »Denk' daran, wer du einmal in Rom warst! Was du warst! Der starke Mann von Rom bist du gewesen. Willst du jetzt ein Jammerkerl sein, der an den Schürzenbändern einer Ausländerin hängt!«

Alle summen Beifall. Antonius will etwas erwidern, will die Geliebte verteidigen, ihnen von ihrer Energie, ihrer Einsicht, ihrem politischen Genie künden. Doch die Worte versagen sich ihm. Er findet nicht den rechten überzeugenden Ausdruck. Auch spricht Domitius schon weiter.

»In Rom erzählt man sich die schimpflichsten Dinge über sie. Es mag dir wehtun, es zu hören. Aber es geht hier um Rom und seine Existenz. Von den Dingen, die man über ihr Privatleben munkelt, will ich schweigen. Doch sie soll öffentlich geäußert haben, sie – sie, diese Ägypterin! –« Die ganze Verachtung des Römers gegen eine minderwertige Rasse häuft er auf dieses Wort – »werde bald auf dem Kapitol Recht sprechen!«

Heftig anschwellendes Murren der Entrüstung.

»Sie – auf dem Kapitol! Auch flüstert man in den Gassen der Stadt, du stündest völlig unter ihrem Einfluss und führtest diesen Krieg nur für sie, nur um sie zur Königin Roms zu erheben.«

Er macht eine Pause der Verachtung, ehe er fortfährt.

»Wir, die wir dich kennen, haben diese unsinnigen Gerüchte als das gebrandmarkt, was sie sind: Ausgeburten des Wahnsinns. Sosius ist am 1. Januar im Senat öffentlich mit seinem Ansehen als Konsul für dich und deine lautere Gesinnung eingetreten, hat diesen albernen Tratsch in das Reich böswilliger, von Octavian verbreiteter Fabeln verwiesen. Ich gebe dir mein Wort, Marcus, wir haben es nicht geglaubt, haben alles für elende Verleumdung gehalten. Wir bildeten uns ein, dich und dein Römertum besser zu kennen. In den wenigen Stunden, die wir hier in Ephesus sind, hat uns Zweifel ergriffen.«

Er hebt Stille gebietend die Hand. Die andern haben Zustimmung geäußert.

»Überzeuge uns, Marcus, dass wir recht hatten. Dass wir nicht für eine unlautere Sache eingetreten sind. Wir sind gekommen, mit dir gegen Octavian zu kämpfen. Er will sich zum Herrn von Rom aufschwingen. Wir kämpfen mit dir für die alte Republik. Man kämpft für die Republik Rom nicht unter der Führung einer orientalischen Monarchin. Sie kann Hilfsdienste leisten, wenn sie will. Als Bundesgenossin ist sie uns willkommen – wie die anderen. Die Führung aber haben wir Republikaner allein.«

Alle spenden Beifall. Antonius schweigt. Domitius schließt: »Wir brauchen in Rom eine gute Stimmung.

Wenn man dort hört, diese Fremde sitzt in unserem Rate, führt darin den Vorsitz und das große Wort – dann wird das Gerücht zur Wahrheit, dann ist es eine verdammte Weibersache, die wir führen, eine schmutzige Bettangelegenheit, die uns alle entehrt.«

»Bravo!« braust es auf. Wieder will Antonius entgegnen, ihnen zuschreien, dass diese Frau keinen Mann, keine Sache entehren kann. Dass sie hoch über ihnen allen steht an Adel der Gesinnung, an Ehrenhaftigkeit, an geistiger und seelischer Größe. Doch wieder fehlen ihm die Worte, weil er, trotz aller Liebe, fühlt, dass er mit dieser Verteidigung den Kern der Sache nicht trifft. Ehe er sich zur Erwiderung aufgerafft hat, nimmt ihm Domitius die Möglichkeit. Schonungslos stellt er das Ultimatum.

»Wir sind herbeigeeilt, mit dir gegen Octavian zu kämpfen. Wir wollen es auch jetzt noch. Aber unter einer Bedingung: Du schickst noch heute die Ägypterin in ihre Heimat zurück!«

Sosius nickt. »Gut!« erhärten die andern.

»Unmöglich«, stammelt Antonius mit Lippen, die weiß sind vor Entsetzen. Das hat er nicht erwartet. Das nicht! Er steht und glotzt auf die Freunde, auf die er sich mit der Zärtlichkeit eines Jünglings gefreut hat. Was muten sie ihm da zu? Kleopatra fortschicken! Seine kleine geliebte Königin fortjagen wie einen lästigen Dienstboten! Unmöglich. Wahnwitz. Kleopatra fortschicken! Kleopatra! Es ist doch *ihr* Krieg, die mit allen Sinnen ersehnte Erfüllung *ihres* heiligen, gewaltigen Lebensplanes!

Das darf er ihnen nicht sagen. Nein, nein. Darf ihnen nicht verraten, dass es der Krieg um die Königskrone Roms und des Westens der Erde ist. Er muss sie täuschen, muss sie verraten. Er *muss!* Muss sie im Irrtum halten über die letzten Ziele dieses Kampfes.

Er hat geglaubt, sie wüssten, ahnten wenigstens nach allem, was im Osten geschehen ist, worum dieser Krieg gegen Octavian geht. Meinte, der Triumph von Alexandrien habe laut und deutlich genug gesprochen. Und sie kämen dennoch, ihm zu helfen, Cäsars Königstraum zu erfüllen.

Aber nein, sie sind sture, starre Republikaner. Sie hoffen auf ihn als Republikaner gegen die Herrschergelüste Octavians! Ein wirres Netz von Verkennung, Täuschung, Irrtümern! Doch er darf nicht die Schleier lüften, darf sich nicht die Wahrheit entschlüpfen lassen. Darf mit keinem Worte andeuten, dass dieser Krieg nur für Kleopatra geführt wird, dass er für sie Krönung ihres Lebens ist.

Und er soll sie fortschicken in dieser Entscheidungsstunde ihres Daseins? Nein, nein. Es saust in seinem Hirn. Er muss die Freunde hinhalten. Sie weiter täuschen. Später wird sich alles einrenken. Wenn er König von Rom ist, wird er sie mit Dank und Gunstbezeugungen überschütten, ihnen ihre glaubensstarke Treue vergelten. Gewiss. Sicher. Aber Kleopatra fortschicken!

Unmöglich. Auch seinetwegen unmöglich. Er kann ohne sie nicht atmen, nicht leben. Er windet sich in Unrast und Verzweiflung. Er stottert ausweichend: »Freunde, wir brauchen ihre Flotte. Wir können Kleopatra nicht vor den Kopf stoßen. Wir brauchen ihre Millionen –«

Die Römer lachen großartig. »Soll sie ihre Flotte ruhig mitnehmen! Auch mit sechshundert Schiffen sind wir Octavian überlegen. Ihr Geld? Sie hat sich doch zum Bündnis mit dir verpflichtet. Sie kann den Vertrag nicht nach Belieben brechen. Gib den Legionen Befehl, sich der Kriegskasse zu bemächtigen.«

»Nein, nein«, wehrt Antonius außer sich. »Ihr wisst nicht, wie ich zu ihr stehe – seit Jahren –, ich kann gegen sie nicht Gewalt anwenden!«

»Deine intimen Verhältnisse scheren uns nichts!« fegt Domitius den Einwand barsch und grimmig beiseite. »Wir sind gekommen, für die Republik zu kämpfen. Weiter interessiert uns nichts. Nichts!« wiederholt er.

Jedes Wort ist ein Stich in Marc Antons Brust. Er fühlt sich als elender Verräter an den treuen Freunden seiner Jugend, an seiner Jugend selbst.

»Du hast zu wählen zwischen ihr und uns.« Das sagt der sanftmütige Gajus Sosius.

Antonius fasst sich an den Kopf, wühlt in den noch immer üppigen Locken. Sie sind weiß geworden auf dem Rückzuge aus dem Partherlande. Die Freunde sollen nicht gehen! Sie dürfen nicht von ihm gehen. Es ist ihm, als weiche mit ihnen die letzte Kraft aus seinem Marke. Es ist, trotz allem, brüderlich traut und heimatlich in ihrer Mitte. Es tut so wohl, das alte, ehrliche, harte Rom um sich zu fühlen, hier in der fernen Fremde.

Da vermittelt Sosius wieder. »Ich begreife«, beginnt er milde, »dass es dir – undenkbar erscheint, die Frau zu verjagen. Wir müssen mit den Verhältnissen rechnen, die wir nun einmal vorfinden, Freunde.«

»Unsinn«, lehnt Domitius ab.

Doch unbeirrt spricht Sosius fort: » *Ich* verstehe das Empfinden unseres Marcus. Aber eine Frau – mag sie sein, wer immer – gehört nicht in ein Feldlager. Das mag bei Barbaren Brauch sein. In Rom ist es mit Fug und Recht niemals Sitte gewesen.«

»Allerdings nicht!« wird sekundiert.

»Nach dem Kampf mag sie wieder zu dir kommen. Das ist deine Privatangelegenheit.«

»Wohl doch nicht ganz!« wehrt Domitius.

»Lass ihn doch. Wozu Unnötiges fordern! Aber bis Octavian niedergezwungen ist, muss sie vom Heere fort.«

Antonius hat sich in einen Sessel geworfen. Die Ellbogen auf die Tischplatte gepflanzt, den Kopf in den Handflächen, sucht er des Chaos in seinen Gedanken Herr zu werden. Er ist nicht mehr gewohnt, selbstständig zu denken und zu entscheiden. Kleopatra hat seit Langem für ihn gedacht und entschieden. Er kann das Wogen der Unentschlossenheit in seinem Hirn nicht meistern. Er fühlt nur, er kann die Freunde nicht von sich lassen und nicht die Frau.

Hinter ihm tuscheln und flüstern sie. Der Vermittlungsvorschlag des Konsuls Sosius findet nach und nach Anklang. Mag er später tun, was er will, der verliebte Tor! Sie hoffen, er wird dann die Kraft haben, sich aus dieser verderblichen Affäre zu lösen. Er wird die Ägypterin vergessen, wenn er erst von ihr fern, ihrem Einfluss entzogen ist. Er ist ja nicht grade die Treue selbst, der gute Marcus. Hat Kleopatra schon einmal in Rom verraten und die Octavia geheiratet. Nur ihn erst einmal von diesem gefährlichen Weibe loseisen.

Sosius tritt zu dem gebeugten, ringenden Mann am Tische.

»Es ist doch nur eine Trennung auf kurze Zeit«, tröstet er. »Eine Notwendigkeit des Krieges. Die Stimmung in Rom ist für uns ebenso wichtig wie die Armee hier. Auch sie kämpft für oder gegen uns. Du schadest dir und uns unermesslich mit dieser Frau im Lager. Wirklich. Lass sie auf einige Zeit verschwinden.«

Alle umringen ihn, reden mahnend, anspornend auf ihn ein. Er weiß im Grunde seines Gemütes, sie haben recht. Er klammert sich in der Not seiner Liebe und seines Gewissens an den Vorwand, dass ihre Gegenwart der gemeinsamen Sache, ihrer und seiner, schade. Es ist ja nur zu ihrem eigenen Besten, zum Besten ihres, mit ihrem Blute getränkten Lebensplanes, wenn sie geht – auf ganz kurze Zeit natürlich nur. Vor dem Triumphe wird er sie holen. Mit ihr in Rom einziehen. Er verrät sie doch nicht. Kein Gedanke! Es ist nur für die gemeinsame große Sache.

Er sieht mit einem Male eine Möglichkeit. Weh wird es ihr tun. Furchtbar weh! Aber für die große gemeinsame Sache muss es geschehen. Er will – ihretwegen – für ihren Königstraum des Westens – die Trennung, die unerträgliche, – tragen. Er wird ihr alles vorstellen. Ihre

Klugheit wird sofort die unentrinnbare Notwendigkeit erfassen.

Langsam steht er auf. Stützt sich schwer auf den Tisch. »Ihr habt recht, Freunde«, nickt er matt. »Ich werde es ihr sagen. Sie muss bis zum Siege nach Ägypten gehen.«

»Bravo«, dankt ihm Sosius. »Wir wussten, wir kennen unseren alten, ehrlichen Marcus!«

Die anderen fallen ein, schütteln ihm frohlockend und anerkennend die Hand.

Da tritt Canidius Crassus in den Beratungssaal.

XXII.

Canidius Crassus ist der älteste Freund Marc Antons. Sie sind zusammen aufgewachsen, haben alle Dummejungenstreiche gemeinsam verübt, haben Seite an Seite unter Cäsar gedient. Auf keinen hält Antonius größere Stücke als auf ihn. Auch bei den anderen Senatoren steht er in Ansehen wegen seiner politischen Schlauheit und seines angenehmen, gefälligen Wesens.

Dass er sich dem Zuge nach Ephesus weder aus Freundschaft für Antonius, noch aus Feindschaft gegen Octavian angeschlossen hat, sondern aus sehr persönlichen Gründen, ahnt keiner. Er hat stets über seine Verhältnisse gelebt, Unsummen mit Frauen, mit Frauen erster Familien, vergeudet. In diesen Zeiten allgemeiner Verarmung sind zahlungslustige Freunde in Rom rar. Es hat Canidius gut geschienen, auf einige Zeit aus dem Gesichtskreise seiner ungebärdigen Gläubiger zu verschwinden.

Den Anfang der Sitzung hat er verpasst. Unpünktlichkeit ist seine zuverlässigste Eigenschaft. Seine Toilette erfordert stets viel Zeit. Er ist ein Stutzer, ein sehr hübscher, das muss man ihm lassen, selbst heute noch an der Grenze der Fünfzig. Ein sehr gepflegter, vornehmer Herr.

Auf dem hastigen Weg zu der Sitzung begegnet er im Korridor des Palastes einer Dame. Einer fantastisch, mit seltsam theatralischem Kopfschmuck bekleideten Dame. Als er an ihr zögernd vorbeieilt, mustert sie ihn auffällig und sonderbar. Er ist es gewöhnt, von Frauen liebevoll und aufmerksam gemustert zu werden. Es ist ihm nichts Neues. Aber diese reizende, kleine, zierliche – nicht mehr ganz junge – Frau mit der drolligen hohen Mütze hat etwas Fremdes, Hoheitsvolles, Bizarres, das ihn überrascht und anzieht.

Er bleibt stehen, schaut ihr nach. Auch sie hat den Schritt verlangsamt, schielt nach ihm aus wunderbar kristallhellen grünen Augen zurück. Hallo, er hat, wie immer, Eindruck gemacht! Kurz entschlossen macht er kehrt. Canidius Crassus lässt eine solch seltene Lockung nicht ungeprüft an sich vorüber.

Er geht, eitel lächelnd, näher. Wohl irgendeine vornehme, liebeshungrige Eingeborene dieser exotischen Gegend. Da – sapperment! Er erkennt sie. Das ist doch die Geliebte des alten Cäsar, die er oft genug in Rom gesehen hat. Das ist doch Kleopatra! Die ist hier? So – so! Freilich, freilich. Antonius hat ja mit ihr dieses vielbeschnüffelte Verhältnis. Kleopatra macht ihm verliebte Augen!

Er steht vor ihr. Sie hat sich wartend ihm voll zuge-
wandt.

»Sei gegrüßt, Königin!« lächelt er devot und vertraulich.

»Sei gegrüßt, Senator!« lächelt sie zurück.

Heilige Venus, die Frau kann lächeln!

»Würdest du mir wohl einige Minuten schenken?«

»Stunden!«, erwidert er scherzhaft.

»Folge mir.«

Er folgt. Donnerwetter, denkt er eingebildet, die be-
rühmteste Frau der Erde vergafft sich in dich im Vo-
rübergehen! Allerdings, mit dem braven Antonius
nimmt man es jetzt noch lange auf. Viel ist nicht mehr an
ihm. Enorm gealtert.

Canidius stelzt wie ein geblähter Hahn neben der kleinen Frau dahin. Sie kommen in ihre Gemächer. Sie ver-
scheucht die Dienerinnen. Legt den Kopfschmuck ab
und flüstert mit Charmion. »Für keinen zu sprechen!
Hörst du, keinen!« Sie bietet dem Gast einen Sessel an.
Er wartet höflich, bis sie sitzt. Dann eröffnet er routiniert
das Schäferstündchen.

»Viel schöner und verführerischer bist du jetzt noch, als
damals in Rom, Königin.«

»Ach«, lächelt sie ihr kokettestes Lächeln – » *die* Zeiten
sind lange vorbei.«

Er widerspricht leidenschaftlich und rückt, wie im Eifer
seiner Widerrede, näher an sie heran. Sie weicht nicht
zurück. Ihre Knie berühren sich.

»Es ist seltsam«, raunt sie versonnen, »dass ich gerade dir begegnen musste.«

»Weshalb seltsam?«

»Auch ich habe dich in Rom gesehen«, gesteht sie bedeutungsvoll.

»Du erinnerst dich meiner?!«, ruft er geschmeichelt.

Sie schweigt, nur die Augen sprechen, verraten lange verborgene Gefühle.

»Wo hast du mich gesehen?«, will er berauscht wissen.

Aufs Geratewohl lügt sie: »Im Gefolge Cäsars.«

»Das weißt du noch?!«

Seltsam! Seltsam! Freilich, Canidius Crassus vergisst keine Frau so leicht.

Sie nickt. Ihre Augen lechzen nach ihm, als hätten sie diese letzten langen Jahre nach ihm gehungert.

»Und schon damals –?« Er traut dieser treuen, geheimen Liebe doch nicht recht. Fasst ihre Hand. Sie ist heiß von der Erregung im Kriegsrate. Er deutet die feuchte Wärme ihrer Hand persönlicher. Er kennt das. Er hat in vielen Frauengemächern gesessen und schwüle Frauenhände gehalten. Er zieht Kleopatra an sich. Sie widerstrebt nicht. Der Duft ihres noch immer tiefschwarzen Haares, ihr diskretes Parfüm verwirren und reizen ihn.

»Das Glück ist auch diesmal gegen uns«, schluchzt sie.

»Gegen uns?!«

»Man will mich aus Ephesus verjagen.«

»Wer will das?!«

»Alle. Ich komme aus dem Kriegsrat. Sie haben mich dort hinausgewiesen.«

»Wer hat das gewagt?!«

»Domitius Ahenobarbus, Gajus Sosius – alle.«

»Und Antonius?!«

Sie verzieht bitter spöttisch den Mund und sagt nur: »Antonius!« Dieses eine Wort ist ein Schrei der Verachtung.

Er begreift. Eine Ruine, dieser Mensch. Er hat es gleich bei der Begrüßung am Hafen heute Morgen bemerkt. Ein Schwächling. Nichts für diese sinnenstarke, köstliche Frau. Er begreift. Sie verachtet ihn. Sie ist längst fertig mit ihm.

Und da platzt es in seinem verschlagenen Kopfe auf. Beim Zeus, eine Chance! Eine unerhörte, unerträumte Chance. Ungeahnte Möglichkeiten. Diese Frau hungert nach einem *Manne*. Hier sitzt ein Mann. Sie liebt ihn seit langen Jahren. Jetzt glaubt er es fest und zuversichtlich. Das Geschick hat sie zusammengeführt, gerade in diesem Augenblicke, in dem ihr ein Mann und ein Helfer bitter not tut. Wenn er klug und vorsichtig ist – König von Ägypten kann er werden – Antonius war ja auch so etwas Ähnliches – konnte aber nicht heiraten, weil er die Dummheit mit Octavia begangen hat. Heiliger Castor, welche Perspektiven! Die Gesichter seiner Gläubiger möchte er mal sehen, wenn ihr bedrängter Schuldner plötzlich auf dem Thron der Pharaonen sitzt!

»Ich werde für dich eintreten«, ruft er heroisch. »Dich fortjagen! Solch eine Frechheit. Lass mich nur machen.«

Er springt auf. Auch sie erhebt sich, tritt dicht an ihn heran, lehnt sich hilflos an ihn und raunt: »Alles würde ich dafür hingeben, wenn ich hierbleiben dürfte.«

»Du wirst hierbleiben«, versichert er, hingerissen von seinen Hoffnungen. Ein Thron winkt einem Bankrotteur.

Sie wird deutlicher. »Nicht nur meine alte – – Freundschaft wird dir dankbar sein –« ein betörender Augenaufschlag –, »alles, was ich besitze, wird dem Manne zu Füßen liegen, der mir die Erlaubnis der Senatoren bringt, in Ephesus zu bleiben.«

Er reißt sie überwältigt an sich, küsst sie und stürmt, ihren Kuss wie eine Flamme auf den Lippen, davon.

Er tritt in den Kriegsrat. Man begrüßt ihn mit gutmütig wohlwollendem Spott.

»Spät, wie immer! Dafür sieht er aber auch aus wie der leibhaftige Adonis! Hast allerlei versäumt, mein Lieber. Kleopatra hat sich den Vorsitz hier im Kriegsrat angemaßt. Wir haben sie in ihre Schranken zurückgewiesen. Eben hat Antonius eingewilligt, sie aus dem Lager zu entfernen.«

»Kleopatra aus dem Lager entfernen?!« heuchelt Canidius bestürzten Unglauben.

»Ja«, sagt Domitius.

»Aber seid ihr denn allesamt toll geworden!«, übertreibt Canidius seine Entrüstung.

»Du gebrauchst starke Ausdrücke«, verweist Domitius streng und hochfahrend.

Die andern drängen heran. Von Crassus, der klug und meist herzlich teilnahmslos ist, haben sie keine Schwierigkeiten erwartet. Antonius bleibt außerhalb des verblüfften Kreises. Seine Gedanken sind schmerzvernebelt.

»Ich begreife euch nicht. Wie kann man so töricht übereilt handeln! Wir sind doch auf den Beistand dieser Orientalen angewiesen!«

»Weshalb?«, fragt Sosius verdrießlich.

»Weil die neunzehn Legionen Marc Antons allein zu schwach sind. Deshalb.«

»Kaum«, schnaubt Domitius, erbittert über diesen verspäteten jähen Widerstand.

»Ich halte diese Brüskierung der Königin für eine bodenlose Dummheit – ich verstehe sie überhaupt nicht. Wegen einer Lappalie – Vorsitz angemaßt! Lächerlich! – sich Tausende von hilfsbereiten Bundestruppen zu verscherzen.« Sein blinder Eifer nimmt dem liebenswürdigen Manne jede Verbindlichkeit. »Denn dass diese orientalischen Herrschaften sich alle in der Mächtigsten von ihnen, in Kleopatra, empfindlich beleidigt fühlen werden, ist euch doch wohl allen klar.«

Die empörte Stimme fängt Marc Antons Aufmerksamkeit ein. Er tritt näher.

»Die Sache ist entschieden«, will ihm Domitius das Wort abschneiden. »Wir können unmöglich die Frage noch einmal aufrollen und diskutieren, bloß weil einer von uns geruht, eine Stunde nach Anfang der Beratung zu erscheinen.«

Die anderen Senatoren billigen eifrig die Entscheidung.

Doch Canidius Crassus lässt sich mit diesem mageren Argumente nicht abspeisen. Ein Königsthron steht auf dem Spiele.

»Die Sache scheint mir wichtig genug, zweimal beraten zu werden«, erwidert er kalt. »Euer Beschluss ist übereilt, unbedacht und für unsere Sache geradezu eine Katastrophe. Doch ganz abgesehen davon, ist sie auch ein flammendes Unrecht, das *ich* jedenfalls nicht mitmache. Es ist eine Schmach für uns Römer und eine Unritterlichkeit sondergleichen, eine Frau, die soviel zu diesem Kriege beigesteuert hat, ohne jeden triftigen Grund tödlich zu kränken. Und dann –«

»Wir haben vor allen Dingen auf den Eindruck in Rom Rücksicht zu nehmen«, fällt ihm Domitius schneidend ins Wort. » *Der* wäre katastrophal.«

»Lächerliche Übertreibung«, höhnt der geköderte Mann. »Jetzt begreife ich langsam. Also wegen des albernen Geredes in Rom wollt ihr auf viele Tausende tapferer Hilfstruppen verzichten! Mir bleibt der Verstand stehen. Antonius, was sagst denn du dazu? Willst du diese selbstmörderische Unbill gegen eine treue Bundesgenossin zulassen?«

»Ja, er will! Er hat schon eingewilligt!« schallt es triumphierend durcheinander.

»Hm«, macht Antonius. Die Worte eines Römers, eines Freundes, haben ihn in neue Zweifel und Bedenken geschleudert.

»Ich begreife dich nicht!« ereifert sich Canidius und tritt dicht an den Kameraden der Knabenjahre heran.

»Ich kenne Kleopatra nicht persönlich. Aber ich muss annehmen, dass sie durch den langen Umgang mit dir soviel von deinem Geiste und deinem Wesen in sich aufgesogen hat, dass man sie kaum noch als ›Fremde‹ ansehen und behandeln kann. Für mich ist sie, durch die lange – Freundschaft mit dir, fast ein Teil von dir, meinem besten Freunde, geworden. Für mich ist sie eine Römerin!«

Auf diesen Trumpf folgt bestürztes, befangenes Schweigen. Dann rasseln Vorwürfe, Anklagen, Schmähungen auf gegen den Abtrünnigen. Sie begreifen ihn nicht. Aber Antonius begreift ihn. Die grobe Schmeichelei hat bei ihm durchgeschlagen.

Also doch einer der Freunde, der für die arme, gehetzte, geschmähte, geliebte Frau eintritt. Eine Römerin! Wie recht Canidius hat! Natürlich ist sie fast zur Römerin geworden – durch ihn. Daher hat er es auch immer für möglich gehalten, sie zur Königin von Rom zu erheben! Es ist, als zerrissen Dunstschwaden in seinem gequälten Kopf. Befreiung, Erlösung bricht wie Sonne durch die Wolkenmassen in seinem Hirn. Er sieht endlich klar. Steht nicht mehr allein, der einzige Römer gegen alle Römer. Hier ist ein unbefangener, völlig neutraler, unbeeinflusster Römer aus alter Familie, der für die geliebte misshandelte Frau eine Lanze bricht! Er selbst war betört, umnachtet und umnarrt von Jugenderinnerungen und Freundschaftsgefühl. Jetzt sind die Scheuklappen gefallen. Jetzt sieht er das furchtbare Unrecht, das er, übertölpelt, hat begehen wollen.

»Liebster alter Freund«, sagt er erschüttert und fasst Canidius' Hand, »ich danke dir. Du hast uns alle vor einer unauslöschlichen Schande bewahrt. Du hast recht. Du allein.«

Widerspruch loht auf. Doch Antonius übertönt alle andern. »Kleopatra ist auf unserer Seite, wie nur eine echte Römerin sein könnte. Du hast das erlösende Wort gesprochen. Ihr Freunde –« er hat jetzt etwas von der früheren unbezwinglichen Kraft des Wortes und des Wesens – »wir wollen nicht miteinander streiten. Ich bin so glücklich in eurer Mitte. Aber Canidius hat tausendmal recht. Ihr habt mich mit euren Bedenken verwirrt. Sie gehört –«

Domitius, Sosius, alle wollen unterbrechen. Doch nun ist Antonius allen überlegen. Er hat sich gefunden. Der alte Zauber ist über ihn gekommen.

»Nein, nein! Ihr habt unrecht. Die Stimmung in Rom mag wichtig sein. Gebe ich zu, obwohl diese Stimmung selbst eine Kränkung für die Königin ist. Viel wichtiger aber, als die Stimmung in Rom, ist die Stimmung hier im Heere. Denn von ihr hängt die Schlagkraft der Armee ab. Die Stimmung unter den Hilfstruppen, auf die wir, wie Canidius sehr richtig bemerkt hat, angewiesen sind, wäre verdorben, völlig vernichtet, wenn wir die Angesehenste der verbündeten Fürsten entehrend verjagen. Es würde so gedeutet werden, als fühlten wir Römer uns erhaben über die Ausländer. Als nähmen wir ihre Truppen willig an, die Fürsten aber trieben wir dünkelhaft in ihre Länder zurück. Diese Überheblichkeit mache ich nicht mit.«

»Ich auch nicht«, schreit Canidius.

Noch einmal suchen alle mit den alten Gründen zu überreden, zu überzeugen, umzustimmen. Vergeblich. Sie kämpfen gegen Liebe und gegen egoistische Sucht nach einem Königsthrone. Antonius ist nicht mehr zu verwirren. Er kennt endlich wieder seinen eigenen Willen. Er hat einen Römer, den ältesten, vertrautesten Freund, auf seiner Seite.

Und als Domitius ihn abermals vor die Wahl stellt: Sie oder wir, wählt er niedergeschlagen, schmerzlich, doch ohne Schwanken: – Kleopatra.

Am nächsten Tage ziehen die Freunde ab, auf die er sich so herzlich gefreut hat. Sie gehen über zu Octavian. Nur Canidius Crassus bleibt zurück. Antonius ist gebeugt, entmutigt. Doch er weiß, dass er richtig entschieden hat. Was er nicht erkennt, ist: dass er den Orient gegen den Okzident gewählt hat.

XXIII.

Kleopatra ist in gehobenster Stimmung. Sie hat über die eingebildeten, aufgeblasenen Herren von Rom triumphiert. Als schändlich Unterlegene sind sie abgezogen. Sie nimmt diesen Sieg über Rom als gute Vorbedeutung für die nahe Zukunft. Bald wird sie diesen hochnäsigen Herren der Welt zeigen, wer die Herrin der Erde ist.

Antonius sackt nach diesem kurzen, jähen Aufflackern seiner Energie und seines Intellekts wieder schlaff und tragisch in sich zusammen. Es ist, als sei seine bange Vorahnung Wahrheit geworden, als habe er durch den Abzug der Freunde den Zusammenhang mit der alten

Mutterkraft Roms verloren. Er lebt wieder dumpf dahin unter dem zermürbenden Einfluss der Königin.

Sie holt jetzt zu einem neuen Streiche aus. Die Vorgänge im Kriegsrat haben sie gewarnt. Von Canidius Crassus hat sie erfahren, dass Antonius ihrer Vertreibung aus dem Lager beigestimmt hatte, dass er grade noch im letzten Augenblicke diesen Verrat hatte verhindern können.

Canidius hat mit dieser Wahrheit nicht hinter dem Berge gehalten. Warum seine treuen Dienste verkleinern ?!

Sie ist gewarnt. Immer schon hat sie gewusst, wie leicht ihr lieber Antonius zu beeinflussen ist. Nie hat sie ihm die Ehe mit Octavia vergessen, diese Ehe nach dem Winter der Freuden und der Gemeinschaft in Alexandrien!

Mit Recht traut sie ihm nicht mehr. Wer bürgt ihr dafür, dass es nicht noch vor Ausbruch der Feindseligkeiten geheimen Boten Octavians oder Octavias gelingt, den Wankelmütigen abermals umzustimmen? Ihn zu rühren, zu erweichen, zu bewegen, die Waffen nieder zu legen, den Bürgerkrieg zu vermeiden. Schon einmal ist es Octavia gelungen, die beiden Männer zu versöhnen. Antonius ist alles zuzutrauen.

Sie ist nicht gesonnen, ihr Weltkönigstum abhängig zu machen von der Schwäche oder Widerstandskraft des Mannes, für den sie, nach diesem letzten Verrat und dieser treulosen Preisgabe, nichts mehr empfindet, nichts als bitterste Verachtung. Es muss zum unheilbaren Bruche kommen zwischen ihm und Octavian. Zur letzten hassgesättigten Unversöhnlichkeit. Sie muss, da sie nun einmal – leider – denkt sie und beißt sich auf die Unterlippe, dass das Blut hervorspritzt – auf ihn und seine Legionen angewiesen ist – sie muss Octavia aus seinem Leben ausmerzen. Gegen ihre Giftmischer ist die Römerin geschützt und gefeit. Aber gegen ihren, Kleopatras, Einfluss auf ihren Gatten ist sie unbeschirmt.

Es gelingt ihren Bitten, ihren Liebkosungen nach langem Widerstreben Marc Antons. Gelingt ihr erst, als sie Todkrankheit heuchelt und er ihr auf den Rat der bestochenen Ärzte jede Aufregung fernhalten muss. Doch es gelingt ihr, ihn zu bewegen, den Scheidebrief an Octavia zu senden und sie aus seinem Hause in Rom auszuweisen.

Damit ist der Abgrund zwischen ihm und Octavian unüberbrückbar geworden. Deucht sie. Deucht sie auf Tage. Dann überfallen sie neue Zweifel und Ängste. Zuviel, zu Großes, zu lang Ersehntes steht für sie auf dem Spiele. Ihr Lebenswerk hat sie auf dem Menschen aufgebaut, zu dem sie das letzte Vertrauen verloren hat. Tag und Nacht grübelt sie. Und bange Sorgen verscheuchen ihren Schlummer.

Den lästigen Canidius Crassus hat sie rasch und hochmütig abgefertigt. Er war ihr gleichgültig, ein Werkzeug der Minute. Als er seinen Lohn einkassieren will, lässt sie ihm von ihrem Eunuchen einen Beutel mit 250 Goldtalenten überreichen. Es ist ein klägliches Erwachen aus kurzem Traume. Er ist empört ob dieser Bezahlung in bar. Doch dann denkt er an seine Gläubiger in Rom, verbeißt seinen Stolz und seine Schlappe und steckt die runde Million ein. Bleibt im Lager und hofft, wie alle Abenteurer, auf eine günstigere Stunde.

Das Hauptquartier wird nach Samos verlegt, der Insel, die man vom Festlande aus sehen kann. Noch werden auf den Werften Kriegsschiffe gebaut, noch gehen die Rüstungen fort, noch rücken täglich neue Hilfstruppen ein. Das Lagerleben wird einförmig. Es gilt, die Fürsten Asiens und Afrikas bei guter Laune zu erhalten.

Die Insel wird zum Tummelplatz ausgelassenster Belustigung. Aus Theos und Lebedos, aus Athen, aus Kleinasien, von überall her sind Schauspieler, Artisten, Tänzerinnen, Sänger, Gaukler, Possenreißer, Halbweltdamen nach Samos befohlen. Theater, Zirkus, Ballett wechseln mit Banketten, Gelagen, geilen Ausschweifungen. Jeder der Fürsten sucht den andern an Aufwand und Üppigkeit auszustechen.

In guter Laune führt Kleopatra bei allen Festen den Vorsitz, scheinbar der Lustbarkeit mit allen sprühenden, heiteren Sinnen hingegeben. Keiner der Gäste ahnt, dass hinter ihrer schönen, klugen, sorglosen Stirn der umwälzendste neue Gedanke ihres an weittragenden Einfällen überreichen Lebens schwelt.

Sie ist übermüdet. Doch keiner sieht es ihr an. Charmion und Eiras müssen mit Schminken, Farben, Künsten nachhelfen, wie nie zuvor. Frisch und jugendlich thront sie unter den lärmenden Zechern. Keiner weiß, dass sie seit Sonnenaufgang die schwierigste Organisationsarbeit geleistet hat. Alles liegt auf ihren zarten, willensstarken Schultern. *Sie* leitet die Rüstung und Vorbereitung dieses gigantischen Krieges mit zäher Energie und Umsicht. Antonius unterzeichnet, was sie ihm vorlegt. Sie leistet die gesamte geistige Arbeit dieses Kampfes, den sie um die Krone Roms führt.

Stumpf, geistesabwesend sitzt Antonius neben ihr beim Schmause, bei den lasziven Vorführungen.

Die Welt lauscht verdutzt zu der Insel hinüber. Während im Orient und Okzident mit aller Verbissenheit gerüstet wird, während der Erdball von dem unterirdischen Grollen des kommenden furchtbaren Zusammenpralls zwischen Ost und West erzittert und die Menschheit sich vor dem nahenden Sturme angstvoll zusammenduckt, hallt Samos wider von sanftem Flötenklang und Saitenspiel, von Taumel und Orgie, vom Lallen der Trunkenen und dem brünstigen Schrei verbuhlter Liebespaare.

In beklommenem Staunen blickt die Welt auf dieses unverständliche paradoxe Schauspiel.

Dann wird aus Übermut und Leichtsinn blutiger Ernst. Die Armee setzt über nach Griechenland. Auch Octavian rückt nach Brindisi und Tarent. Früher hätte Antonius den Enkel des Wucherers von Velletri ob seiner Stümperei im Kriegshandwerke bombastisch verhöhnt und verspottet. Jetzt ist er selbst zur Prahlerei und Verachtung zu bedrückt und erschlafft.

Sehr rasch reißt der Gegner das Gesetz des Handelns an sich. Mit seiner fliegenden Schwadron, den »Windhunden der See«, unternimmt Octavians Freund Marcus Vipsanius Agrippa, der geniale Admiral, einen Vorstoß gegen Methone. Tut, als suche er einen Landungsplatz für die Hauptarmee, als wolle er ihren Übergang von Italien nach Griechenland decken.

Antonius und Kleopatra fallen auf diese Kriegslist herein. In Eilmärschen rückt Antonius nach Süden gegen den fingierten Feind. Unterdessen setzt Octavian in aller Ruhe und Sicherheit von Brindisi und Tarent, den Sammelplätzen des Heeres, nach Korfu und von dort auf das hellenische Festland über und marschiert durch Epirus auf den Golf von Ambrazia zu, in dem die feindliche Flotte liegt.

Zu spät erkennt Antonius das Scheinmanöver. Hastet zurück, seine Flotte zu schützen. Beide Gegner treffen zur gleichen Zeit an dem Meerbusen ein, Octavian vom Norden, Antonius vom Süden. Hier liegen sich die Heere, fast gleich an Zahl, gegenüber. Die Flotte Agrippas eilt herbei, schließt die Schiffe der Verbündeten im Golfe ein.

So kommt es zu der Schlacht, die von der Geschichte nach der Stadt Aktium an der Südküste der Bucht genannt wird.

XXIV.

Es wird lange und viel Kriegsrat gehalten. Kleopatra führt den Vorsitz und das Wort. Sie rät zur Seeschlacht. Sie will mit der Flotte die Blockade brechen. Sie hat ihre geheimen Gründe.

Das Grübeln, Sinnen und Planen der letzten Wochen ist in ihr zu einer Entscheidung gereift. Sie hat innerlich die letzte kühne, lebensbestimmende Schwenkung gemacht.

Sie ist im Herzen und Verstand zu *Octavian* übergegangen.

Auf zwei Männer hat sie bisher ihren gewaltigen Lebensgedanken getürmt. Cäsar ist gefallen. Zu Antonius hat sie jedes Vertrauen verloren, seit sie weiß, dass er bereit gewesen ist, sie den Freunden und Rom zu opfern und sie aus dem Lager zu jagen. Sie! Nach den langen Jahren des Zusammenlebens, der Leidenschaft, der Verbundenheit des Wollens und Wirkens und Zieles. Und dennoch hat er sie in der entscheidenden Stunde verraten und preisgegeben. Sie aus *ihrem*, ihrem ureigensten Kriege, ihrem Werke vertreiben wollen! Damit ist die Vergangenheit geschändet, jedes Band zwischen ihnen zerrissen und eine gemeinsame Zukunft unmöglich geworden.

Wohl hat sie durch die Scheidung von Octavia den Bruch zwischen Antonius und Octavian unüberbrückbar gemacht. So schien es ihr vor Wochen. Doch was heißt »unüberbrückbar« bei Marcus Antonius, dem Schwächling! Ereignisse sind oft stärker als grimmigste Feindschaft. Wer bürgt ihr dafür, dass die Gegner sich nicht doch nach einer unentschiedenen Schlacht zu Lande versöhnen und vertragen? Bei dem entmarkten, alten, von den Ausschweifungen seiner Jugend entnervten Manne ist alles möglich.

Und was wird dann aus ihr und ihrem Königstume des Westens?!

Sie liegt wach die langen Nächte und grübelt: Und schmiedet die letzte größte Intrige ihres Lebens, einen Verrat und Plan von heroischem Ausmaß, wie ihn nur eine Frau von größtem politischen Genie zu fassen und zu tätigen wagt. Sie setzt, wie sie es immer getan hat, alles auf einen Mann. Ihre Kühnheit und Zuversicht ist ungebrochen, trotz aller Schicksalsschläge, und ihre stupende Energie und Lebenskraft.

Sie weiß, Octavian trachtet nach der Krone. Dann mit ihr! Dieser Gedanke von unerhörter Verwegenheit und Keckheit ist grade wegen seiner ungeheuren Vermessenheit ganz nach ihrem Sinne. Sie kennt aus vielen Erzählungen die impulsive Sinnlichkeit dieses jungen Menschen. Nun, sie weiß, dass sie, trotz ihrer Jahre, noch Männer, grade junge Männer, im Sturme nehmen und betören kann. Sie will alles wagen, um alles zu gewinnen.

Und darum rät sie zur Seeschlacht. Hier ist sie mit ihren gut gerüsteten, flinken, wendigen Kreuzern eine Macht. Von ihrem Landheere hält sie, unbestechlich, wie sie in ihrem Urteile ist, selbst wenig. Aber zur See kann sie Octavian einen untrüglichen Beweis ihrer Anhänglichkeit, ihrer Bundesgenossenschaft erbringen. Hier kann sie vor den Augen Roms und seines Herrn – Antonius offen und unverkennbar verraten und im Stiche lassen.

Sie ficht im Kriegsrat verzweifelt für den weiblichsten und kühnsten Gedanken ihres Lebens und der Weltgeschichte.

Die Römer im Rate, auch Antonius, auch Canidius Crassus, der ihr sonst immer zustimmt, von blassen Hoffnungen verlockt, sind unbeugsam, stehen einmütig schroff gegen sie. Nie ist Rom eine Seemacht gewesen. Seine weltgestaltenden Erfolge hat es zu Lande erfochten. Antonius ist ein altgedienter Landsoldat. Vom Seekrieg versteht er wenig, vertraut den Schiffsplanken nicht. Ein Marinegenie, wie Marcus Vipsanius Agrippa, ist ein erstaunliches, römisches Wunder.

Marc Anton und die Unterführer wollen zu Lande siegen. Hier sind sie zu Haus, hier wissen sie Bescheid. Doch Kleopatra setzt willenszäh gegen Antonius, gegen Canidius, gegen alle ihren Vorsatz durch. Hitzige Debatten glühen auf im Imperatorenzelt. Antonius, der um das Letzte und Äußerste ringt, sucht ihr begreiflich zu machen, dass ein Seesieg den Feind niemals völlig niederringen kann, also vergeblich und zwecklos ist. Man müsse Octavian zu einer Entscheidung in Mazedonien zwingen.

Sie bleibt hartnäckig und fest. Keiner begreift die sonst so kluge, einsichtige Frau. In einer, ihrer letzten, Liebesnacht gewinnt sie Antonius für ihren vernichtenden arglistigen Plan.

Im Morgengrauen des 2. September 31 gibt er plötzlich den Befehl zur Ausfahrt der Flotte. Verzagt, kopfschüttelnd, insgeheim fluchend, führen die Unterfeldherrn den tragischen Befehl aus.

Der linke Flügel geht zuerst vor. Agrippa sieht den Angriff mit heiterer Freude und Ruhe. Nimmt sofort seinen rechten Flügel zurück in die Adria, markiert Angst und Flucht. Will den Feind aus der Enge des Sundes herauslocken, ihn mit seinen raschen Windhunden zu umfassen.

Langsam kommen die hochgetürmten schwerfälligen Kolosse Marc Antons aus dem Meerbusen heraus. Hinter den römischen Schiffen liegt vor Anker die ägyptische Flotte, die Kleopatra selbst befehligt. Sie soll erst später in den Kampf eingreifen mit ihren flinken Rennern und die Entscheidung bringen, wenn der Gegner zermürbt und zum Wanken gebracht ist. Vorläufig soll sie in der Bucht ausharren und scharf beobachten.

Jetzt sind die drei Geschwader Marc Antons vor der Bucht. Da sausen die Schiffe Agrippas heran. Gischt sprüht weiß empor an ihren scharfen Schnäbeln.

Doch die Umfassung misslingt. Antonius hat einen guten Tag. Der alte Löwe in ihm ist erwacht. Er ist im Kampf, Hirn und Herz sind stark und hell. Er zieht seine Linie weit auseinander. Da schwenken Agrippas leichte Boote ein. Drei, vier umzingeln jedes der Ungetüme Marc Antons. Wie eine Meute Jagdhunde an den gestellten Eber hetzen sie heran, suchen in kühnem Vorbeischneiden den ungefügen Fahrzeugen Ruder und Steuer wegzurasieren.

Hier gelingt es, dort nicht. Aus den Schießtürmen der Linienschiffe prasseln Steine, Wurfgeschosse. Die starken Sehnen der Katapulte schwirren. Manche der Windhunde erliegen.

Doch immer von Neuem gehen sie zum Angriff vor. Suchen in todesverachtendem blitzschnellen Vorstoß zu rammen, überschütten den klobigen Gegner mit einem Hagel von Pfeilen. Enterhaken werden von den hochbordigen Schiffen herausgeflitzt. Da hat einer eins der kecken Boote gepackt. Lässt es nicht wieder los. Holt es heran. Die Ausfallbrücke poltert nieder. Aus dem Linienschiff stürmt es heraus. Es wird ein Landkampf mit Schild und Speer und Schwert. Andere Windhunde eilen zur Hilfe. Der Kampf Mann zu Mann rast.

Brandpfeile, brennende Pechtöpfe ziehen ihre flammende Bahn, zischen nieder, zünden. Hochauf lodert die trockene Takelei. Masten stehen als brennender Wald glutrot gegen den blauen Himmel. Es kracht, platzt, splittert. Menschen in Panik springen brüllend über Bord in brennenden Uniformen, mit verstümmelten Gliedern, tauchen ins löschende Wasser, versinken, kommen wieder hoch, krallen sich an Planken, an Ruder, feindliche, freundliche. Werden hereingezogen, gerettet; werden abgeschüttelt, versenkt, gespießt, von Ruderschlägen zerschmettert, von Pfeilen durchbohrt.

Rauchende Trümmer treiben auf den Wellen, Verwundete schreien, röcheln, ringen mit den Fluten, versinken. Leichen tanzen auf den Wellen auf und nieder. Rot färbt sich die See.

Vom Flaggschiff aus verfolgt und lenkt Antonius den grausigen Kampf. Voll Umsicht gibt er seine Befehle. Ist mit seinem Schiffe hier, dort, überall. Ist umzingelt, haut sich los. Ermutigt, ermahnt, beseelt, hoch auf dem Turme stehend, allen sichtbar, mit seiner mächtigen Stimme, die ihren alten Trompetenklang wiedergewonnen hat, das Brausen der Schlacht durchbrüllend.

Allmählich verwickeln und verknoten sich die Schiffe zu einem wilden Chaos. Freund und Feind bilden eine wirre, dampfende, geballte Masse. Die Fahrzeuge verbeißen, verranken sich ineinander.

Hier kämpft man auf gesenkter Laufbrücke Brust an Brust, Schild an Schild. Ein gewaltsamer siegreicher Vorstoß fegt eine ganze Abteilung in das gurgelnde Wasser.

Dort ein splitterndes, markdurchbebendes Krachen. Ein Linienschiff hat einen Kreuzer in wuchtigem Anprall gerammt. Sein Schnabel steckt tief in den Weichteilen der feindlichen Flanke. Das leichte Boot ist aufgespießt. Taktmäßig, zum dumpfen Dröhnen der Kommandopauke, rudern die Knechte im Rumpfe des Rammers rückwärts. Das große Schiff wird frei. In das gewaltige Leck des verwundeten Windhunds stürzt sich die See. Der Kreuzer sackt davon, reißt die Besatzung mit in den dunkel kreisenden Wirbel.

Als wären sie vor Entsetzen wahnsinnig geworden, irren brennende Schiffe über den Kampfplatz, lohende Fackeln.

Ruhig, unberührt liegt die ägyptische Flotte im Hintergrund der Bucht. Von ihrem Admiralsschiffe aus verfolgt Kleopatra, in weißem schlichten Gewande, das im Winde flattert, den Lärm, die Wechselfälle, das Getümmel, die Brände ihrer Seeschlacht. Sie ist erregt. Die große Entscheidung tobt in ihrem Blute. Doch sie steht beherrscht und gefasst an der Reling und blickt hinaus auf die Adria.

Dann gibt sie ruhig den Befehl: »Das Ganze vorwärts!« Doch nur bis zum Eingang des Meerbusens geht die Fahrt. »Das Ganze halt!« Sie will nur bessere Übersicht über das Grauen dort draußen gewinnen.

Drei Stunden schon wütet das Morden über den Wassern. Noch ist nichts entschieden. Noch ist das Los des Tages nicht gefallen. Immer wieder schüttelt das Schiff Marc Antons die Umklammerung ab, stößt vor, dahin, dorthin, geht in majestätischer Ruhe über die sanften Wellen, ermuntert, hilft, ordnet.

Heldenmütig kämpfen seine Soldaten, Matrosen. Noch ist er der geliebte Führer, dem die Mannschaft blindlings vertraut. Wunder des Mutes sehen sie ihn persönlich verrichten. Heute ist er kein schlaffer, entmarkter alter Mann. Heute ist er wieder der Tapferste der Tapferen, der beste Mann Cäsars, wie in jungen Tagen.

Die Partie steht zum Mindesten gleich. Vielleicht neigt sich die Waage schon ein wenig zugunsten der schweren Schiffskolosse des Antonius.

Da plötzlich – als wäre der Himmel aufseiten ihres Verrates – springt ein frischer Nordwind auf. Und jetzt – was bedeutet das?! Die Flotte Kleopatras breitet die Segel, braust aus der Einfahrt der Bucht heraus – allen voran das Admiralsschiff der Königin, weithin sichtbar und erkennbar an seinen in der Sonne flammenden Purpursegeln. Was will sie? Will sie jetzt schon in den Kampf eingreifen?

Antonius starrt entgeistert auf das nahende Schiff. Es ist doch noch viel zu früh. Hat sie seinen strategischen Plan missverstanden? Es ist doch gegen die Verabredung! Noch ist der Feind nicht erschüttert, noch wankt er nicht. Kann sie ihre Ungeduld nicht zügeln? Sie soll sich doch keinen unnötigen Gefahren aussetzen mit ihrem weithin leuchtenden Schiffe! Sie soll doch erst, wenn der Feind weicht – wenn er flieht, nachsetzen mit ihren kleinen, flinken Kreuzern.

Von allen Schiffen – feindlichen, freundlichen – blickt man staunend auf die nahende ägyptische Flotte. Agrippa bereitet sich vor, dieser Reserve des Feindes zu begegnen. Der Kampf ebbt plötzlich ab. Aber – seltsam –

die Ägypter gehen nicht zum Angriff gegen die Gegner vor. Mitten durch die Schiffe von Freund und Feind hindurch steuern in der Pracht ihrer windgeschwellten Segel die Schiffe der Kleopatra. Laut gurgelt das Wasser um die hohen Büge. Sie fahren mit gutem Winde durch die Schlachtreihen hindurch, als ginge sie dieser Kampf nichts an – haben Kurs hinaus auf das offene Meer.

Befremdet sieht alles die raschen Fahrzeuge mit kräftig geblähten Segeln am Horizont verbleichen.

Dann setzt, nach dieser Atempause des Wunderns, der Kampf mit doppelter Erbitterung wieder ein. Agrippa ist von einer drängenden Sorge befreit. Marc Antons Leute haben eine starke Stütze und Hilfe verloren. Brander zischen, Segel knistern lohend auf, Menschen verbluten, verbrennen, verröcheln.

Was schert es Antonius! Kleopatra hat ihn auf ihrer Durchfahrt wieder behext. Plötzlich ist er nicht mehr der verantwortliche Feldherr, der Tapfere, der vergötterte Führer. Er ist nichts, als der schlotternde, betörte, vernarrte Geliebte. Er weiß nur noch, dass die geliebte Frau mitten aus der Schlacht entwichen ist. In seinem wirbeligen Hirn steht nur die eine, alles andere überstürzende Frage: Wohin ist sie gefahren? Weshalb ist sie gefahren? Was ist ihr geschehen?

Er begreift diese Flucht nicht. Kann sie nicht begreifen. Denn er weiß ja nicht, ahnt ja nicht, dass sie dem Octavian, dem Feinde, den Beweis ihrer Ergebenheit, ihrer Bundesgenossenschaft eklatant geben will. Er sieht nur ihre unverständliche, mystische, rätselhafte Flucht, sieht nur seine Liebe den Kampfplatz verlassen.

Und vergisst alles andere, Ruhm, Ehre, Verantwortung, Pflicht, Treue, Kameradschaft, alles. Weiß nur, dass die geliebte Frau fort ist. Die Schlacht verliert Sinn, Zweck, Inhalt, Ziel. Was hat er hier noch zu schaffen, wenn Kleopatra nicht mehr da ist? Kopflos, scheulos, ehrvergessen folgt er. Wie ein übermächtiger, unwiderstehlicher Magnet zieht sie ihn nach.

Er jagt in verblendeter, blinder Liebe hinter seiner Liebe her. Setzt über auf das schnellste Schiff seiner Flotte, einen Fünfruderer. Mitten in tobender Schlacht. Gelangt durch ein Wunder an Bord. Lässt alle Segel setzen. Peitscht die Ruderer bis zum Bersten ihrer Muskeln. Hetzt ihr nach. Windet sich aus dem Schlachtgetümmel heraus. Gewinnt das freie Meer. Saust dahin, nur einen Gedanken im Schädel: Kleopatra einzuholen, zu fragen, zu hören, warum sie ihn verlassen, warum sie aus dem Kampfe geflohen ist. Bald verstummt hinter der forcierten Fahrt das Brausen der Schlacht.

Agrippa verfolgt sein Schiff nicht, nicht die ägyptische Flotte. Er braucht jeden Kiel. Ihm ist jedes feindliche Schiff, das ausscheidet, eine Hoffnung auf den Sieg. Er weiß nicht, dass der schnelle Fünfruderer Antonius davongetragen hat. Nur wenige wissen es.

Der Kampf geht fort, die Schlacht wütet sinnlos weiter. Erst der Abend macht ihr ein Ende. Bei Sonnenuntergang kehrt die Flotte nach schweren Verlusten in die Bucht zurück.

Draußen sammelt Agrippa seine Renner. So mancher fehlt, liegt zerrissen auf dem Grunde der Adria.

Schiffstrümmer, Leichen, Verwundete wallen mit den Wellen.

Erst am nächsten Tage eilt das Gerücht von der Flucht des Oberkommandierenden zu beiden Lagern.

Bei der Armee Marc Antons bricht alles zusammen. Die orientalischen Fürsten ziehen kopfscheu mit ihren Truppen eiligst ab. Die Römer gehen, irr geworden an ihrem geliebten General, zu Octavian über.

Der gewaltigste Zusammenprall von Orient und Okzident ist zu einer Farce ausgeartet, als Satyrspiel verpufft.

XXV.

Marc Antons Eilboot hat bald die ägyptische Flotte eingeholt. Vergeblich hat Kleopatra in zorniger Ahnung, wer ihr da über die Wasser nachfegt, den Befehl zur Höchstgeschwindigkeit gegeben. Doch ihre Dreiruderer vermögen der Macht dieser fünf Ruderreihen nicht zu entrinnen.

Das verfolgende Schiff kommt näher und näher. Alle wissen, es ist der schnellste Renner aus Marc Antons Flotte. Wissen, es ist Freund, nicht Feind.

Antonius hält auf das Admiralsschiff zu. Gibt Zeichen, Signale. Sie bleiben unbeachtet. Das Flaggschiff stoppt nicht ab. Da rauscht das Expressboot gefahrdrohend dicht an das Königsschiff heran, mit einem verwegenen Todessprung setzt ein Mann über. Dann wendet der Fünfruderer ab, folgt der ägyptischen Flotte.

Antonius sucht die Königin. Sie ist unten in der Kabine. Ist dorthin geflüchtet, als sie den Wahnwitzsprung der

Liebe über die Reling sah. Hat sich eingeschlossen. Will ihn nicht sehen. Will ihn nicht sprechen.

Er fleht, poltert, rast, beschwört draußen vor der Kabinentür. Droht, sie einzutreten. Wagt es nicht, wagt diese Gewalttat nicht der Frau gegenüber, die ihn bis ins Mark, bis in Schmach und Schande beherrscht.

Er barmt und bettelt um Aufklärung, um Mitteilung, weshalb sie mitten aus der unentschiedenen, fast günstigen Schlacht entflohen ist. Weshalb sie alles hingeworfen hat, wofür sie beide seit jenem Abend in Tarsus gelebt und gestritten haben: die Entscheidung zwischen Ost und West, die Königskrone Roms und des Okzidents.

Er begreift nichts mehr. Er versteht nichts mehr. Das Himmelsgewölbe ist über ihm zusammengestürzt, jede Vernunft des Daseins über ihm zerborsten. Er verlangt von ihr Erleuchtung und Rettung seines verwüsteten Verstandes.

Nach der ersten Weigerung, ihn zu sehen, bleibt es still in der Kabine. Auf sein Flehen und Bitten und Klopfen antwortet zerrüttendes Schweigen.

Kleopatra steht inmitten der Kabine. Ihre grünen Augen schillern mordlustig. Sie möchte die Tür aufreißen und ihm an die Kehle springen. Sie hasst ihn in diesem Augenblicke, wie sie nie einen Menschen in ihrem an allen Begierden und Gefühlen heißen Leben gehasst hat.

Alles hat er ihr verdorben, alles hat dieser Tölpel ihr vernichtet. Alles hat sie bis ins Einzelste vorausbedacht. Mit seiner Verfolgung hat sie nicht gerechnet. Viel hat sie seiner Hörigkeit und Schwäche zugetraut – das nicht.

Hat es nie für möglich gehalten – darum ist es ihr auch nie in den Sinn gekommen und hat nicht den Weg in ihre taktische Vorbereitung des Verrates gefunden –, dass er als Oberfeldherr das Schmachvolle tun würde, das er so oft höhnend dem Octavian vorgeworfen hat: inmitten der Schlacht seine Truppe zu verlassen.

Diese Tollheit seiner Liebe wirft ihren Plan über den Haufen. Ihre Flucht war eine Flucht in die Huld und Gnade Octavians. Am nächsten Morgen, wenn sie Kunde von dem Ausgang der Seeschlacht empfangen hatte, wollte sie die Schiffe wenden und zurückkehren. Ist Octavian besiegt, umso besser. Dann ist ihm ihre Flotte ein hochwillkommener Machtzuwachs. Ist er Sieger, desto besser für ihre Zukunftspläne. Sie wollte Boten voraussenden und langsam mit dem Gros folgen. Wollte ihm sagen lassen: »Ich liebe und achte dich und deine Größe und Weisheit. Ich konnte nicht länger auf der andern Seite bleiben. Ich muss dort sein, wo der stärkste und erleuchtetste Mann steht. Da bin ich. Empfange mich in deinem Zelte.«

Der Rest lag dann in ihrer Hand, in ihrer Frauenmacht, in ihren Reizen, in ihrer Verführung.

Aber jetzt! Da jagt dieser lästige, aufdringliche Mensch hinter ihr her! Kompromittiert damit sie und ihre Absicht. Macht jeden weiteren Schritt unmöglich. Wie kann sie jetzt, mit dem alten Liebhaber, dem Todfeinde Octavians, dem Manne, der erst vor wenigen Wochen Octavians Schwester brutal aus seinem Hause in Rom hat vertreiben lassen – wie kann sie mit diesem Menschen an Bord zu Octavian übergehen?! Grotesk, lächerlich, unmöglich!

Endlich hört sie ihn den Kabinengang entlangschlur-
fen. Er ist fort. Aber sie weiß, er bleibt an Bord. Der
bleibt! Wie ein Blutegel hängt er saugend und ekel an
ihr.

Sie setzt sich zerschlagen auf das Bett. Alt sieht sie aus
und hässlich. Besessen ist sie nur noch von dem Königsgedanken der Welt. Ganz hat er von ihr Besitz genommen, alles Zarte, Schöne, Frauliche, alles Menschentum
aus ihr herausgepresst. Versteinert ist sie in ihrem Ehrgeiz, verdorrt zu einer seelenlosen Statue ihrer großen
weltpolitischen Idee.

Ihr Gefühl, ihr Empfinden ist tot. Nur das Gehirn hinter der klugen Stirn lebt und spinnt und geistert. Das
weiß und schreit und klagt, dass die letzte Hoffnung auf
Erfüllung des Lebenstraumes jetzt vernichtet ist durch
diesen verblödeten, pflichtvergessenen Feigling, der aus
der tobenden Schlacht fortgelaufen ist.

Unter den Trümmern ihres nun zum Wahnsinn entar-
teten Verrates sitzt sie und verflucht blindwütig den
Verratenen, ihr Opfer. Denkt an Mord. Dann wäre alles
gut. Dann ist sie frei für den andern. Sie umtastet die
Tat. Oft hat sie den Blutbefehl gegeben – gegen andere.

Aber sie wagt es nicht vor den vielen Zeugen an Bord
ihres Schiffes. Das Gerücht würde hinausspringen. Wer
kann Hunderten die Zunge binden? Er ist Römer, war
einst der größte, der beliebteste. Die Bluttat würde vor
Rom, vor Octavian gegen sie aufstehen, gegen sie wüten.
Gemeinschaft mit Octavian ist dann unmöglich. Die Tat
würde er insgeheim frohlockend begrüßen, sich aber

niemals durch einen Bund mit der Täterin beflecken und besudeln.

Ihr Verstand ist lichter als je, sieht scharf und hell jede Möglichkeit, jede Unmöglichkeit, durchleuchtet jeden Winkel nahen und fernen Geschehens. Sie sitzt und wütet gegen den Menschen, der an ihr hängt wie eine Klette, und gegen sich, die umsonst den gemeinen, zur Wahnsinnstat gewordenen Verrat begangen hat.

Dann wirft sie sich rücklings aufs Lager, zieht die Knie hoch empor und weint. Weint zermürbt von den furchtbaren Aufregungen des Tages und dem Zusammensturze aller stolzen Hoffnungen und schluchzt krampfig vor Zorn und Verlorenheit.

Immer wieder tastet sie nach einem Ausweg, sucht sie, trotz allem, noch eine verborgene Tür aus dem Kerker ihres Verhängnisses. Und findet keine.

Antonius ist nach dieser Flucht erledigt. Er zählt nicht mehr, politisch und militärisch. Er ist unmöglich geworden vor Heer und Flotte und vor der Welt. Und doch versperrt ihr dieser zum Nichts verblasste Mensch den Weg zu Octavian! Solange er bei ihr ist, ist sie in aller Augen seine Geliebte, seine Gefährtin, seine Bundesgenossin. Seine verfemte Bagnogenossin ist sie!

Bebend vor Verzweiflung und Ungemach springt sie vom Lager empor, hetzt durch den kleinen Raum, schlägt mit geballten ohnmächtigen Fäusten, die eben noch eine Welt packen und meistern wollten, gegen die Wände der Kabine, dass ihr Holz wie eine Kesselpauke aufdröhnt und Eiras und Charmion verängstigt herbeieilen und verstört rufen und fragen und helfen wollen.

»Schert euch fort!«, droht sie giftig heraus. Sie speit sich vor dem Spiegel ungezügelte Lästerungen ins fahle Gesicht. Sie Närrin! Sie Törin! Alles hat sie verspielt. Ihr Leben, ihr Traum, der Thron Roms, alles ist verloren – für immer. Diesmal unwiderbringlich. –

Antonius begreift ihre zähe Weigerung, ihn zu sehen, ihn zu sprechen, ihm ihr Tun zu erläutern, so wenig wie alles andere dieser unbegreiflichen Flucht. Die ungewohnte Anspannung der Schlacht hat den Fünfziger ermüdet. Marode, abgekämpft schlottert er zum Bug des Schiffes, der in den aufgescheuchten Wellen rhythmisch steigt und fällt, setzt sich schwer und kläglich aufseufzend auf eine Taurolle und starrt dumpf vor sich hin. Er begreift diese Welt nicht mehr.

Die Offiziere, die Mannschaft blicken verstohlen, gespenstisch durchweht auf den unheimlichen, stillen Mann, der noch vor wenigen Tagen der größte und mächtigste Gebieter im Osten gewesen ist.

Drei Tage und vier Nächte sitzt er so, ohne Bewegung, ohne Regung. Charmion bringt ihm gutherzig Nahrung. Er lehnt sie ab. Immer nur bittet er sie, die Herrin zu bewegen, ihn zu empfangen.

Wenn die Griechin naht, heben sich seine trüben, rotumränderten Augen fragend und hoffend zu ihr empor. Wie alte treue Hundeaugen sind sie. Charmion kann den Anblick kaum noch ertragen. Sie bestürmt ihn mit Bitten, hinunterzugehen in die Kabine, sich niederzulegen. Er sieht sie nur stumpf und unberührt an. Nur ein Wort könnte ihn beleben.

Da endlich, am vierten Tage, fliegt die Griechin herbei. Er ahnt schon. Taumelt auf. Ja, die Herrin will ihn sprechen. Er will gehen, eilen. Kann sich vor Entkräftung nicht aufrecht halten. Sie stützt und führt ihn.

In ihrer Kabine kauert Kleopatra auf dem Bette. Alt und ungepflegt und verwahrlost sieht sie aus. Ihr Haar ist wirr, voll grauer Strähnen. Ihre Züge sind von Kummer entstellt. Ihre Augen brennen. Auch sie hat vier Nächte nicht geschlafen, drei Tage nicht gegessen. Zwei vom Geschick Niedergebrochene begegnen sich in Verzweiflung und Not.

»Kleopatra«, will er dankbar, trotz allem, in höriger Dankbarkeit flüstern. Die Stimme ist erloschen. Demütig sinkt er vor ihr auf die Knie, demütig und bis zur Ohnmacht erschöpft. Sie sieht einen alten, zitternden, verwüsteten Mann vor sich liegen. Mitleid war in ihr. Auf das Drängen der Dienerinnen hat sie ihn rufen lassen. Wozu? Sie weiß es nicht mehr, als er zerknirscht, demutsvoll zu ihren Füßen liegt. Was hat sie noch gemein mit diesem Haufen Elend da unten? Das Mitleid verfliegt. Sie wird wieder bitter und hart.

»Steh auf«, sagt sie rau und verächtlich.

»Warum bist – du – geflohen?« ächzt er, ohne sich zu rühren.

Sie hat die lügenhafte Ausrede längst bereit.

»Ich glaubte, alles sei verloren. Die vielen Brände – – Von meinem Standpunkt aus – ich konnte nicht alles übersehen – die enge Ausfahrt – sah es aus, als wäre deine Flotte vernichtet. Da wollte ich retten, was zu retten war. Mein Land. Ich glaubte – wenn du nicht gefallen wärst, würdest du die Niederlage – nicht überleben.«

Es ist ein arglistiger Hinweis, eine Andeutung. Vielleicht befolgt er die Anspielung. Denn jetzt ist es ja die schwerste Niederlage geworden, die ein Römer, ein Imperator, ein Mann erleiden kann.

Handelt er endlich wie ein Römer, wie ein Mann, dann ist noch nichts verloren. Vielleicht hat auch dieser Gedanke mitgespielt, als sie ihn endlich hat rufen lassen. Sie weiß es selbst nicht. Sie ist schon weit geflohen nach Süd-Osten. Doch in drei Tagen kann sie immer noch Octavian wieder erreichen.

Doch er ist kein Feldherr mehr und kein Mann. Er versteht die böse Mahnung nicht.

»Deshalb«, nickt er greisenhaft vor sich hin, »deshalb also!« Jetzt begreift er wenigstens diese unselige, dunkle, übereilte Tat.

»Steh auf!«, befiehlt sie wieder, überreizt und nervös.

Er gehorcht. Steht unschlüssig in der Kabine. Die Beine tragen ihn nicht. Er bricht auf einen Sessel nieder, ungeschickt, plump. Ihr Zorn steigt.

»Wie denkst du dir die Zukunft?«, herrscht sie ihn an.

»Ich weiß – nicht«, stöhnt er hilflos.

Er weiß nichts mehr. Jetzt, da auch das Rätsel ihrer Flucht einfach, allzu menschlich gelöst ist, ist nichts mehr in seinem Hirn. Nichts. Er schüttelt den weißen Schädel in der berauschenden Ohnmacht des Hungers.

Da gischtet ihre Verachtung und ihre Wut über dieses unselige Wrack hin.

»Nichts weißt du, nichts kannst du! Was willst du eigentlich noch von mir? Was hängst du dich an mich? *Ich* durfte mich irren. Aber du durftest dich nicht, wie ein Schuljunge, der sich von seiner Aufgabe drückt, aus der Schlacht fortstehlen. Feigling – Verräter an deinen Leuten! Ich verachte dich! Ich hasse dich!«

Ihr maßloser Zorn spricht die Wahrheit. Sie hasst ihn, der ihre letzte Gelegenheit vernichtet hat.

Er starrt sie irr aus seinen blutunterlaufenen Hundeaugen an. Unwillkürlich denkt sie an den schönen herkulischen Mann, den sie am ersten Abend in Tarsus in ihre Schlafkabine gelockt hat. Den neuen Dionysos! Den schönsten Mann seiner Zeit! Etwas wie Jammer quillt in ihr auf, Jammer mit ihm, Jammer mit sich. Auch sie ist keine Venus mehr.

»Geh. Iss. Schlaf dich aus!« sagt sie leise.

Er nickt. Steht mühsam auf, geht, isst und schläft.

Zwei vom Geschick zusammengekettete, zertretene Menschen trägt das Schiff mit den königlichen Purpursegeln nach Alexandrien.

XXVI.

Doch noch ehe der Pharus am Horizonte steht, hat Kleopatra sich gefunden. Sie muss ihre Hauptstadt vor der Schreckenskunde von Aktium erreichen. Der Wind bläst günstig, die Ruderer werden durch Foltern, Drohungen, Versprechungen zu übermenschlicher Leistung angespornt. Vor der schmählichen Nachricht fliegt die Flotte dahin.

Wenn Alexandrien wüsste, dass seine Königin flüchtig und besiegt heimkehrt, dass alles verloren, der gewaltige Krieg gegen Rom ruhmlos zu Ende ist, würde dieses leicht entzündete, trügerische, aufsässige Volk ihr den Hafen sperren. Würde sie rücksichtslos entthronen, einen der Großen des Reichs zum König ausrufen.

Mit verwegener List erzwingt sie die Einfahrt in die Stadt. Die Schnäbel der Schiffe sind umkränzt, freudige Musik erklingt, Siegeshymnen der Matrosen und Soldaten tönen zum Lande herüber.

Auf den Quaimauern stehen die Alexandriner, jubeln und winken der sieghaften Flotte zu. Bis der Betrug durchschaut und die Wahrheit bekannt ist, hat Kleopatra längst alle strategischen Punkte der Stadt mit Militär besetzt, ihren Palast gesichert. Alexandrien und das Land sind fest in ihrer Hand.

Antonius hat einen letzten schwächlichen Versuch gemacht, ihre Liebe zurückzugewinnen. Höhnisch hat sie ihn abgewiesen. Da geht er. Er liebt sie noch. Er wird sie bis zum letzten Atemzuge lieben, trotz ihrer Verachtung und bitteren Zurückweisung. Die Liebe zu ihr ist der einzige Inhalt des Torsos seines ungestümen Lebens geblieben.

Doch er sieht jetzt klarer, objektiver. Er weiß, sie liebt ihn nicht mehr. Verachtet ihn. Sie, die vorzeitig aus der Schlacht geflohen ist – durch ein Versehen, einen Irrtum – verachtet ihn, weil er seinen Feldherrnpflichten untreu geworden ist.

Mit Recht verachtet sie ihn darob. Auch er verachtet sich und sehnt sich nach dem Tode. Aber noch immer muss er leben – für sie. Sie schützen, verteidigen mit dem letzten Blutstropfen, der in ihm sickert.

Bald wird Octavian folgen, Ägypten, seine Kornkammern, seine unermesslichen Schätze zu erraffen. Dann muss er an Kleopatras Seite stehen mit seinem Schwert, seiner Kriegserfahrung. Sie beschirmen im letzten Verzweiflungskampfe.

Doch bis dahin will er ihr nicht lästig fallen, will er sie verschonen mit seiner Gegenwart und seiner verachteten Person.

Er bezieht ein kleines Haus auf dem Damme, auf dem der Leuchtturm Pharus steht, an einsamster Stelle. Erinnerungen kommen ihm an das Schauspiel, das er einst in Athen gesehen hat, in dem der Menschenverächter Timon auftrat. In Tarsus bei dem Gastmahl hat er Kleopatra davon erzählt. Endlos lange scheint ihm das her. Damals hat er über diesen sonderbaren Kauz gelacht. Da lag ihm Menschenverachtung und Einsamkeitssehnsucht meilenfern. Jetzt lacht er nicht mehr. Jetzt sitzt er vor dem kleinen Hause auf dem Damme des Pharus und denkt an die Vergangenheit und schüttelt sein weißes Haupt. –

Dann naht Octavian. Die Gefahr zieht dunkel herauf. Antonius eilt zur Königin. Er will kämpfen, will Alexandrien verteidigen. Sie lächelt heimlich. Sie hat Grund zu lächeln. Längst steht sie mit Octavian durch geheime, zuverlässige Boten in Verbindung. Sie hat ihm ihr Verhalten bei Aktium erklärt, gedeutet. Hat durchblicken lassen, wie sehr sie ihn seit Langem bewundere, seine Tapferkeit, sein politisches Genie, und hat Worte von

Liebe und Zukunft, klug gewählt, in ihre geheime Botschaft einfließen lassen.

Octavian ist schlauer noch als sie. Er geht auf ihren Ton ein. Auch er lässt in seiner Antwort Liebesworte aufklingen. Auch er habe sie immer bewundert und bedauert, dass sie gegen ihn gestanden habe. Doch jetzt könne alles anders werden. Er danke ihr für den Sieg bei Aktium, der ja, wie er jetzt erkenne, ihr Werk und ihr Geschenk sei. Und er deutet an, dass Einer noch im Wege stehe. Der müsse verschwinden, ehe sie zueinander finden können.

Kleopatra versteht. Versteht genau. Auch Octavian will vor Rom und der Welt nicht das Odium auf sich laden, den einst beliebtesten Mann zu töten. Er legt es ihr nahe.

Doch sie kann es nicht. Sie will es nicht. Töten nicht! Der Mord verschließt ihr Rom. Ihn zum Selbstmord treiben – – – vielleicht.

In ihrer Verzweiflung glaubt sie den trügerischen Worten des Mannes, den sie aus den Erzählungen Marc Antons als den tückischsten Schleicher und Leisetreter kennt.

Doch was wiegen jetzt Marc Antons Erzählungen! Sie ist in diese letzte Möglichkeit, die ihr noch geblieben ist, vernarrt. Ihr kritischer Blick ist vom Unheil getrübt. Sie ahnt nicht, dass Octavian nichts will, als sie hinhalten, sie vor übereilten Schritten bewahren.

Sie soll leben. Im Triumph will er sie den Römern vorführen. Diese Frau, die sie einst als Cäsars Geliebte in stolzem, weißem Wagen dahinpreschen gesehen haben, sie, die einst in Rom die Mode diktiert hat, die im Tempel angebetet werden musste, will er in Ketten vor seinem Triumphwagen dahinschleppen.

Er weiß, damit erklimmt er den Gipfel der Popularität, damit erringt er die Königskrone. Darum heuchelt er Liebe und Dank und Verehrung.

Schon steht sein Heer bei Pelusium, jenem Pelusium, von dem aus Kleopatra einst, vor vielen Jahren, jung und kühn und abenteuerfroh, in einem Nachen zu Julius Cäsar gekommen ist. Sie denkt daran – wehmütig, aber nicht ergeben, nicht todestraurig, nicht weniger kühn noch weniger abenteuerfroh als in jenen lang vergangenen Mädchentagen.

Noch ist sie nicht am Ende. Noch lange nicht. Sie hat ja Octavians geheime Botschaft. Immer noch liegt ein neues Leben vor ihr und vielleicht – sicher fast – die Erfüllung aller Pläne. Wenn sie ihn nur erst sprechen kann! Wenn sie ihn ködern und einfangen, seine Sinnlichkeit aufreizen kann! Noch ist nichts verloren. Noch liegt das Leben bunt und verheißend vor ihr.

Antonius hat sich ermannt. Er ist am Leben geblieben, Kleopatra zu verteidigen und zu schützen. Er will nicht umsonst in Schande am Leben geblieben sein. Er rafft das Heer der Ägypter zusammen, zieht gegen Octavian nach Pelusium. Kleopatra lässt ihn ziehen. Vielleicht fällt er. Kühl erwidert sie seinen leidenschaftlichen Abschiedsgruß.

Heldenmütig greift er an. Mit ungeheuerer Wucht führt er seine Truppen vor. Alte Tage werden lebendig. So hat er unter Cäsar in Spanien, so hat er bei Philippi seine

Soldaten zum Siege geführt. So führt er jetzt die Ägypter, reißt sie hin, reißt sie mit.

Da laufen sie zum Feinde über. Auf geheimen Befehl der Königin. Octavian soll sehen, sie steht bei ihm.

Jetzt sieht auch Antonius. Mit wenigen Freunden entkommt er nach Alexandrien. Will Kleopatra sprechen, will Rechenschaft fordern.

Sie hat sich mit ihren Schätzen in dem Mausoleum eingeschlossen, das sie sich seit einiger Zeit am Tempel der Isis erbauen lässt. Es ist eine unbezwingbare Festung. Freilich ist sie noch nicht ganz fertig. Der obere Teil ist unvollendet, das Dach fehlt noch. Doch die Mauern ragen, das Tor wehrt jedem Zutritt.

Als Antonius die Stadt erreicht, erfährt er das Entsetzliche. Kleopatra hat sich getötet! Im Mausoleum getötet, weil ihr die letzte Hoffnung auf Sieg erloschen sei.

Antonius glaubt das Furchtbare, Unglaubliche nicht, kann es nicht glauben. Er sprengt zum Mausoleum, sitzt ab, ruft, klopft, rast. Von innen antworten Charmion, Eiras und der Eunuch Potheinus. Sie schreien, sie wehklagen und bestätigen den Selbstmord der Herrin. Aber sie verweigern dem Geliebten ihrer Königin den Eintritt.

Die Herrin habe verboten, ihrem Marcus den grauenvollen Anblick ihres entstellten Körpers zu bieten. Sie wolle schön und blühend in seiner Erinnerung fortleben. Und wieder dringt Heulen und Wehklagen hinter dem verschlossenen Tore hervor.

Da glaubt Antonius. Ganz langsam geht er davon. Also kein Verrat von ihr?! Feigheit der Truppen. Er wankt dahin. Kleopatra ist tot. Sein Gehirn kann die Größe des

Unglücks nicht umfassen. Aber er weiß es doch, irgendwo in der Brust, im Herzen weiß er, Kleopatra lebt nicht mehr, seine kleine Königin atmet nicht mehr, blickt nicht mehr aus ihren schönen grünen Augen in die Welt.

Er kommt zum Schloss. Jetzt gibt es nichts mehr zu verteidigen, nichts mehr zu schützen. Jetzt darf er sterben. – Endlich.

Sein Sklave Eros weigert sich, ihm das Schwert durch die Brust zu rennen. Er tötet sich lieber selbst vor den Augen des Herrn. Da stößt Antonius sich den Degen in den Unterleib. Er stürzt, wälzt sich in wahnsinnigen Schmerzen. Doch der Schmerz um die Geliebte ist stärker als alles körperliche Leid.

Da stürmt einer herein, einer seiner Diener und meldet, schreit es dem Sterbenden in das Ohr, in dem laut das Blut braust: »Kleopatra lebt! Ich habe sie aus dem Tore des Mausoleums blicken sehen – mit meinen eigenen Augen habe ich sie gesehen!«

Der Sterbende versteht schwer, doch langsam begreift er. Glaubt es nicht – kann diese gemeine List nicht glauben von der Frau, die er über allen Kummer und alle Erniedrigung und den Verlust einer Weltmacht hinweg geliebt hat. Kann nicht glauben, dass sie Selbstmord geheuchelt hat, ihn zum Freitod zu treiben.

Er befiehlt mit schwerer, lallender Zunge, die kaum noch seinem Willen gehorcht, ihn zum Mausoleum zu tragen. Es geschieht.

Und jetzt – jetzt lässt man den Verröchelnden ein. Kleopatra will den Leichnam in ihrem Besitz haben, ihn als

Unterpfand ihrer Treue und ihres Gehorsams an Octavian auszuliefern.

Man legt Antonius vor der Königin nieder. Er kann sie nicht mehr sehen, die Augen sind schon gebrochen. Er hört nur ihre Stimme, die gleißnerisch seine rasche Tat betrauert. Er verzeiht. Er ist über alle Erbärmlichkeit dieses Lebens hinaus. Er tastet nach ihr, hinein in das Dunkel, das ihn umrauscht, seine Hände irren, sie reicht ihm die Hand. Er lächelt und stirbt. Ihre List hat ihn gemordet.

Sie steht und blickt auf ihn nieder. Sekundenlang überschwemmt sie ein Gefühl der Rührung und des Wehs. Dann wendet sie sich ab. Vorbei. Sie muss weiter. Sie muss ihren Lebensplan ausführen. Er allein lebt in ihr. Er hat alles Weibliche, alles Menschentum in ihr verschlungen. Sie ist nur noch ein gefühlloser Götze ihres Weltherrschaftsgedankens.

Am nächsten Tage zieht Octavian in Alexandrien ein durch die breite Prachtstraße, die die Stadt von Ost nach West durchschneidet. Das Volk drängt sich voll Angst in den Gassen. Was wird der Sieger über die Besiegten verhängen? Man kennt erschauernd seine Grausamkeit. Man hat von Perugia und anderen Gräueltaten gehört.

Octavian hält auf dem grünen Rasen des Gymnasiums, der noch vor Kurzem die feierliche Erhebung Kleopatras zur Königin der Könige und die Krönung ihrer Kinder gesehen hat. Alles fällt Gnade erflehend vor dem kalt glitzernden Blick des jungen Menschen auf die Knie. Er spricht – spricht griechisch, radebrecht es. Doch sie verstehen es besser als Latein.

Er kann aus Berechnung milde sein. Das hat schon Antonius gewusst. Er spielt heute den großherzig Milden.

»Stehet auf«, ruft er mit seiner dünnen, heiseren Stimme über den weiten Platz hin. »Ich will allen verzeihen in Gedenken des großen Alexanders, des Gründers und Erbauers dieser herrlichen Stadt. Ich will diese Stadt schonen um ihrer Schönheit und Größe willen.«

Alles erhebt sich und jubelt dem Milden, Erlauchten zu.

Dann eilt Octavian in den Palast, zu Kleopatra.

Seine Leute haben das Mausoleum überrumpelt, sind durch das offene Dach eingestiegen, haben die Königin als Gefangene in ihren Palast im Bruchion geführt. Doch sie behandeln sie voller Hochachtung und Ergebenheit. Es ist strenger Befehl Octavians, ihr die Unbefangenheit, das Gefühl der Sicherheit nicht zu rauben.

Bis zuletzt soll ihr der Wahn erhalten bleiben, dass er sie nach Rom mitnehmen werde – als Geliebte und Mitbeherrscherin des Ostens und des Westens.

XXVII.

Kleopatra empfängt Octavian. Charmion und Eiras haben sie geschminkt und gepudert wie niemals für Cäsar, nie für Antonius. Ihr Haar schimmert in dem lebendigen Blauschwarz ihrer jüngsten Tage.

Heute gilt es mehr als je zuvor. Heute muss sie mehr Frau, mehr Verführung, mehr Verlockung sein, als je in ihrem Leben voller Männerbetörung und Bestrickung.

Sie spielt die Kranke, die von zu viel Leid Gebeugte. Nur mit dem Hemd bekleidet liegt sie auf dem Bett, lässt ihn ins Schlafzimmer führen. Tut, als habe sie ihn so bald nicht erwartet. Als er in der Tür steht, schreit sie erschreckt auf und springt vom Lager. Steht vor ihm im Hemd aus durchsichtiger koischer Seide. Sucht ihre Blöße zu bedecken.

»Wie durfte man dich hierherführen!«, flüstert sie schamhaft und – bricht zusammen. Das Hemd verrutscht. Fast nackt liegt sie vor dem fremden Manne.

Er hebt sie ritterlich empor, fühlt mit seinen kalten, feuchten Fingern den heißen, zitternden Frauenleib und legt ihn aufs Bett. Er erregt ihn nicht, macht keinen Eindruck auf seine impulsive Sinnlichkeit. Er ist ein Virtuose der List und Verschlagenheit. Ihre Komödie zerbricht an seiner Meisterschaft. Er ist kein Antonius. Dem großen Cäsar aber hat sie nichts vorgespielt. Ihn hat sie geliebt.

Kleopatra liegt mit geschlossenen Lidern. Nicht ganz geschlossenen. Aus einem winzigen Spalt blickt sie auf das käsige Gesicht mit den Pickeln, in die eisigen, unerbittlichen Augen. Das Herz sinkt ihr. Ihr reger, witternder Instinkt sagt ihr, dass dieser Mensch gegen ihre Künste gefeit und gewappnet ist. Doch sie spielt weiter – es geht um das Leben und das Reich.

Er steht vor dem Bett und wartet. Eine alte, böse Frau, denkt er. Sie sieht fast wider ihren Willen, dass seine Beine viel zu kurz sind für den langen Oberkörper. Doch sie will dieses Missverhältnis nicht sehen, sie will sich mit aller Gewalt in echte Leidenschaft hineinpeitschen.

Sie schlägt die Augen auf. Sie sind noch immer das Märchenhafteste und Herrlichste an ihr.

»Sei gegrüßt, Cäsar«, lächelt sie.

»Sei gegrüßt, Königin.« Er verweigert ihr nicht ihren Titel. Er will sie bei Laune erhalten, sie über ihre Zukunft täuschen. Sie lebendig nach Rom bringen, zum Triumphe.

»Komm«, lockt sie, »setz dich hierher.« Sie deutet auf das Bett, rückt sacht beiseite. Er setzt sich auf die Kante.

»Endlich«, seufzt sie kindlich. »Wie habe ich diesen Augenblick ersehnt!«

Sie fasst scheu seine Hand. Kalt ist sie und glitschig und tot. Ihr schaudert. Er überlässt sie ihr. Sie fasst sie fester, will sie erwärmen, will ihm ihre Glut in die Adern senden, ihn beleben, mit den heißen Strömen ihres Blutes eindringen in seine Hand und in sein eisiges Herz.

»Viel habe ich von dir gehört«, schwärmt sie. »Doch alle Berichte schwinden zu Nichts zusammen vor der Wirklichkeit.«

»Ich kann dir das Kompliment nur zurückgeben«, knarrt seine Stimme.

Da setzt sie sich heftig auf. Das Hemd gleitet von der Schulter, entblößt die eine Brust. Sie merkt es, lässt es. Sie weiß, sie kann Hals und Schultern und Busen noch immer zeigen. Sie sind, trotz ihrer vielen Mutterschaften, noch heute eine Pracht und Männerweide.

Doch dieser Mann ist von Hass gegen sie gesättigt und viel zu schlau, einer Wallung seiner Sinne zu willfahren. Für ihn bedeutet sie einen politischen Trumpf. Weiter nichts. Sie soll ihm die höchste Volksgunst in Rom erwerben.

»Es ist kein Kompliment!«, flüstert sie eindringlich und presst die Hand, die auch unter ihrer Wärme die Grabeskälte nicht verliert. »Ich habe Bilder von dir gesehen. Ich habe deinen Weg verfolgt. Jetzt liege ich besiegt am Boden. Aber das wirst du mir zugestehen, dass ich keine unkluge Frau gewesen bin.«

»Sicher nicht!« Es klingt zwischen Wahrheit und Hohn.

Sie blickt ihn unruhig an, fährt aber mutig fort: »Von Politik verstehe ich doch immerhin einiges. Vergiss nicht« – sie lächelt schmerzlich – »ich bin die Schülerin deines – Vaters.«

»Vaters«, sagt sie keck, obwohl sie Cäsarion stets gegen ihn, den durch Betrug zum Erben Cäsars Erhobenen, ausgespielt hat. Auch er denkt an ihre jahrelange Feindschaft und wird innerlich noch abweisender. Diese allzu späte Anerkennung seiner Rechte hat versagt.

»Ich weiß«, nickt er und lächelt zutraulich.

»Ich erwähne das nur, um dir begreiflich zu machen, dass ich sehr wohl fähig war, deinen großen Weg zu beurteilen. Du bist nach Julius Cäsar der einzige Staatsmann großen Formats.«

»Du beurteilst mich sehr liebenswürdig.«

»Ich urteile wahr und gerecht.« Und dann führt sie unvermittelt einen wohlüberlegten Fechterhieb: »Weißt du, dass dein Vater nach dem Sieg über die Parther sich von Calpurnia scheiden lassen, mich heiraten und mit mir den Thron des Weltreiches besteigen wollte?«

Sie blitzt ihn an. Er erwidert mit seinen hellen Augen ihren Blick.

»Ich habe es sagen hören.« Seine Worte klingen nicht sehr überzeugt.

»Es ist Wahrheit!«

Sie springt aus dem Bett; ehe er weiß, was sie vorhat. Ist an einer Lade, holt bereitgelegte Briefe hervor.

»Hier – hier, lies!« Sie hält ihm die Täfelchen entgegen. »Da – dieser, dieser letzte – am Tage seiner Ermordung – – –«

Sie gibt ihm die Übrigen hastig in die Hand, knüpft die grüne Schnur mit eiligen Fingern auf. »Da – lies!«

Er klemmt die anderen Täfelchen zwischen die Schenkel – liest. Sie beobachtet ihn. Schrecklich ist er, denkt sie. Aber auch Antonius war ihr anfangs eine arge Zumutung, und sie hat sie überwunden. Freilich war Antonius schön und voll aufwühlender Kraft.

Octavian hebt den Kopf. »Ja«, sagt er trocken, »ich sehe.«

Da tritt sie dicht vor ihn, er fühlt durch die dicke, wollene Toga, die er trotz der Wärme des alexandrinischen Herbstes trägt, ihre nackten Glieder.

»Cäsar – willst du mit mir vollenden, was der jähe Tod deines Vaters unerfüllt gelassen hat?!«

Diese dreiste, direkte Frage stürzt ihn einen Augenblick in Verlegenheit. Doch sofort hat er sich gefasst. Er könnte gleich »Ja« sagen – und lügen. Doch eine zu rasche und willfährige Zustimmung scheint ihm zu unglaubhaft. Darum zögert er schlau. Er lächelt skeptisch.

»Du hast es zunächst nach Cäsars Tod – mit einem anderen versucht.«

»Ja – ich bekenne es offen. Was wusste ich damals von dir?! Dein leuchtender Stern ging eben auf. Ich Törin sah ihn nicht. Ich habe gefehlt, ich gebe es ohne Beschönigung zu. Aber sag' selbst, habe ich mich nicht zu dir geschlagen, sobald es möglich war? Sobald ich dein Genie erkannt hatte? Denk an Aktium.«

»Ich denke daran«, sagt er langsam. »Du hast mir einen untrüglichen Beweis deiner Zuneigung erbracht.«

»Einen?! Sind meine Truppen nicht vor Pelusium zu dir übergegangen – auf meinen Befehl?!«

»Auch das.« Die Verachtung in ihm steigt. »Und darum – auch ich will offen mit dir reden – ich bin verheiratet. Du weißt es. Mit Livia. Vielleicht hast du davon gehört, welches Aufsehen diese Heirat in Rom – –«

»Ich habe davon gehört und weiß, dass du auch in der Liebe ein kühner Eroberer bist.«

Er erwidert ihr berückendes Lächeln. »Du wirst begreifen, dass ich mich nicht ohne Weiteres von Livia trennen kann. Unter uns – meine Liebe zu ihr ist erkaltet. Aber das bleibt ganz unter uns!«

»Selbstverständlich!« Sie presst ihre Schenkel verschwörerisch gegen seine Knie.

»Ich muss vorsichtig sein, habe Rücksichten zu nehmen. Ich denke mir die weiteren Schritte so: Ich kehre in drei Tagen nach Rom zurück. Du begleitest mich.«

»Mit Freuden.« Mühsam beherrscht sie ihren Jubel.

»Mit allen königlichen Ehren bist du mein Gast an Bord und in Rom. Und dann – nun, das Weitere zwischen uns wird sich finden.«

Er lächelt verliebt zu ihr empor.

Doch sie hat zu viele Männer verliebt vor sich gesehen. Ihr Instinkt, ihre Witterung, ihre Erfahrung lässt sich nicht täuschen. Er ist ein großer Künstler der Verstellung, aber die Falschheit in seinen Augen kann er doch nicht verbergen, nicht vor dem Scharfblick dieser Frau.

Sie sieht plötzlich den weißen Funken der Arglist in seinen Pupillen aufblinken. Und weiß mit einem Male in greller Erleuchtung alles. Weiß, dass er mit ihr eine verruchte Komödie spielt, dass er sie nur in seine Macht bringen will, dass er sie betrügt.

Mühsam beherrscht sie sich. In Sekunden ist ihr Leben verwirkt und verfallen. Sie weiß es. Und sie spielt mit der stärksten Kraft und Überwindung ihres Daseins diese letzte verlogene Szene zu Ende. Sie vermag verführerisch zu lächeln.

»Ja«, sagt sie fast fröhlich, »alles andere zwischen uns wird sich finden!«

Sie blickt zum letzten Male in ihrem Leben mit ihren grünen, kristallenen Augen einem Mann schalkhaft und lockend ins Gesicht.

Er erhebt sich. »Also halte dich zur Abfahrt in drei Tagen bereit.«

Sie nickt. Er steht zögernd vor ihr. Dann beugt er sich rasch zu ihr nieder – er ist trotz seiner kurzen Beine größer als sie – und küsst sie auf die Stirn. Auch in diesem eisigen Kusse fühlt sie den Verrat.

Er ist fort. Sie starrt auf die Tür, durch die er und die letzte Hoffnung mit ihm gegangen ist. Langsam sinkt sie auf das Lager zurück, schlägt in alter, lieber Gewohnheit ein Bein über das andere, stützt den Ellbogen auf das Knie, legt das Kinn in die Handfläche und sinnt. Sinnt lange. Überblickt alles. Weiß, dass er sie im Triumph in Rom vor seinem Wagen schleifen will. Von ihren Augen sind die Binden letzter verzweifelter Hoffnung gefallen. Sie sieht schonungslos. Er will sie im Triumph vorführen. Wie Julius Cäsar ihre Schwester Arsinoë in Ketten vor seinem Triumphwagen dahingeschleppt hat.

Sie schließt die Lider. Sieht visionär den Triumphzug Octavians. Sie hat damals in Rom Cäsars Triumph miterlebt. Sie sieht sich im Zuge dahinwanken. Hört den Hohn, den Spott, die Beschimpfungen, die auf sie niederprasseln, auf sie, die in Rom bestgehasste Frau. Wäre sie als Königin dort eingezogen – keine Zunge würde wagen, gegen sie zu lästern. Aber auf die Gefangene, die Besiegte, die Gestürzte werden sie speien.

Sie sieht die Via Sacra – sieht die Plebs, riecht ihre Ausdünstung, sieht die vornehmen Damen, denkt an ihren Besuch bei der Zauberin Canidia – damals sprang ihnen allen der Neid und Hass aus den Augen. Doch sie mussten sich ducken, mussten ihr Goldbild im Tempel der Isis anbeten – – Nein, nein, sie wird der Rachsucht nicht das Schauspiel bieten, Kleopatra in Ketten zu sehen. Sie nicht!

Sie schnellt empor, eilt zur Tür, ruft Charmion und Eiras.

»Ich brauche Gift«, keucht sie.

Die Getreuen starren entgeistert.

»Herrin«, stößt Charmion hervor.

Die Königin macht eine Geste, die jeden Einwand fortmäht. »Rasch.«

»Wir werden überwacht. Keiner darf den Palast ohne Begleitung verlassen, keiner eintreten.«

Kleopatra hebt langsam den Blick. »Gebraucht List«, sagt sie müde.

Eiras beginnt schluchzend zu bitten, zu flehen. Charmion schließt sich an.

»Geht, schafft Gift!«, befiehlt sie, als habe sie die Klage nicht gehört.

Ein Diener verlässt den Palast. Wird von Octavians Geheimschergen verfolgt. Doch er kauft nur harmlos ein. Geht auch in einen Gemüseladen, kauft Obst, spricht mit dem Verkäufer. Dieser geht, bringt einen Korb mit Feigen. Bei der Rückkehr in den Palast wird alles geprüft und als unverdächtig durchgelassen.

Eine Stunde später bringt der Eunuch Potheinus Octavian einen Brief in das Gymnasium, wo er sein Quartier aufgeschlagen hat. Das Schreiben ist von Kleopatra.

> »Ich habe es mir überlegt. Du ekelst mich. Nie könnte ich Deine Geliebte oder Deine Frau werden. Lieber sterbe ich. Ich möchte auch keine Kinder gebären, die einen Wucherer zum Ahnherrn haben. Kleopatra.«

Octavian springt auf. Schickt Boten. Als sie atemlos in den Palast gelangen, die verschlossene Schlafzimmertür erbrechen, liegt Kleopatra im Königsschmuck tot auf dem Bett. Zur Seite, mit geöffneten Pulsadern, verbluten Charmion und Eiras.

Am Boden des Körbchens mit den Feigen lag eine giftige Natter verborgen.

Zwei Tage später wird Cäsarion, den Kleopatra nach Indien gesandt hat, ihn vor Octavians Wut zu retten, eingeholt und niedergestochen.

Dann spielt Octavian wieder den Milden. Die anderen Kinder der Frau, die ihn noch im Sterben geschmäht hat, verschont er. Er nimmt sie mit nach Rom. Dort erzieht Octavia die Sprösslinge des Mannes, der ihr das tiefste Leid angetan, und der Frau, die sie zum unglücklichsten Weibe Roms gemacht hat, voll Liebe und Güte zu wackeren, friedensfrohen Menschen.

Ende.

Literatur

1. Bouché-Leclercq: L'histoire des Lagides.
2. Cicero: Briefe.
3. Ferrero: Grandezza e Decadenza di Roma.
4. Heinemann: Dichtung der Römer.
5. Horaz: Gedichte.
6. Lucanus: Pharsalia.
7. Plutarch: Vergleichende Lebensbeschreibungen (Gajus Julius Cäsar, Marcus Antonius, Marcus Tullius Cicero).
8. Strabo: Weltbeschreibung.

9. Sueton: Kaiserbiografien.

10.   Virgil: Gedichte.

11.   Weigall: The life and times of Cleopatra, Queen of Egypt.

12.   Weigall: The treasury of ancient Egypt.

13.   v. Wertheimer: Kleopatra.